长篇小说

廉声 著

白木耳
红桃花

河南文艺出版社
·郑州·

图书在版编目(CIP)数据

白木耳 红桃花 / 廉声著. -- 郑州:河南文艺出版社,
2025.8. -- ISBN 978-7-5559-1833-2

Ⅰ. I247.5

中国国家版本馆 CIP 数据核字第 2025R51N86 号

选题策划　　陈　静
责任编辑　　陈　静
实习编辑　　王　萌
责任校对　　张恩丽
装帧设计　　刘婉君

出版发行　　河南文艺出版社
社　　址　　郑州市郑东新区祥盛街 27 号 C 座 5 楼
承印单位　　河南印之星印务有限公司
经销单位　　新华书店
开　　本　　889 毫米 × 1194 毫米　1/32
印　　张　　12
字　　数　　203 000
版　　次　　2025 年 8 月第 1 版
印　　次　　2025 年 8 月第 1 次印刷
定　　价　　66.00 元

印厂地址　河南省新乡市平原示范区中原国印文创产业园 A6 号 101
邮政编码　453500　　电话　0371-55658707

谨以此书祭献
为抵御外敌血洒疆场的
故乡先辈们

目录

欠了一份难以偿还的债

　　已过多年，红记娘姨临终前说的话，她和那些人的故事仍在我脑际久久萦绕，挥拂不散。我有点后悔，当时不该说那句语意含糊的话，让红记娘姨确信我能把他们这些人的事记下来，写进书里，让许多人读到，甚至流传后世。那天半夜老人家离世时，神情怡然，脸上未见丝毫痛苦，而我从此总感觉后背如负芒刺，欠着一份难以偿还的债。私下咨询几个文友，包括一位出版社总编辑，若将这些人的旧事，糅合我不堪的少年记忆，可否写成文学作品？回复不一。或含糊其词说，这个么，可以试试，不过，从题材角度看不新奇，恐怕很难讨巧；或坚决否定说，呃，那些事么，其实不写也罢，那么久远了，时下这行市，这种老故事有人喜欢看吗？有文学价值吗？于是我越发地惶惑了。

年前，大寒之夜，这些人中的最后一位也走了。九十八岁高龄的老鲁伯在自家眠床上溘然而逝。他女儿月娟告诉我，前一日下午老人还在菜地里，拨开积雪，拔了青菜菠菜香菜，用竹篮装着给他们送去，看上去精神蛮好，脚步稳健不乱……家人从一只旧木箱里取出一套藏青色中式衣裤，一条浅灰色羊毛围巾，有张小纸片，写着"寿衣"二字。又从老人的床席底下找出一张绵白的纸，上面用小楷毛笔端正地写着几段话。这是他早就准备好的遗嘱。

遗嘱一共五条。第一条是对自己此生的小结，两三句话：一生无能无为，枉耗粮草而已；幸未伤人损友，聊以自慰；一死即了，从此无踪影，相忘于尘埃。后几条是对家人的嘱言：房产和一点余钱，留给女儿；丧事以最简单的方式处理，不发丧，不发讣告，不惊动任何人；灵前不燃香烛，不念经文，不动响器，有家人陪守一夜足矣；烧灰，骨灰不入土，撒在东山坡上。

是夜，守灵的人不多，除了家人，只有我和姚忠孝等几个亲近的外人。逝者着藏青色中式衣裤，颈脖间一条围巾，躺卧在床，如安然入睡状。至三更时分，守灵人腹中空空，姚妻提个保温罐子进屋来，罐里是炖好的白木耳羹，分盛在小碗里，给大家食用。白木耳羹炖得糯烂，配以红枣、莲子、薏米等，甜软可口，好吃，也填饥。夜寂室寒，围炉而坐，吃着温热的羹汤，与姚忠孝轻声聊起来，由白木耳而起的话题。他说儿子大学毕业在浙南山区创办农科公司，种植白木耳、黑木耳、香菇这类物品，数年下来经营状况不错，前景看好。我随即提起年少时当地种植白木耳之事，谈及他早已亡故的父亲，于是一发而难收，忆起许多故人旧事。我忍不住又提及多年前红记娘姨临终前说的那些人与事。姚忠孝激动起来，神情异样，大声说，你为什么不把这些写出来？你是作家，为什么不写？我们也要老，也会死的，再不写，就不会有人记得这些人，晓得这些事了！

以后，姚忠孝几次三番找我，打电话，或开车过来，手上拎着个装着白木耳、黑木耳、香菇的大袋，把袋子扔给我，一屁股坐下，就跟我论说此事，再三催促我。冬至那日，我回了趟雨泉镇，晚上姚忠孝拉我到他家喝酒，弄几样好菜，开了一瓶茅台，端杯捉筷，品味美酒，说些闲话，喝着喝着，酒多了，脸赤红了，姚忠孝又提这件事。我还是犹豫，应不出声。他急了，趿趿着脚步走进里屋，拿出他父亲的两件遗物，摆在我面前，大声说，你看看，再好好看看！当初是你交还给我的，让我一定好好收藏。现在，我请你，不，我求你，把你听到的晓得的这些写下来，有那么难吗？是不是还要我跪下求你？他起身，真要往下跪，我急忙拦住，哎呀，你怎么可以……

到这地步了，还能怎样？我只好说，我写，一定写。这样好了吧？

我咬咬牙，下笔了。

上阕

我跟着红记娘姨
手拎着竹篮
在田塍上慢走
弓着身
寻找杂草丛里隐藏着的鲜嫩绵青

阿姐和她们的队长

许多年前，我还是小小少年，九岁，读小学三年级。

一天，我家菜刀不见了。爸在生产队劳动，中午赶回家做饭，找不到切菜的刀，只好到隔壁红记娘姨家借菜刀用。红记娘姨轻笑两声，说玩菜刀这种事，你只管问阿声好啦。我放学一回家，就被爸埋怨一通，认定是我干的好事，问我到底把菜刀放哪儿啦？我一下涨红了脸。我是用菜刀干过一些出格事，用它削木陀螺，将柴条截短做蛤蟆棍，把竹竿削细了扎风筝，还用菜刀削过铅笔，斫铁丝做弹弓，等等，但今天我碰都没碰它！我很委屈，大声而坚决地否认：不是我拿的，不是我！我没拿菜刀！

阿姐连蹦带跳地冲进门来，嘴里还哼着歌，是谁帮咱们翻了身哎，是谁帮咱们得解放哎，脸红扑扑的，很兴奋的样子。问起菜刀，她大声说，菜刀是我拿的。作啥要拿菜刀？爸瞪起眼珠问。阿姐仰起头，很大声很骄傲地说，我考进大队副业队了！我们副业队种白木耳要用菜刀！

十七岁的阿姐一心想进大队副业队，做梦都想这好事。她说，别人家女儿进副业队，种白木耳，做一天生活，跟男人一样拿十个工分，还有补贴费，说话时脸上满是羡慕。哎呀，阿姐今天也进副业队了，而且完全凭自己的本事考进去的！难怪这么得意，一张微黑的圆脸泛出红光，洋溢着得胜还朝的喜气。

我问阿姐，你怎么考进的？阿姐说，当然是考题目啦！有道很简单的题目：水变成蒸汽，是化学变化还是物理变化，你知道吗？我摇摇头，说不晓得。当然是物理变化啦！阿姐得意地笑着，说，水的存在有三种形态：固态、液态、气态。水变成蒸汽，水的化学成分不变，只是物理形态变了。懂了吗？我们三个人考副业队，十二道题目，只有我全部答对，满分！其他两个人错很多，淘汰了！

接着，阿姐大声宣布：我肚子饿了！

阿姐真是饿了，吃了满满两大碗饭。爸几次给她夹菜，脸上笑眯眯的，一点没责备她的意思，再没提菜刀的事。阿姐说，进大队副业队种白木耳要带自家菜刀，这是规矩。他们要用磨得很锋利的菜刀切木楔。我好奇地问，切什么样的木楔，做什么用，白木耳怎么种啊？阿姐轻蔑地说，你小鬼头不懂的！我们副业队种出来的白木耳，你知道有多白吗？比新棉花还白！有多大朵吗？碗那么大！嘻嘻，没见过吧？我恳求阿姐，你带我去看看，看你们怎么种的，好吗？阿姐警觉地看我一眼，说，不行！我们姚队长讲，种白木耳的技术要保密，不能让外人晓得，看看也不行！姚队长讲，谁泄密就开除谁！

以后阿姐每天一大早出门干活，天擦黑了才回来，到家就哗啦一声躺倒在竹靠椅上，大声喊，饿煞啦饿煞啦！又喊，吃力煞啦吃力煞啦！嘴上这么说，脸上带着笑意，眼里放着光。爸巴结地盛了一碗饭，大声喊我，阿声，快端去给阿姐吃。家里那只芦花母鸡生下一个蛋，蒸一碗蛋羹，也端过去给阿姐吃。哼，明显是哄她高兴么!

哄阿姐高兴,因她肚里有股憋了很久的怨气。读完初中,阿姐没能接着上高中。她考了,没录取,不是成绩不好,是爸那个历史污点,阻拦了阿姐继续求学上进的脚步。阿姐痛苦不已,哭了好几回。哭也没用,还是没能上高中。没书可读,只能到生产队劳动。阿姐细胳膊细腿,腰肢柔软,是舞蹈队队长,在台上领头跳藏族"洗衣舞",这副细溜溜的腰身干农活不行,挑担,叫肩膀痛;拉猪粪,嫌猪屎臭;割稻,又喊腰酸背疼;下田拔秧,更怕蚂蟥叮脚。二小队那些男人妇女说阿姐是娇小姐,拿她当笑话讲,评工分,男人全劳力一天十分,妇女是半劳力,六分,阿姐才评三分!

阿姐让我列一道算术题,四十的百分之三十,是多少?我想了想,列出一道算式,写出答案:十二。阿姐叹口气说,你晓得不,居民户用粮票在粮店买最便宜的四等籼米,一角三分七一斤。我们二队年终分红只有四角,我吃吃力力从早干到晚,才挣一角二分,一斤四等籼米都买不到!你想想,当农民可怜不?干活累得要死,还养不活自己,太寒心啦!

现在好啦,阿姐考进大队副业队,专种白木耳,干的是技术活,轻松干活,心情愉快,还拿得多,工分加补贴，比爸在生产队劳动挣十个工分还多。阿姐在家里的地位显著提升，一下子扬眉吐气，翻身农奴把歌唱了！

我好奇心重，想知道阿姐她们副业队的事，想看她们拿自家的菜刀在副业队切什么样的木楔，做什么用呢？求了几回，阿姐还是不答应，还说要保密。我很沮丧，仍心有不甘。人就是怪，没见过的，很想知道，越不让去不让看，就越想去越想看。这天放学回家，隔壁红记娘姨坐在门前剥毛豆。她朝我眨眨眼，招招手让我过去，问我，想去副业队看阿姐？我点点头。红记娘姨说，她们一帮姑娘在一起干活，也没啥好看的，真想去的话，我告诉你在哪里。

东山巷尾端，一面坡上有几间不起眼的泥墙旧屋。还没走近，就听到有咔嚓咔嚓叽叽喳喳的声响。我凑近那屋，看到里面有十好几个人，都是年轻姑娘，穿蓝花布衫的、红格子罩衫的、扎辫子的、剪短发的，手上都扎着袖套，腰间系着围裙，屁股稳坐在长条凳上。菜刀前端钻个小洞，固定在凳前铁架上，像把小铡刀。姑娘们一手紧握菜刀柄，一手拿根细长的桑枝条，咔嚓咔嚓地铡着，铡下一小段一小段的颗粒，拉羊屎似的落在脚前一个筐里。我猜这小颗粒就是阿姐说的木楔。姑娘们干得很带劲，咔嚓声不断，土屋里像淌着一条清流潺潺的小溪。姑娘们一边干活，一边还有说有笑的，看上去挺开心。

我没敢进屋，从屋外一个窗口朝里面偷眼张望。哈，看到阿姐了！她在一个角落里，抿着嘴巴不说话，很努力地在干活，两只手臂起起伏伏，两条扎着红玻璃丝的辫子，不停地甩来甩去，看上去有点滑稽。她的额头、脸颊，还有鼻尖上，绽出一颗颗细小清亮的汗珠，都来不及用手背或袖管擦一下。我分明看出，阿姐面前那个筐里的木楔比别人多一些呢！

忽然，说笑声没了，屋里一下安静下来，除了咔嚓咔嚓的铡刀声，再没人叽叽喳喳说话，姑娘们收起脸上的笑颜，垂下眼眉，有点胆怯的样子。不知什么时候，有人走进屋里。是个高个子男人，直直地站在屋子当中。我在窗外，只能看到他的侧身和半边面孔，短发，黑黑的脸，鼻梁挺直，眼睛不大，眉毛很浓，漆黑。咦，这人好像有点眼熟，从我家门前走过？

他起先没说话，用目光扫了一圈，在跟前一个红格子罩衫姑娘的筐里抓一把，展开看了看，一下恼了，喉咙很响地说，看看，你们看看，干的什么活儿？我讲过要锎多长？一厘米！一厘米多长，都读过书，学过数学，一厘米，一米的百分之一，三分之一寸，多长？不会不知道吧？看你们锎的，长长短短的，能用吗？好多是废料，浪费掉了！红格子罩衫姑娘低声嘟哝两句，惹他更生气了，把手中的东西重重地摔在地上，厉声说，做生活三心二意，叽叽喳喳讲啥，还有理了？不好好做就不要做了！走，马上走！红格子罩衫姑娘被骂哭了，泪珠子一颗颗滚落在脸颊上。我怕被那人看见，也要挨骂，赶紧溜走。

　　吃晚饭时，我得意地对阿姐说，去过你们做生活那里，东山巷走出头，山坡上有间土屋，是吧？阿姐很惊讶，咦，你去啦？你怎么找到的？是红记娘姨告诉你的吧？我反问，你怎么知道是她告诉我的？阿姐说，旁边有红记娘姨的自留地，她过来摘菜，有时会过来看我们一眼。哎，你看到我啦？我说，对啊，看到了。你们那里有十多个人。我还看见有个男人很凶地骂你们，穿红格子罩衫那个被骂哭了。阿姐说，你听到我们姚队长骂小芬啦？哎，有没有听到姚队长表扬我和月娟？姚队长表扬我们两个锎得又多又好，你没听到吗？我说，没听到。我有点害怕，赶紧跑开了。阿姐说我是胆小鬼，又得意地说，晓得不，姚队长还让我进耳房了呢！

耳房？我不明白，问阿姐，耳房是什么地方？

阿姐说，就是种白木耳的房子啊。我也是头一回进耳房。哎呀，你是没看到，那些长在树干上的白木耳，一大朵一大朵的，就像盛开的洁白的雪莲花，太漂亮，太美啦！我太喜欢它们啦！我说，姚队长让你进耳房做什么呢？当然是采白木耳啦。阿姐说，采白木耳蛮有讲究的，不能乱来，要用小竹刀，贴着根部慢慢地刮，要很小心，大朵白木耳不能弄破了。姚队长让月娟教我怎么用竹刀，怎么摆放白木耳，不能粗心大意。

我想，能把她们这些人镇住的姚队长，一定很厉害。

过两天，我遇上他了。我是说，遇上姚队长了。

上午第四节课的下课钟声一敲响，饥肠辘辘的我就急不可待地冲出教室，一路快跑，要赶回家去吃午饭。我家离学校最近，出校门，往左拐个弯，几十步就到了，运气好的话，我是说，碰巧家里中饭已经做好，那我就是全校第一个吃上中饭的小学生。不管怎么也算第一名啊！

瘪塌塌的肚子催促我快跑，出校门，拐个弯，朝家门口飞奔，忽然看到我家门前有个高个子男人，直挺挺地站着，对面是我阿姐。他们俩在说话，好像已经说完，或者，他们仅仅打了个招呼，我跑去时，阿姐已转身进屋门，而那个男人，我认出是姚队长，也扭身大步朝这边走来。因为跑得急，我根本收不住脚，而姚队长迈开大步走来也没看到我。他个头高出我一大截，目光掠过我乱蓬蓬的头发，瞄向前方，而我像一只受惊的野兔，猝然窜过来，差点撞上他胸口。他吃惊地看我一眼，看到一脸惊恐的我，一双张皇不安的眼睛。

我以为肯定要扎扎实实地撞到姚队长身上了，不料他一个侧身，很灵巧地闪过我，几乎没停一下，甚至没再看我一眼，当我是一块讨厌的拦路石头，直挺挺地走过去了。

我愣在那儿，呆呆地看着姚队长走过去。他一身与众不同的衣着，净白的衬衫，藏青色长裤，衬衫下摆系进裤腰里，皮带收得很紧，双手匀称地摆动，以标准的军人行进姿势，稳稳地大步往前走去。

一直记着那次跟姚队长的对眼，记着他那双熠熠发光的眼睛，他的白衬衫蓝长裤，还有后背挺直的身影，直至他死后很久很久。

月娟被那男人打了一巴掌

　　那天姚队长跟阿姐说一件要紧事，副业队不光把白木耳卖给收购站，还要拿到街市上卖，扩大销路。姚队长决定派阿姐和月娟两人上街卖白木耳。

　　出东山巷口，就是雨泉镇唯一一条南北走向的大街，巷对面是许步云中医诊所，往北，挨着一爿豆腐店，再过去是三层楼的文化馆，本镇最高建筑，跟它相对的是镇上唯一的百货商店。这里是镇中心位置，往南叫南门街，往北叫北门街。这里也是约定俗成的菜市场，每天清早，街边就摆起好些个菜摊，叫卖声此起彼伏。拎着竹篮上街买菜的居民户大妈大嫂，街边摆摊卖菜的农业户大叔大婶，彼此熟识，为一把小青菜、一碗霉苋菜梗，他们讨价还价，脸上带笑，唾沫四溅；也有关系特别亲密的，两人四只手，拿捏着一把菜，或两条丝瓜，一个要送，一个不收，你推来我送去的，客气得很。太阳升起两三丈高，菜市场买菜的人少了，摆摊的人也挑了菜担提了菜篮，渐渐散去。

这时候，阿姐和月娟来了，把卖白木耳的摊子摆了出来。

地上摆两个搪瓷脸盆，盆里盛满清水，一朵朵白木耳，足有碗口那么大，浸泡在清水里，晶莹如玉，看去像冰水里堆着一捧捧白雪，顿感清凉爽快。副业队两个年轻姑娘守着脸盆，朝着大街吆喝。阿姐胆子大，直直地站在前面，大声喊叫：卖白木耳啦，大家看，多好的白木耳啊，营养丰富，价钱公道，大家快来买吧。月娟蹲在脸盆旁，脸不敢仰起，虽也跟着叫，声音却很轻，几个字音在喉咙口打转，人家根本听不清。

一些人闻声围拢来，很快围成了一个圈。我挤在里面看热闹。

红记娘姨也过来了，穿件印着粉红桃花的短袖布衫，三只手指头捏着一小块刚买来的猪肝。她笑嘻嘻对阿姐和月娟说,你们两个怎么把白木耳弄到街上卖啦?嘿嘿,这也是姚正山想出来的花样吧?介贵的东西,哪个会买来吃?

也是,大家问问价钱,都说介贵,吃不起。说是这么说,还是站着没走。脸盆里浸泡着大朵大朵的白木耳,的确漂亮,让人觉得稀奇,站着看不够,又蹲下细看,有人还用手去捞,被阿姐坚决阻止,说你不能捞它,弄破了,卖相不好。那人笑嘻嘻地说,弄破有啥关系,总归要吃进肚里的。

哎,你介讲就不对了。开中医诊所的许步云过来帮两个姑娘的腔。他弓着老虾般的腰背,眼珠子底下两只肿眼泡,跶着木拖鞋晃悠悠走来,说,卖相顶要紧了,把你面孔抓破,相貌变难看,你也会懊恼,对不?嘿嘿,白木耳是难得的好东西,营养丰富,滋补身体,物有所值,女人吃了皮肤雪白粉嫩,老人吃了延年益寿。你们看月娟姑娘,皮肤又白又嫩,她在副业队种白木耳,肯定吃过蛮多白木耳。对吧,月娟?

月娟皮肤确实白嫩,夹在一堆面孔黝黑皮肉粗糙的人中间尤其显眼。被人这么说着,被许多只眼珠子盯着,她差怯起来,白净的脸腮飞起红晕,低下头,没说话,不说吃过白木耳,也不说没吃过。

红记娘姨一向喜欢跟许步云抬杠，追问一句，许步云，你讲月娟皮肤白嫩，是吃了白木耳的缘故，那小琴呢？小琴也在副业队种白木耳，她面孔为啥黑不溜秋，一点都不白不嫩呢？

众人看看阿姐，又看月娟，都笑了。有人说，真是呢，她们两个卖白木耳的姑娘，一个白，一个黑，她们到底吃没吃白木耳？为啥不一样呢？还有人说，她们两个，嘻嘻，一个是白木耳，一个是黑木耳。这么一比一说，皮肤白嫩的月娟脸越发红了，捂着脸转过身去。阿姐却恼了，瞪起眼睛说，哪个是黑木耳？我怎么黑啦？我是健康色，劳动人民的本色！

众人又笑起来了。红记娘姨说，小琴，我讲笑话的，你不要生气。小琴你眼睛大，鼻梁挺，皮肤黑点啥要紧，这叫黑里俏，蛮好看，镇上没几个姑娘比得上你呢。这一说，阿姐才又露出笑脸。

红记娘姨又问许步云，哎，你讲白木耳能延年益寿，你自己吃没吃过？你许步云吃了会长命百岁，会变成老不死吗？哎，还有，我脸上这块红记，吃了白木耳，会不会褪掉？

许步云嘿嘿笑起来，说你问我吃没吃过？红记我对你讲，早先我白木耳不晓得吃过多少呢。白木耳真当对皮肤有好处，红记你吃吃试试看，说不定脸上这块红记就褪掉了呢。红记娘姨伸手摸一下左脸颊上那块红记，哼了一声，许步云你骗我吧，哪有介好的事体？

信不信由你。许步云朝众人说，你们晓得白木耳怎么弄来吃的？请看。他变戏法一样，一只手忽然托起一只小砂锅，另一只手揭开盖子，呀，砂锅里是炖好的白木耳羹，稠稠黏黏的羹汁，冒着丝丝热气。他托着砂锅朝众人转了一圈，大声说，各位，看到没有？这是我刚刚炖好的白木耳羹，卖相好吧？许步云说着，大嘴巴还夸张地咂巴了几下。有人看着眼馋，嘴里说，弄点尝尝味道好不好？竟伸出两个手指头要往砂锅里戳。许步云忙闪身，不肯让人尝他砂锅里的白木耳羹，叫着，哎呀呀，你作啥？你这两只手指头邋遢不？

一个衣着鲜亮的妇女蹿进来，快手快脚将徐步云手上的砂锅夺过去，嘻嘻笑道，老许，你讲白木耳这样好那样好，能让皮肤白嫩，我拿回去让我家老黄吃吃看，看他那身皮肉会不会白起来。

这是镇长黄和尚的老婆陶桂枝，衣裳花里胡哨，烫一头卷发，小镇上算个时髦人物。许步云没留神被抢去手中砂锅，有点懊恼，一看是陶桂枝，呃呃两声，说，好好，拿去给黄镇长吃，蛮好。黄镇长吃了，皮肤能白起来最好。

众人一阵哄笑。红记娘姨笑得最响，说，黄和尚那一身蜡黄蜡黄的皮肉要能白起来，猪八戒都会变天仙美女了！陶桂枝撇嘴说，我家老黄身上是黄是白，有你竺红记啥事体？这一砂锅好吃的，老黄肯定喜欢，他吃不完，我也会吃。白木耳是好东西，从前我外婆蛮会炖的，我小时候吃过，要不我皮肤也不会介白介嫩，嘻嘻。她从衣袋里摸出个皮夹子，抽出一张大票，啪地拍在阿姐手上，小琴，这张十块头给你！给我称白木耳，交给他。老许，听到没有？我不会白吃你的。你再好好炖上一锅，自己留一半，剩一半给我！让一下，我还有要紧事，哎，你让一下……许步云急叫起来：砂锅，我炖白木耳要用砂锅！

阿姐和月娟上街卖白木耳很顺当，收回一堆钞票硬币，细数一下，有一百二十五块三角二。阿姐一脸得意，说自己如何能说会道，会拉生意，还说连红记娘姨都动心了，买了三块钱白木耳，打算炖了吃，看看脸颊上那块铜钱大的红记能不能消褪一点。听人家讲，要是没有那块红记，红记娘姨年轻时要算雨泉镇上最漂亮的姑娘呢。

阿姐对月娟略有不满，说她胆小，缩在后面，不敢大声喊，不会招呼生意，意思是这个搭档不太称心。爸说，各人有各人长处，你们姚队长用月娟也有道理。她心细，会算账，是她收钱记数的吧？还有，月娟皮肤生得白，像她妈，卖白木耳，正好做招牌。阿姐不服气，说我们副业队的小芬，还有红梅，皮肤也白，为啥不叫她们？爸想想，又说出个理由：小芬和红梅没有月娟好看。

爸说得有道理。月娟不光皮肤白净，相貌也好，鼻子不高不低，嘴巴小小的，笑时嘴角两侧有小酒窝，眼睛不大，细长，单眼皮，俗称丹凤眼，眉毛细细弯弯，看去不笑也像笑。她家离我家很近，我早上去上学，有时会碰上月娟。她走路轻手轻脚的，沿着巷子一侧墙边低着头走，却能看见我，抬头笑眯眯招呼我一下，阿声读书去啊？

东山巷有一百多米长，我家在巷头，朝东走出巷尾，便是高高的东山。一条从东山湾淌出的小水沟，顺东山巷而下，是各家淘米洗菜汰衣裳的水源。月娟家在水沟那侧，从巷子的青石板路跨过水沟，有一条六尺长两尺多宽的石板通道。不高的围墙，围起一个小院，进院有个半圆的拱门，两扇对开的腰门。春夏季节，拱门和围墙上爬满浓绿的藤蔓，春夏时开满了花，丝瓜花是金黄的，扁豆花是紫红的，还有爬藤上墙的蔷薇，五月初开出大片诱人的粉红色小花。行人走东山巷路过那儿，望见月娟家院墙里拱门和围墙上盛开着红的黄的鲜艳的花，还有那些飞舞的蝴蝶蜜蜂，心情都会好起来，脸上能溢出笑容。

小院里一幢上好的砖瓦楼房，三间正屋，一侧有披屋，前院有红红绿绿的花草，屋后还有小竹园，几畦菜地，常年养一群鸡，隔着墙院，看不见它们，但能听到公鸡的高亢啼唱，还有母鸡生蛋后咯咯嗒咯咯嗒的欢叫声，隔着围墙和绿藤鲜花悠悠地飘荡出来。这家女主人很少出门，总在家里做各种家务，有时在门前水沟边，低着头蹲着洗衣裳，水声哗啦哗啦，洗一大堆衣裳。

月娟家里人多，她是阿姐，下面好几个弟弟，萝卜头一大串。很奇怪，弟弟们跟月娟一点不像，一个个黑不溜秋，细瘦个子，眼珠子大大的，一对招风耳，还有一头乱蓬蓬打着卷的毛发，噢，对了，像他们的爸，劁猪佬常贵。

常贵是个古怪的男人，瘦高的个头，长长的驴脸，一对往外突的大眼珠子，头顶一撮稀疏的卷毛，整天骑一辆破自行车四处乱窜，车后架上带个工具箱，装劁猪阉鸡的家什，还有网兜夹棍之类。破自行车咯吱咯吱响着，一双小眼睛滴溜溜转着，瞄着人家的猪圈或是鸡窝。哪家母猪刚生下一窝小猪，常贵就像猫闻着腥味赶过去，手执小巧劁刀，三下五除二，利落地把几只小公猪屁股下的两颗小肉蛋蛋给骟了。

我家母鸡正月里孵了一窝小鸡，活下来七只，近来四只小公鸡开始有雄性躁动的苗头，爸说叫劁猪佬来把它们阉了，养线鸡。常贵来了，架子摆得十足，先伸手要钱，阉一只鸡五分，两角钱要到手，塞进口袋，又讨茶水，又讨烟抽。他在堂前一只长板矮凳上坐着，嘴上叼着烟，一侧凳上摆着茶水，一侧摆放工具，右脚旁，四只小公鸡被套在网兜里，已知难逃厄运，可怜兮兮地叫着。常贵歪着脑袋，看也不看，伸手抓出一只小公鸡，用两根指头宽的竹片夹棍、一截细绳把鸡的两只脚绑住，搁在脚膝头上。

我在一旁蹲着，看劁猪佬怎么阉小公鸡。

常贵手势熟练，把小公鸡一对翅膀交叉挟起，鸡身直挺挺横在膝上，露出肋处的嫩皮肉。他用短小的劁刀轻轻一划，顿显一道半寸长的创口，又用两只黄铜片扁钳左右一拉，用竹弓弹紧，露出一个弹球大的孔洞。常贵用两根被烟熏得蜡黄的手指拿捏着一个筷子般长的细柄小匙，用它探进孔洞拨拉几下，又拿出一根细棍，上面系一条细线圈，是马尾，再探进孔洞里，乱捣几下，竟让他弄出一颗如赤豆大的东西，一会儿，又弄出一个。我问，这是什么呀？常贵笑道，小公鸡卵子。你摸摸自己裆里，是不是也有两个，嘻嘻，要我把它阉掉吗？

常贵利索地把四只小公鸡阉完，架着二郎腿，悠闲地点起一支烟，拿起小碗，把碗里的六月霜茶一口一口慢慢喝完，起身拍拍屁股要走。我忽然看到，刚阉过的一只黄毛鸡不对劲，痛苦地倒在地上，翅膀扑腾扑腾扇动，两只脚乱蹬，身子也抽搐起来。我着急地叫起来，小黄毛要死啦，它要死啦！果然，它很快就不动弹，僵着了。小黄毛是这群小鸡中我最喜欢的，我心疼得哭了。

花两角钱阉四只小公鸡，死了一只，怎么办？是退钱，还是赔偿？爸皱着眉头跟常贵商量，问怎么办。常贵摇晃着细脖子上长卷毛的脑袋，振振有词地说，医院给病人做手术也保不定要死，还讲存活率呢，我给你家阉四只小公鸡，死一只，百分之七十五存活率，蛮好啦。爸说，常贵，我们共小队的，又住介近，算隔壁邻居吧？小公鸡让你阉死了，一点不赔说不过去吧？好啦，鸡不要你赔，最起码死掉那只鸡的五分钞票总要退给我吧？常贵拉长一张驴脸，两颗眼珠突出，活像死羊眼，很委屈似的说，和顺你晓不晓得？我做这个手艺，在外面风风雨雨，多少辛苦，多少吃力，挣点小钱不容易，还要交小队里每天一块钞票，才记十个工分，值不了几角，亏多少啊！我要吃饭，要养家小，对不对？

说来说去，爸还是说不过常贵那张嘴，只好不响，拉倒了。

过两天，红记娘姨也把常贵叫来阉鸡。

这回更惨，阉三只小公鸡，死了两只。红记娘姨气得大骂：你个死常贵，算啥狗屁劁猪佬？要不是看梅珍的面子，才不会叫你来呢！你那把劁刀作啥弄的，小公鸡都让你阉死了，你赔我！敢不赔，我告到镇长黄和尚那里，把你这套骗人的家什都收去！常贵的长脖子一下缩拢。他答应赔，对红记娘姨说，以后给你家劁猪阉鸡都不收钞票，好不好？这样你最合算吧？

红记娘姨要把两只阉死的小公鸡扔掉，常贵说浪费可惜，求她把小公鸡褪毛剖肚，剁小块，弄点辣椒大蒜，炒了一碗给他做下酒菜。他坐在红记娘姨家堂前八仙桌边，拎出一个漆色斑驳的军用水壶，壶里装着酒。

他一边喝酒，吃小鸡肉，一边跟红记娘姨聊天。喝了酒，常贵面孔涨红起来，一张大嘴巴叭叭地说个不停，当中夹好多骚话。红记娘姨骂常贵，你这只骚狗，只晓得喝猫尿，放骚屁。常贵夸张地长叹一声，说，我这只骚狗现在骚不成了，只能在你红记这里放放骚屁过过嘴瘾。红记娘姨说，介想发骚，家里现成有个天仙美女，只管回去骚。常贵摇起头来，唉唉，家里那个天仙美女，不让我碰她，想煞也发不了骚啦！红记娘姨说，咦，作啥，你又欺负梅珍啦？常贵说，哎呀，我哪里欺负她啦？怪我裤裆里的东西，一弄就把她肚子弄大，生出介多儿子，吃口太重，养不起，吓煞啦！

常贵歪着头盯着红记娘姨看，发出古怪的笑声。红记娘姨说，你盯我看作啥？男人的脸被酒烧得通红，连脖子都红了，说话有点大舌头，红记，你真是可惜，相貌介好，皮肤白嫩，要不是脸上有块红记，也算蛮漂亮的。你发发善心，让我劁猪佬发一回骚吧。嘿嘿，反正你老公在县城上班，星期天才回家，你底下那里，嘿嘿，空着也是空着，说不定我能帮你留个种呢……说着话，忽然就伸出一只手去拉红记娘姨。

被满嘴骚话的劁猪佬冷不防拉过去搂在怀里，一只手生硬地按在鼓鼓的胸乳上，红记娘姨满脸臊红，一下恼了，急了，伸手啪地打常贵一巴掌，狠骂一句，你这只骚狗，想发骚，寻只老母猪发骚去！滚滚，你给我滚出去，再不要来我家！

红记娘姨这一巴掌打得又脆又响，像一道闪电穿过薄薄的板壁，传到我家这边，清清楚楚的。之前两人说的那些话，几乎也一字不差地漏过了隔板。

爸在灶前烧菜做晚饭。我先是站在红记娘姨家门口看阉鸡，看常贵喝酒说骚话，又被叫回家，在灶下烧火。阿姐和月娟在桌前数钱算账。这天她们卖白木耳又很顺利，收回好些整钱毛票，还有一大堆硬币。月娟在一个小本子上记着当天的流水账，阿姐一块两块一角五分数着钱。隔壁常贵对红记娘姨说那些骚话，声音那么响，我们都听得清清爽爽，月娟像是没听到似的，一直低着头不作声，可脸是绷着的，眉头紧皱，而且一再地把钱账弄错。阿姐吃惊地叫起来，月娟你今天作啥，怎么又算错啦？

红记娘姨那一记响声脆亮的耳光，让月娟再也忍不住了，眼泪一下涌出眼眶。我在灶下瞄去一眼，正好看到月娟那张泪水直流的面孔。

忽然门外有人喊，小琴，小琴，接着又喊，月娟，月娟。听声音是副业队的姚队长。阿姐和月娟快步走出屋子。爸手上拿着锅铲，也走到门口，脸上带着笑，朝门前站着的那人打招呼：姚队长，到家里坐坐，喝口水。姚队长客气地谢绝，说不坐了，跟她们讲两句话就走。

我也跟出去，想听听姚队长跟阿姐她们说什么，被爸拍了一下头颈，说你出来作啥？管牢灶下的火，别把饭烧焦了。我只好回转，过一会儿忍不住又从灶下走出来，看到阿姐一脸怒气回屋来，嘴里大声说，哼，没见过这种人，真不讲道理！可恶，太可恶了！

我肚里嘀咕，她说的"这种人"是谁，总不会是她们的姚队长吧？

当然不是。阿姐说的是常贵，月娟她爸，那个在隔壁红记娘姨家喝酒说很多骚话头顶上一撮卷毛的劁猪佬。

姚队长站在我家门前，招呼阿姐、月娟出来，问她们当天卖白木耳的行情。偏偏这时被红记娘姨搲了一耳光的常贵软塌塌走出来，扭头看到月娟，就摇摇晃晃走过来。不晓得触到哪根神经，他晃悠着长卷毛的脑袋，满脸通红，蛮横地打断副业队姚队长和两个女队员的交谈，冲月娟大声斥骂：介夜了还不回家，在外面跟男人搭七搭八，想作啥，发骚啦？

无端被斥骂，月娟委屈地哭了，呜呜哭出声。常贵抡起一只手朝月娟脸上打去，啪！重重地打在她脸上。冷不防挨了一巴掌，月娟被打蒙了，捂着脸问常贵，你……你作啥打我？常贵越发地愤怒了，一对死羊眼胀得血红，骂道，你在外面丢人面孔，老子还管你不得啦？又把手高高抡起，要朝月娟脸上掴去，却被人一把挡住，紧紧捏着，任他再怎么挣扎，也不能挣脱掉。

紧紧捏牢常贵那只手的，是姚队长的手。

常贵两脚乱跳，嘴里咿咿呀呀，挣了好几下，还是没能挣掉，急得叫起来，姚正山，你放手！我打月娟，碍你啥事体？她在副业队听你的，在家她是我的囡，跟我吴常贵姓吴……你姓姚的管不着，你……你放开手……哎哟哟痛煞啦！

姚队长看也不看常贵一眼，对月娟说，账目的事我问小琴，你先回家去吧。月娟听姚队长的话，点点头，抹一下眼，朝自家方向走去。

后来呢，后来怎么样？我急切地问阿姐。后来？后来人都走了。我不相信，说，可是那个人，没跟你们姚队长打起来吗？阿姐轻蔑地笑笑，哼，那个劁猪佬，他敢跟姚队长打架？他打得过人家吗？我问，他没骂你们姚队长？阿姐说，他敢骂吗？他像癞皮狗一样向姚队长讨饶，哎哟哟姚正山算你力气大、本事大，我弄不过你，服帖你，好不好？你放手，求你放手，这总好了吧？姚队长这才把那只打人的手放开，常贵，你酒喝多了，回家睡觉去吧。那个癞皮狗一句话没有，摇摇晃晃，跌跌绊绊，回家去了。嘻嘻。

哎呀，真可惜，没看到这精彩的场景！我心有不甘，对阿姐说，姚队长那么厉害，为啥不让那个喝醉酒乱打人的家伙多吃点苦头？想到最喜欢的那只被常贵阉死的黄毛鸡，还有那人死不肯退还五分钱的赖皮相，我越发愤愤然，头脑中闪现出极畅快的画面：姚队长像鲁智深怒打镇关西那样，用力挥动拳头把常贵那颗长卷毛的脑袋打成个烂西瓜，叫他趴在地上乞求饶命……

阿姐说，姚队长不像常贵那种屄男人，不会乱动拳头打人的。

我们姐弟俩说这件事时，爸一直没出声，这时说一句，好啦，人家的闲事少管，都过来吃饭。

叁

乌桕树下歇力的女人们

　　双抢时节天气特别热，吃晚饭时偏偏停电了，点起
一盏油灯，屋里光线还很暗，看不清面孔，又闷热得受
不了，干脆把饭桌摆到大门外，借着天上的月光吃夜
饭。弄堂口走来高大魁梧的阿牛队长，赤裸着黑黝黝的
背，裤脚管卷起很高，一双沾满田泥的大脚，啪哒啪
哒，踏着巷子中间的青石板走过来，人未到，很响的喉
咙早喊过来了：你们倒好，坐外面吃夜饭，乘风凉，介
爽快啊！

　　爸招呼阿牛，你还没吃饭吧，坐下来吃点。又示意

阿姐去盛饭。

阿牛站着,瞪着一对眼珠抱怨道,哎呀,和顺叔,我当这个小队长真当吃力,头都大了!拼煞老命割了早稻,又要抢种晚稻,立秋没几天了,队里这点劳动力哪里够用?超过立秋关,晚稻抽穗迟,天冷起来成熟不了,收一堆瘪谷怎么办?和顺叔,看看你家,介要紧的双抢只出一个劳力,讲不过去吧?阿牛说话时,瞄一眼阿姐。

阿姐端来一碗饭,笑眯眯地说,阿牛哥,你不要急么,坐下来吃碗饭。

阿牛不接阿姐的饭碗,说,小琴你运气真当好!你在大队副业队,是老姚手下得力干将,还有月娟。你们两个人双抢大忙季节不落田做农活,躲在阴凉的房子里弄白木耳,介轻松的生活,工分还挣得多。开心吧?他转身对爸说,大队刘书记把老姚当财神看啦,老姚讲啥他都点头,都依着他。老姚真当有本事,白手起家,拉起一个副业队,带十几个姑娘种白木耳,嚯,真让他弄成功了,卖了蛮多钞票,听说有上万块!哎,我是真心服帖老姚。我讲,老姚本事介大,你来当这个小队长。他硬不肯,讲他没有别样本事,只会种白木耳。你听听,话讲得介客气。哎,老姚讲过,明天让他老婆参加

双抢，去拔秧，和顺叔你看，老姚介讲了，我还有啥话
讲？

爸用筷子夹一粒炒黄豆放嘴里嚼着，说，阿牛，你
讲介大一堆话，啥意思我晓得了。要么，明天让阿声去
拔秧，多一个人，多一分力，好不？

阿牛脸上才有了笑意，连声说，好好，还是和顺叔
你肯帮忙，今天是帮我大忙了。红记娘姨也肯帮忙，她
都落田拔好几天秧了。我还要去找常贵，他家也该出人
出力的。

天还没亮，正睡得香呢，猛地被爸推醒，叫我赶紧
起床，今天要参加双抢劳动，下田拔秧。我迷迷糊糊揉
着眼睛坐起来，听到外面有个破锣在敲，咣咣乱响，又
有个破锣样的喉咙在喊叫，起床喽，起来吃早饭，出门
做生活了！

身强力壮的二队男社员吴常贵，除了劁猪阉鸡，什
么农活都不会做。阿牛队长只要常贵做一件事，每天凌
晨四点钟，拎一个破锣，挨家挨户敲锣，叫人起床出
门，给他记三个工分。常贵很乐意挣这三个工分，提着
破锣各家各户叫一圈后，回家爬上床继续睡觉。

出门时天还没亮，四周灰蒙蒙的，什么也看不清。
爸拉我到隔壁，叫红记娘姨带我去拔秧。红记娘姨一副

惊讶面孔，说，阿声是个读书坯子，你让他介小年纪做务农生活，啥意思？爸支吾一句，迟早总要务农的，让他先尝尝味道，吃点苦头也好。

蒙头蒙脑跟着红记娘姨走到水田边，天才蒙蒙亮，秧苗看上去黑黢黢一片，田水倒是白花花亮晶晶的。红记娘姨在我头上轻拍一下，说，记牢，今天是你这生世头一回做务农生活。务农是苦生活，你以后会晓得的。随手拉我一把，哗啦一声，我就下水田了。

一双赤脚落进灌满水的秧田，水凉凉的，脚底下滑滑软软的，心里忐忑着，不知该怎么做。红记娘姨朝一个妇女说，哎，梅珍，你有耐心，今天让你带个徒弟，教阿声拔秧。叫梅珍那妇人即招呼我，阿声，你过来，跟牢我。她让我看她如何拔秧、缚秧，让我学着做，轻声细语地说，拔秧，不能一根两根拔，太慢，也不能大把抓，太多会断根，四五根或六七根，靠秧苗根部捏紧了，用力一拽，就能连根拔出来。我照样去做，果然可以。用稻草缚秧把也是技术活，她又手把手教我，左手握秧把，大拇指按着稻草头，右手拿稻草绕秧把一圈，再把稻草一折、一插、一抽，秧把就缚好了。

我很快学会了拔秧缚秧。梅珍夸我聪明，一学就会，扭头对一个男孩说，你看人家阿声，怎么一下就学会了？就你懒惰，不好好学！男孩是她儿子，叫大喜，细长个儿，大眼珠子，一头卷毛，跟我同龄，在小学校读书，同级不共班。他是月娟的大弟弟，下面还有二喜、三喜、四喜。被他妈数落时，这家伙朝我狠狠地瞪了一眼。

天色渐渐亮起来，看得清秧田里这些人面孔了。拔秧的大多是妇女，加上小孩和老人，有十多个人，我只认得红记娘姨，还有教我拔秧缚秧的梅珍，即大喜妈，也是月娟妈。这块秧田很大，分成若干长条块，块与块之间是半尺宽的水沟。拔秧的十几个人分散在各条块，各自为战，各显神通。我随月娟妈守着一条块秧苗，还有她儿子大喜。大喜游心很重，胡乱拔一通，摊在那里，不洗秧，也不缚，扔给他妈不管了，只顾自己去玩，一会儿捡田螺，一会儿捉泥鳅黄鳝，还真让他捉到一条一尺多长的黄鳝，兴奋得大喊大叫，被他妈骂了两句，才转回来继续拔秧。

太阳升起几丈高，天气大热起来。日光强烈而炽热，晒着绿油油的秧田，晒着田里的水，也晒在人的脸上、手臂和大腿上，还有后背，晒久了，皮肉就会发烫，隐隐作痛。老是弯着腰拔秧，很累，脸上汗水淌下来，辣得眼睛睁不开，很难受。我站起来擦汗，顺势朝四周看了看。

红记娘姨戴一顶麦草编的圆盘草帽，很大，把整张浑圆白净的脸和盘起的黑发都罩进去，晒不着日头。她穿一件月白色短衫，身子有点胖，后背看去肉鼓鼓的。红记娘姨拔秧手脚很快，半蹲着，两手一上一下，唰唰唰，哗哗哗，连拔带洗，动作连贯，一下就缚成一个秧把。她低头弓身拔秧，整个后背被日光晒着，憋出许多汗水，还有洗秧时溅起的泥水，很快把白衣裳染成黑白色的花布衫了。实在热不过，她直起腰，把圆草帽一把掀开，仰天大喊一声，哎呀热煞啦！天天大日头，这要晒煞人啦！

再看月娟妈，稳稳地坐在一只小板凳上，穿着长裤和长袖衣，头上戴一顶草帽，从帽前檐垂罩一块浅黑色薄纱。这样一副装束，可有效防着日光直晒脸上身上的皮肉。她不急不慢地拔秧、洗秧、缚秧，看上去很轻松，身上的衣衫很干净，没落几点泥水，身后缚好的秧把有一长溜了。

蚂蟥很讨厌，悄悄地游来，叮在拔秧人浸在水田中的小腿上，不动声色地吸人血，吸完血悄悄溜掉，还让伤口淌血。红记娘姨忽然一声惊叫，高高提起一只脚，白光光的小腿上，趴着两三条黑乎乎的蚂蟥。她看着自己被蚂蟥叮咬的腿，惊惶地招呼我，阿声快过来，帮我把蚂蟥捉掉。

我走过去，伸手从红记娘姨的小腿肚扯下蚂蟥，刚想把它们扔掉，那边月娟妈说，哎，不要扔水里，扔水里它还会游来咬人，放这里，放进瓶子里。她用手指一指自己腰间。她腰间系条细带，挂着个小玻璃瓶。她说，瓶里装了咸盐，蚂蟥碰到盐就化成血水了。咦，还有这种解决蚂蟥的好招数？

阿牛队长挑一担空畚箕踏着狭窄的田埂走来，嘴里喊一声，我来挑秧啦，哗哗地走下秧田。他把各人拔的秧把一五一十数了，高声报出一个数，把秧把装进畚箕里。我听着，红记娘姨拔得最多，四十个，月娟妈三十个，我也完成了八个。阿牛夸我说，阿声头一天拔秧，拔得蛮好。

红记娘姨笑着说，阿声拔秧拔得好，是梅珍这个师傅教得好。众人的目光朝我投射过来，有人还夸赞两声，我受宠若惊，赶紧缩身蹲下去拔秧。

阿牛忽然高声喊出一个数字：五十个！大家听到没有？老姚老婆厉害不？一个人拔了五十个秧，是头一名！

远远的，隔着三条秧田块，我看到老姚老婆，她那个日光照射下的宽厚背身，半蹲的姿势使得浑圆的屁股越发显眼。她似乎不在意众人的惊叹与关注，没回头，也没直起身歇一下，仍在奋力拔秧，两只手左右开弓，唰唰唰唰，快速拔起秧苗，然后双手一并，一手捏着秧把，在水中嚓嚓嚓一洗，一手拿根稻草，飞快地一绕一抽，一个秧把就成了，随手往后一丢，又扭身去拔秧……

田坎边有个小土丘，长着一棵粗大的乌桕树，枝繁叶茂，投下大片树荫，能让拔秧人躲避暴晒的日光。拔秧的妇女想多拔秧，多挣工分，中午大多不回家，有带了饭包，也有家人送来饭菜。午时大家都躲在树荫下吃饭。

阿姐给我送来吃的，两个大肉包子。很久没吃肉包子，太好吃，太香啦！看我吃肉包子的馋痨相，阿姐嘻嘻地笑，说，记住噢，肉包子是我用自己的补贴费买的。头一回参加双抢，阿姐慰劳你。又问，你拔了几个秧？我自豪地说，上午拔了十七个秧，阿牛队长表扬我了。阿姐哟呀呀叫起来，说，照这样子，你从早拔到晚，最多也就拔四十个，辛辛苦苦一整天挣不到三个工分。你算算，肉包子六分钱一个，你连两个肉包子都挣不回来呢！嗐，这话让我听了很沮丧。

常贵晃悠着细高的身子，拎一个饭篮来给老婆儿子送饭。大喜看我吃肉包子，馋得要命，揭开自家饭篮一看，是炒冷饭，很失望，心有不甘地问他爸，有没有肉包子？常贵一对死羊眼乌珠突出，屈起手指头在儿子头顶敲个"爆栗子"，说，你拔了几个秧，还想吃肉包子？大喜很委屈地说，我给你捉了一条黄鳝当下酒菜呢，还有田螺。常贵对那条黄鳝很感兴趣，把它放进饭篮，晃晃悠悠走了。

月娟妈吃完饭，背靠着乌桕树，拉下草帽遮着脸，身子瘫软，一动不动，不说一句话。我猜她是借这点时间，抓紧时间打个瞌睡。

红记娘姨没人送饭。她自带吃的，一只铝盒里装着馒头片，油炸过的，又脆又香。带来一个竹壳热水瓶，里面不是热水，倒在小碗里，居然是热乎乎的白米粥。她呼呼地喝着白米粥，咬一口脆香的馒头片，嚼得咯叽咯叽响。

一旁有人说，红记你作啥介会享福？油炸馒头片吃得介香，咯叽咯叽，存心让我们流口水啊？你家条件真好，老公县城上班拿工资，有公家发的粮票油票，菜油吃不光，用来炸馒头！另有人说，我们可怜，没菜油吃，红锅子炒菜呢，借点油票，好不好？红记娘姨笑着说，好啊，你要多少？来我家拿。又有人说，红记，你真当好福气！老公一个月挣好几十块，两个人过日脚，哪里用得光？你只管在家吃吃困困，享福好啦，何苦大热天出门，落田畈拔秧，吃吃力力的，流大汗晒太阳？嘻嘻，真当犯不着呢。红记娘姨说，人又不是猪，光是吃吃困困，活着有啥意思？阿牛队长过来叫我，双抢季节队里人手不够，拔秧忙不过来，我能不来？我是二队的社员，不落田畈拔几天秧，总归讲不过去吧？

红记娘姨发觉大喜站在身边，两只眼睛死盯着她手上的油炸馒头片，嘴角流口水，顺手拿起铝盒说，你个小鬼，想吃啦？拿几片去，你吃两片，给你妈两片，拿去吧。阿姐看在眼里，轻蔑地对我说，你看大喜，真是个馋痨胚！我说，红记娘姨的油炸馒头片我吃过，蛮好吃的。阿姐忽然轻叫一声，啊，姚队长来了！她脸上顿时闪出光彩，兴奋地指着田头那边对我说，看到没有，那是我们姚队长，给他老婆送饭来了。

果然是那人，高高的个头，走路腰板笔挺，脚步很快。他一手拎个布包，一手拉个三四岁大的男孩，从田埂上走过来。

哎，你们看，老姚待老婆真好，给她送饭来了。红记娘姨探头探脑看了看，说，一定是好吃的东西！你们猜猜，他会给老婆送啥？有人说是油饼，有人说是肉包子，也有人说是肉丝面，说过话，嘴巴又喷喷响着，像是把什么好东西吃进嘴里，很有滋味似的。姚队长走近，众人的目光都朝他看，脸上笑嘻嘻的。他朝众人含糊地点点头，没说话。红记娘姨大声问，哎，姚正山，给老婆送啥好吃的？姚队长回一句，没啥，炒点冷饭。红记娘姨白他一眼，说，哪个相信，肯定是好吃的。

姚队长老婆两只手在水里随便撩两下，甩了甩，迈着双腿哗哗地走出秧田，吧嗒，稳稳踏上田埂。这时才看清她的面孔，大眼珠，大嘴巴，四四方方一张脸，晒得黑红，齐耳根短发，是个很壮实的妇女。姚队长打开布包，端过满满一碗饭，递上筷子，他老婆伸手接过，也不说话，就地吧嗒一坐，大口大口吃起来，吃出呼啦呼啦的声响。

红记娘姨呼呼地喝着白米粥，目光一直瞄着那对夫妇，又转身大声对旁人说，你看这夫妻俩好笑不？一个搞副业队种白木耳卖钞票，一个拼命拔秧挣工分，也不晓得弄点好吃的，还是冷饭热热吃，真当对不起自己的肚皮呢。

她的话没人回应。姚队长只当没听到，直挺挺站一边，日头在头顶上热辣辣晒着呢，也不往树荫下躲一躲，眼睛朝向前方，看着远处。那边，队里的男人们在田里插秧，有人大声吆牛犁田，水声哗哗作响。

红记娘姨咬一口油炸馒头片，咯叽咯叽嚼着，又说，你们看这姚正山，奇怪不，介热的天，还是白衬衫、蓝长裤，哎哟，衬衫最上面一颗扣子扣得介牢！人也不坐落，像秤杆一样笔挺站着，这副样子像啥？干部不像，教师也不像，像啥，像不像麻绳缚在后背的强盗杀头胚，嘻嘻，笑煞人！

我朝姚队长多看了两眼，咦，他这样子是有点怪呢。阿姐躲在我身后不敢让姚队长看见。我问，你们队长为啥大热天也是这副长袖长裤的装束，他不嫌热，不怕热出汗来难受吗？不会是身上有难看的疮疤吧？阿姐在我屁股上打一下，瞎讲！我们姚队长一向是这样的。他是保持军人风度，你小鬼头懂个屁！

有人说，哎，你们闻到没有，介香！老姚给他老婆送的是蛋炒饭，米饭里有鸡蛋有香葱，蛮好吃，蛮高档呢！红记娘姨抽抽鼻子，又探头看看，面孔板了起来，这家伙，明明蛋炒饭，还讲炒冷饭？这家伙……哼，学会讲造话了！

姚队长老婆很快吃完蛋炒饭，放下碗筷，呼地站起身，双手拍拍屁股，大步朝秧田走去。姚队长收起碗筷，一手拎着饭包，一手拉着小男孩，也没跟谁打招呼，顾自走了。阿姐看他走远，也赶紧走了。

乌桕树下歇力的拔秧人，看着老姚夫妇俩，一个下田，一个走远了，觉得不好意思再歇下去，拖拉身子站起来，慢慢朝秧田走去。红记娘姨最后一个起身，忽然带着怨气说一句，这家伙，都劳改过了，还介神气？哼！

看到一个令人吃惊的场景

一下午，我脑子里转来转去，总是红记娘姨带怨气说的那句话。"这家伙"是姚队长吗？不是他，还会是谁？姚队长真是劳改过的？莫非红记娘姨对姚队长有意见？为啥呢？要不，是对他老婆有怨气……

下午拔秧时，谁都没再提这个话头，是姚队长老婆在场的缘故？也可能是天气太热，太阳在头顶上晒大半天了，秧田里的水热得烫脚，能硬撑着坚持拔秧就不错了，谁还有闲心说别人家闲话？日头偏西，阳光斜射在脸上，火辣辣的痛。队长阿牛过来挑秧，招呼大家歇一会儿。众人都十分劳累，拖一双滞重的泥脚，费力走上土丘，一屁股坐在树荫下，连说话的力气都没了。红记娘姨也累坏了，像堆烂稻草一样瘫倒在地上，嘴里哎哟哎哟地哼个不停。月娟妈还照原先那样，靠坐在乌桕树下，圆草帽拉下盖着脸，一动不动，一声不吭。

对拔秧早已很厌烦的大喜，悄悄对我说，哎，去不去那边看看？那边？什么地方？我问。大喜用手指了指，那边，就是副业队种白木耳的地方呀，月娟和小琴她们在那幢土屋里呢！

噢，原来就在离我们秧田很近的山坡下呢。我心痒起来，从地上爬起来，跟着大喜悄悄溜走了。

大喜熟门熟路，三绕两绕，就到土屋前了。

门关着。里面一点声响都没有。

大喜脸上露出诡异的笑，低声说，你猜，屋里有没有人？我说，不知道，一点声音都没有，恐怕没有人。大喜又诡异地笑起来，说，他们肯定躲在里面，恐怕那个男人和她们两个正在搞这种鬼名堂呢。大喜用两只手的手指头做了一个很下流的手势。我被吓了一大跳，斥道，大喜你瞎讲！我姐怎么会……要么是你阿姐！她们……怎么会跟姚队长那个……怎么会？

大喜像他爸常贵那样摇晃着长着卷毛的脑袋，一副不屑跟我争的样子，说，你不信拉倒。我爸讲的，劳改过的会有好人？姓姚的家伙肯定没安好心，把她们招进副业队，就想把两个姑娘搞上手，一个白木耳，一个黑木耳，好相貌，一个白一个黑，好味道。嘻嘻！我爸要我盯牢点，看到他们在搞鬼名堂，就赶去告诉他，把他们当场活捉。你敢不敢跟我去看，看他们搞没搞鬼名堂？

我很反感大喜说这样的话，大声说，我不要听，我不想看！心里却莫名地紧张起来，会不会真有那种事？万一……

大喜不管我了，自顾自往一边走去，绕过泥墙拐角，绕到后面一侧。我心里很矛盾，走开几步，又回过头，还是跟过去了。

这才发觉，土屋后面另有一幢低矮的土屋，仅半人多高，屋顶上盖着稻草，那模样有点怪，就像一幢屋子被土埋了半截。大喜像一只壁虎，横着身子，紧趴在泥墙上，两只手大大地张开，脑袋歪着，扒开屋顶的稻草往里面看着。我犹豫着走去，凑过去，像大喜那样往里看了看。

我突然一阵紧张，胸口怦怦乱跳！

土屋里有人！有阿姐，还有月娟，再就是她们的姚队长。三个人，两个女的，一个男的，都站着，身子挨得很近，脑袋几乎贴在一起，从上面往下看，看清楚的是他们的后脑勺，看不清他们的面孔。

三个人正在做一件奇怪的事。

一个形状古怪的箱子，像商店的柜台，上面罩有玻璃面板。隔着玻璃面罩，我看见阿姐的两只手，还有月娟的手，伸进柜箱里，在摆弄着什么。柜里还点着一盏灯，微暗的火，一闪一闪发光。她们两人是坐着的，她们的一双手，一双白净，一双略黑，都在柜箱里。姚队长站在她们身后，一边跟她们说着话，一边用手指点着，像是指挥她们，要这样做，那样做……虽然看不懂他们这是在做什么，但绝不是大喜说的那种下流行为。我猜测，他们很可能是在做跟白木耳有关的事。这是正经在做生活呢!

我扭头要驳斥大喜的胡说八道，发觉这家伙已经不见了。

晚上，我把下午随大喜去那土屋偷看的事悄悄跟阿姐说了。她很生气，骂了一句，狗日的大喜! 狗眼看人低的小坏蛋!

我问，那个玻璃柜箱，做什么用的? 阿姐说，那是接种箱，种白木耳最重要的一道步骤，就是接菌种，这是绝密技术，不能让别人晓得的。所以，我们躲在那个半地下室接种。姚队长只相信我们两个人，我和月娟。他讲，种白木耳的绝密技术，杀头都不能讲出去的。我连连点头，又问，我看到有盏灯，一亮一亮的，是什么？阿姐说，那是酒精灯啊，消毒杀菌的，接种要在无菌状态下进行。这个我在初中化学课学过。姚队长对我讲，你懂科学知识，很好，知识就是力量。月娟没读过中学，她不懂化学，不如我呢。

我肚里憋不住，一串话脱口而出：他们那些人，为啥把你们两个，你和月娟，叫作白木耳、黑木耳？大喜他爸常贵讲，秧田里也有人讲，姚队长喜欢你们，相貌好，味道好，还讲劳改过的男人没安好心，想对你们动坏脑筋……

阿姐懊恼了，面孔涨得通红，骂道：这些乱嚼舌头的下作胚，讲这种话要烂舌头，烂嘴巴！姚队长重用我和月娟，还不是为副业队？种好白木耳，可以多卖钞票，让大家多分红！你看到了，他做什么坏事啦？没有！他对我们没有半点坏心思！我们都相信他，喜欢他！我们副业队的姑娘，哪个不喜欢姚队长？可我们心里都清爽，嘴上不讲的，只有月娟，敢对我讲，以后嫁人，就嫁姚队长这样有本事的男人。我很吃惊，啊？月娟介讲，是想嫁给姚队长？阿姐说，姑娘要是喜欢上一个男人，当然就想嫁给他啦。我们副业队哪个姑娘没介想过？不过，都晓得不可能。姚队长他们是落难夫妻，蛮恩爱的。姚队长最落魄的时候，他老婆一个人，独守空门十年，吃多少苦？有男人想动坏脑筋，她就骂他们，用拳头脚头对付……哼，懒得跟你小鬼头讲，反正你也听不懂。我不服气，说你怎么晓得我不懂？阿姐说，总归你要记牢，那些人乱嚼舌头的话，都不要相信！

天色暗下来时，忽然听到门外有小孩子的哭叫声。

我走出屋，看见门前两个男孩，一个四五岁，另一个高出好多，在争夺什么东西，四只手扯来扯去的。暮色暗淡，我认出大的那个是大喜，小的没看清。大喜仗着身高力大，用力从小男孩手中夺过那东西。小男孩大哭起来，叫喊着，还给我，还给我。大喜得意地嬉笑着，一只手高高举着那东西，嘴里说，我拿到手，就是我的了，嘻嘻，它归我了。小男孩急了，扑上去抱着大喜的腿不放，还给我，是我的，是我家的，你不能拿走，还给我，快还给我……

我犹豫着，想不好要不要上前去阻止大喜欺负弱小的行为。大喜比我长得高，我怕打不过他。

大喜被小男孩抱着腿，想跑跑不动，用一只手去掰那小孩的手，掰得太用力，把小孩的手弄痛了，哭得越发响越发凶，仍死抱着不肯放。忽然有人大步走来，一把夺过大喜手里的东西。眼看被夺走战利品，大喜愤怒地抬头朝向那人，大声叫喊，作啥抢我东西？还给我，东西是我的，还给我！

来人是红记娘姨。她手上拿着东西，高高举着，不给大喜，大声问，到底是哪个的？小男孩带着哭声说，是我的，是我家的。给我，还给我吧。大喜嘴硬，还说是他的，偷偷用脚朝小男孩猛踢过去，差点把他踢倒。惹恼了红记娘姨，把大喜用力推搡一把，让他摔倒在地。大喜躺在地上耍赖，两脚乱蹬，嘴里骂骂咧咧，骂很难听的话。红记娘姨越发恼了，用脚头重重踢他一下，恨声说，你个小鬼头，作啥像你爸常贵介一副死相？只晓得欺负弱小，做坏事体！明明是抢人家东西，还有道理啦？再敢骂，信不信我把你踢到水沟里喂乌龟王八！

大喜不敢再骂，一骨碌爬起来，跑掉了。

红记娘姨朝那小男孩招招手，孝孝，来，这个还给你。

噢，我认出来了，小男孩是姚队长的儿子。他站在那儿，怯怯地看着红记娘姨，似乎对她还心存戒意，不敢伸手过来拿。红记娘姨手中拿着的，是火柴盒子那么大的东西，天色有点暗，看不清是个什么。我把它拿过来，凑近看了看。东西有点沉，像是个铁家伙，扁扁的，似黑非黑的外壳，认不出来是什么。我发觉那东西外壳还刻着些外文字母，没有中国字，我认不出。这是啥东西？我问红记娘姨。红记娘姨说，这是打火机，呃，是……外国打火机。

打火机？我头一回听说这个词，也是头一回见到这个东西，而且，还是外国……打火机？

红记娘姨从我手里拿过打火机，塞到孝孝手里，说，你快回家去，把它藏好，以后再不要拿出来玩。听到没有？

孝孝手里紧握着打火机，看一眼红记娘姨，一扭头，撒开腿跑了。

来了个黑黑的怪人叫老鲁

过年前后，我们二队有两件大事。

年终分红是大事。腊月廿三这天，预算方案出来了。劳动值比去年高很多，十个工分有六角六分。大队副业队卖白木耳赚了钱，所得利润按人头分给各小队，我们二队共二十三户，八十一人，分得一千两百多块！我家挣工分最多的是阿姐。她在大队副业队，拿男人壮劳力一样的工分，每月做满三十天，总额超过爸了。分红值高了，生产队里没几个倒挂户，连月娟家都不欠债了。我家分到六十多块钱，是现金！

分红兑现这天，喝了酒的阿牛队长满脸红光，把一笔笔现金送给各"找账户"，高声说，大家把钞票拿回去，买鱼买肉买豆腐，做件新衣裳，开开心心过个年。有人说，阿牛，今年分红高，大家开心，不晓得明年好不好，还能不能开心过年呢。阿牛说，放心，只要老姚在大队副业队，就能用白木耳赚来钞票，让大家过好年。

　　那是我们家最开心最爽快的一次过年。养了大半年的猪，年前杀了，白肉卖掉，自家留一个猪头，一个项圈，就是猪脖子，抹咸盐腌了，晒成腊肉慢慢吃，还有猪血猪肺猪大肠。这个年过得很丰盛！分红得来的六十多块钱，爸和阿姐商量后再做分配。三十块给阿姐，买块红灯芯绒布，做件新罩衫。又买来半斤毛线，天蓝色的，好看！阿姐说，要给自己打一件毛线背心。剩下的加上卖猪肉的钱，给家里添置了一件重要的劳动工具：独轮车。开年后头一件农活，是把各家的猪栏粪起出来，送到大坝口生产队的油菜麦田当追肥，我家的独轮车初次上阵就大出风头。队里人惊奇地发现，身单力薄的和顺叔以往挑担总是落人身后，如今推起几百斤重的独轮车噜噜往前。身强力壮的阿牛挑一担一百七八十斤的畚箕担，走在长长的黄胖岭上，累得呼哧呼哧的，被和顺叔独轮车轻松超过！

队里另一件大事，起先我没在意，后来想起来，这才是最要紧的事啊。

我们二队多出两个人。这两个人都跟月娟家有关。

通往月娟家院子的水沟上那条长石板，忽然有个穿旧军装的陌生男人进进出出的。是谁呀？我想。这天他走进我家，面带笑容招呼我爸，和顺叔，我来看你啦。他笑容亲切，殷勤地递给我爸一根香烟，然后，在板凳上坐落，和我爸聊了起来。

噢，他是常贵的弟弟，名叫常荣，前几年出去当兵，刚从部队退伍回来。看他相貌，哦，跟常贵有点像，个头稍矮，头发剪得很短，看不出是不是卷毛。常荣待人很有礼貌，面带微笑，连我这小孩子也笑嘻嘻打招呼，还送我一个子弹壳。呀，黄澄澄的子弹壳，太好啦！我对常荣顿时有了好感。

红记娘姨在隔壁叫，阿声，快过来帮我做事体。

我喜欢去红记娘姨家玩，也乐意帮她做事。红记娘姨老公在县城上班，只星期天回来住一天，大多时间就她一个人过日脚，一人进，一人出，有点冷清。红记娘姨喜欢我，几次开玩笑说，要我寄拜给她做干儿子，让我叫她妈，过年给压岁钱。我叫不出口，她催我叫，害我面孔涨得绯红，她开心地大笑起来，拿东西给我吃。她家零食多，有麻饼、小桃酥、京枣这些糕点，夏季还有水果，杏子、梅子、李子、枣子，就是没有桃子。

红记娘姨家有棵桃树，在屋子东侧墙边，春暖时开出满树桃花，有几根枝丫争相探出墙外，老远就能看到一串串粉红的花。桃花盛开时，红记娘姨常站在树下，仰起脸看桃花，面带微笑，一副痴呆呆的样子。她还拿把剪刀，踮起脚，剪下几枝含苞带花的枝条，插在堂前一只青花瓷瓶里，在堂前做事，走过看一眼，再走过，又看一眼。

可我不喜欢她家桃树，花虽开得好看，树也长得好，高高大大的，结的桃子却很小，核桃那么点大，还不好吃，又硬又酸，没人要吃。我对红记娘姨说，能不能另外种棵桃树，最好种水蜜桃树，水蜜桃多甜，多好吃啊！好不好？她看我一眼说，我只喜欢桃花，不吃桃子。

要过年了，几户人家凑了十几斤黄豆，合伙做两板豆腐。红记娘姨家有做豆腐家生，又会这门手艺，就托她做豆腐。红记娘姨叫我过去帮忙，拿小勺添豆子，她自己推磨，双手紧握磨杆用力推，叽咕一声，石磨转一圈，又叽咕一声，再转一圈。石磨重，推起来有点吃力，红记娘姨累得呼哧呼哧的。常荣走进门来，亲热地叫一声，笑眯眯地抢过红记娘姨手上的推手杠，用力地推起磨来。红记娘姨蛮高兴，端茶递烟给常荣，她自己坦坦地坐在高凳上，用小勺添豆子。磨盘吱咯吱咯响，两人高一声低一声地说话，红记娘姨问个不歇，常荣耐心作答。

红记娘姨问常荣，在部队好不好。他说在部队里表现很好，评上"五好战士"，入了党，差点就提干，穿上四个口袋的军装了，不知为啥没提成，退伍回来，也不能安排工作，只好回生产队劳动。常荣情绪有些低落，说话时轻叹两声。红记娘姨愤愤不平说，介优秀的青年人，没留在部队，回家背锄头挖田泥，不是浪费人才么？又安慰常荣，别灰心，我帮你找比务农更好的行当。常荣感激不已，对红记娘姨连说几声谢谢。

这天常荣哪里都没去，在红记娘姨家帮着做豆腐。他干活很起劲，嘴里不停地哼着"日落西山红霞飞"这支歌，时而又招呼我搭把手。做豆腐有好多道工序，豆子磨好，在纱布袋里洗出浆水，滤过，下锅烧开了，再舀起盛在桶里，点卤水，起花后捞起，装进四方板匣内，收拢纱布，压上硬木条，再压石板，最后制成豆腐。夜深了，我犯困，回去睡了，常荣一直忙到半夜过，豆腐做好，搬起沉重的石板压上才离开。红记娘姨逢人就说，常荣是个好青年，好人才，浪费了太可惜。

没多久，常荣在镇里有了一份工作，帮忙搞征兵，临时性的，据说干得好，有可能转正。红记娘姨去镇政府，一屁股坐在镇长黄和尚办公室靠椅上，说，常荣在部队表现好，是可用人才，人才不能埋没。黄镇长说，你讲得对，人才要用起来。这样，常荣就不用下田干农活了。

我们二队新来的另一个人，过了年后才知道。

正月里，阿牛队长和我爸出了趟远门，去皖南，即我们习惯叫徽州的那边，用分红时预留的钱买回一头骚牯牛。牛是农家宝，耕田少不了，二队的社员们很关心，很好奇，都赶去牛棚看刚买来的牛。

真是一头好牛，高大，健壮，雄赳赳，气昂昂，哞声洪亮，两颗鹅蛋大的卵子紧贴后腔。有人说，花那么多钱买来一头好牛，可得好好照看，谁来管呢？阿牛说，有人，现成就有。问，哪个？阿牛说，老鲁。让老鲁来管这只骚牯牛。大家嘴里噢噢几声，眼珠子转转，相互看看，表情怪异，都不说话。

我心想，老鲁，哪个老鲁？我们二队有这个人吗？

从阿牛身后一拐一拐走出一个男人，以前从没见过，看不出多大年岁，个头不高，相貌平平，短头发，杂些白丝，一张皱皮疙瘩的面孔，黑得有点吓人，布满横七竖八的皱纹，像一只漆黑的铁锅底下用菜刀胡乱划过。他朝众人一再地躬身致意，努力想弄出点笑容，漆黑的脸上那些皱纹古怪地扭动着。他的一双手是直垂着的，两只脚努力靠拢，身子却歪斜着，看上去有点滑稽。

红记娘姨拉一下阿牛衣袖，低声说，哎，你看他，这副歪七歪八的样子，又是刚刚放回来，顾得牢这只骚牯牛吗？阿牛说，他自己讲，这些年在那边天天放牛放羊，内行得很。他一只跷脚，走路都不稳当，队里别样活干不了，不让他看牛，还能作啥？红记娘姨又问，他住哪里？阿牛下巴努了一下，看到没有？靠牛棚边上搭个草披间，让他先住着。

牛棚边果然新搭起一间草披屋，仅半间屋大，看上去很简陋，几根毛竹撑起一副斜斜的屋架，上面铺些稻草，几块松木板钉合起来，当作房门。红记娘姨啧啧两声，说，这种草披屋能住人吗？阿牛说，先住下吧。我家里拿来两条长凳，几块木板，搭起一张床，还有一床旧棉被，老鲁讲，够了够了，能挡风挡雨就好，蛮好啦。红记娘姨撇一撇嘴，好？好啥？像过去逃荒佬一样。还有，吃呢？阿牛说，呃，我妈拿来几个老南瓜。老鲁讲，有南瓜吃就够了，蛮好。红记娘姨讥笑着说，你那个妈，真当是个南瓜大妈，只晓得吃南瓜！

红记娘姨转身要走，走两步，呆了呆，又扭过头来，对阿牛说，我有半袋米，拿来给他吧。光吃南瓜哪有力气拉得动骚牯牛？噢，还有一条旧草席，反正不用，拿来给他垫床，再铺点稻草。介冷的天，总不能让他困在冰冷透风的木板上吧。她又招呼我，阿声，帮我去拿东西。

我跟红记娘姨到她家里，等着她拎来一个米袋，找出一张旧草席，卷起让我抱着。才要走，她又想起什么，跟我说，你看到没有？那个人作孽不？身上只有一件脱壳破棉袄，里面是光背脊的。这几天倒春寒，多少冷啊！我上楼把老徐一件旧夹袄寻出来，让他穿在里面。她转身要上楼，又说，阿声你去屋外看看，那棵桃树爆芽没有？

我走到屋外，看一眼那棵桃树，好像还是冬季里那副死气沉沉的样子，走近了细看，发觉朝阳的那几个枝条上，已绽出米粒大的花苞了呢。

我回屋跟红记娘姨说，桃树已经爆出花苞了。她点点头说，我想也差不多了。已经过雨水节气，天冷不了几天，会慢慢暖和起来，等桃花开了，收了油菜麦，吃上麦饼，日脚就好过了。

那段时间，我经常往二队牛棚那边跑。

我对面孔漆黑跷一只脚的老鲁没兴趣，喜欢的是那头威武雄壮的骚牯牛。来没多久它就大大出名了。骚牯牛力大无比，犁田时走得飞快，四只健壮的脚蹄把水踢得哗哗乱响，一天能犁好几亩水田。还有它傲然超群的雄性气势，令周边的大小母牛们艳羡不已，每每相遇，便朝它抛媚眼，哞叫两声。南门大队其他小队，三队，五队，六队，还有北门大队西门大队，都有年轻母牛，队长们看好我们二队的骚牯牛，想借它下种生小牛，争着把他们的母牛拉过来"相亲"。那些日子里，我们二队的骚牯牛真是风光无限，风头出尽。我们这些爱看热闹的男孩赶去看骚牯牛与母牛相会。骚牯牛雄心勃勃，来者不拒，一个冲锋上前，昂头挺胸，双蹄高举，阳具挺直，奋力跨上母牛后背，激情四射。我们为之激动不已，紧握拳头，跳着双脚，为骚牯牛的飒飒雄风大声叫好。

队长们拉母牛过来配种，按规矩要带上鸡蛋和老酒，是给骚牯牛的精力消耗作贴补的。鸡蛋三五斤不等，老酒肯定有一坛，二队当家人阿牛脸上笑眯眯，代骚牯牛收下礼品，让老鲁保管，嘱他按时给骚牯牛喂补食，不能让它亏了身子。我们喜欢看老鲁给骚牯牛喂补食，灌鸡蛋和黄酒。骚牯牛长得高大强壮，脑子却笨，好东西不晓得自己吃，要靠人饲喂。老鲁自制一件盛器，截了一节毛竹做筒子，有节的一头锯平，无节这头削成斜角，磕几个生鸡蛋在竹筒里，再倒进些老酒。他一手捏紧牛鼻上的绳头，用力往上提，对牛喊叫，嘴巴张开，听话，嘴巴张开！骚牯牛的嘴巴张开一点，他即将竹筒斜角一端插入它嘴角边，用力一推送，竹筒里的鸡蛋与老酒便滑溜进牛嘴巴里。如此几次三番，骚牯牛吃进好多鸡蛋和老酒，身体肯定更加强壮有力了。老鲁干这活熟手得很，跷着一只脚也能独力完成。别人手法不对，两三个壮劳力好几双手一起忙乱也不行，牛不喝水强按头，有可能糟蹋鸡蛋和老酒呢。

鸡蛋和糯米酿的老酒，是很让人嘴馋的好东西，给骚牯牛吃，会不会也诱使别的什么人参与享受？那个人会是谁？怀疑目标似乎很明确，常跟骚牯牛在一起的，管着那两样好东西的，只有一个人，老鲁。据说有人自充密探，暗中查探独住草披屋里的老鲁，观其行踪举止，尤其夜深人静四下无人时，提防着这个黑脸的看牛人，是否有与骚牯牛争吃补品的举动。

　　这是个敏感话题，我在家里吃饭时偶尔提了一下，被爸一句话刹住了车：没看到的事，别乱传乱讲！

陆

全天下最好吃的清明粿

　　清明节到了，镇上许多人家要包清明粿。清明节祭祖上坟，都要供上清明粿，说是给死去亲人送祭品，其实最后还是自己吃进肚里，嘿嘿，解一回嘴馋而已。红记娘姨年年要包清明粿，老早就开始张罗了，当作一桩大事做。我家不包清明粿，嘻嘻，沾隔壁的光，也能吃到好吃的清明粿。

　　包清明粿这桩事说难不难，做好也不容易。先要挑绵青，绵青就是春天刚钻出地面的鲜嫩艾叶。拎只竹篮拿把剪刀走到野外，田边地角，寻来觅去，寻见钻出地面绽出几枚青叶的嫩绵青，用剪刀着地剪起，叫作挑绵青。这事费工夫，还是细巧活。红记娘姨说，绵青是包清明馃的必备之物，是当家花旦，少它不得。往年都是阿姐和月娟两人帮红记娘姨挑绵青，今年她们在副业队忙得很，红记娘姨只能拉上我，帮她去野外挑绵青。

天阴着，似有似无地飘着细微的雨丝，有丝丝寒意。出门时，红记娘姨犹豫好一会儿，打伞不方便，戴圆草帽太笨，也不好看，最后拿块红披巾蒙在头上，两角在下巴一扎，招呼我，阿声，走，挑绵青去！

走一段南门街，拐入一条朝西的小巷，走出头，就是南门畈。南门畈在小镇的西南，平展展很大一片农田，红记娘姨说有好几百亩，都是南门大队的，我们二队也有三十多亩田在这里。这时节田畈里景色蛮好，绿油油的麦子长出齐崭崭的穗子，开黄花的油菜花期快过了，花枝的下半截已结出细籽荚。更多的农田里生长着嫩绿的花草，我们叫花草，语文课本里叫它紫云英，已长有半脚多高，开出无数紫红色的小花。细雨中轻风吹过，大片大片的花草随风微动，真像一片紫红色的海洋啊！我跟着红记娘姨，手拎着竹篮，在田塍上慢走，弓着身，寻找杂草丛里隐藏着的鲜嫩绵青。我眼睛亮，很快就能发现目标，急叫红记娘姨，快，这里有绵青，快过来挑。

野外空气很好，柔和的春风带着飘忽的雨丝，不时掠过脸庞，带来农田植物的清新气息，夹杂着阵阵油菜花香。红记娘姨心情舒畅，蹲在地头，用剪刀挑着绵青，嘴里还轻轻哼着歌。我仔细听了，好像唱的是"苦菜花儿开满地儿黄，乌云当头遮太阳"。很好听的曲子，可惜就这两句词，反复地唱了又唱。

我问红记娘姨，唱的什么歌，我怎么没听过？红记娘姨告诉我，这是电影里的歌。前几天跟老徐去看了一场电影《苦菜花》，里面有这支歌，曲调蛮好听的，可惜只会唱头两句。我问，电影好看吗？她说，好看，好看得很！我读过《苦菜花》这本书。唉，女人真苦啊，那个杏莉娘，老公是汉奸，她偷偷跟个长工好，结果，害女儿送了命……唉，看得我心里难受，眼泪流了好多。做女人真当苦啊……哼，老徐这个人，介好的电影不好好看，居然打瞌睡，还流口水！

我听红记娘姨讲电影里女人的故事，被吸引住了，很想看这部好看的电影，愤然说，那么好看的电影，徐叔不看，还打瞌睡！还不如带我去呢。

嗯嗯是啊，红记娘姨嘴里含糊应着，没说以后带不带我去看电影，嘴里又轻轻哼起了歌，苦菜花儿开……

我有点失望，又问，苦菜花是什么花？我们这儿有吗？红记娘姨说，有啊，这里就有。她弓起身来，走了几步，忽然蹲下，用剪刀挑起一朵跟绵青差不多的绿草，叫我看，看到没有？这就是苦菜花。再过些日子，就会开黄花，再结籽，变成白蒙蒙的一个球，风一吹，花籽就飘起来了。我大叫起来：啊，这不就是飞草籽吗？我晓得，课文里叫它蒲公英，老师还让我们写作文，去野外摘蒲公英，用嘴巴吹它雪白的花籽，就像小降落伞，飞得老远老远……哎呀，原来它就是苦菜花啊！

我兴奋地在田塍上寻找着，找到好几株蒲公英，也就是苦菜花，挑起来拿给红记娘姨，说，把它包进清明馃里吧。红记娘姨不要，说这种草味道苦，不能包进清明馃。她又说，早几年没吃的，有人把它挖来，滚水里烫一烫，同米糠和在一道做团子，可以填填肚子。介苦的野菜，现在哪个还要吃它？

老实说，我不喜欢挑绵青，心想，手拿剪刀，蹲在地上挑挑剪剪，是女人的活，我是男人呢。我耐不住，时不时站起来，东张西望一番。田畈上另有一些拎着竹篮的妇女和女孩，零零散散的，边走边看，或站或蹲。我对红记娘姨说，今天挑绵青的人蛮多呢。

红记娘姨抬头看一眼，说，你看那些人，拎着竹篮在田塍上走，有的恐怕不是挑绵青，想偷偷割花草去喂猪呢。我问，为啥要偷割花草？红记娘姨说，花草可以肥田，又是养猪的好饲料。家里养的猪没吃食，饿肚子了哇哇叫，偷点花草回去喂猪，也叫没办法。前几年粮食不够吃，天天饿肚皮，有人家把花草割来，切碎铺在锅底，放一把米一把糠，煮一锅烂糊粥，把花草当饭吃呢。

忽然，听得有女人喉咙很响地喊叫"红记"，连喊了两三次。红记娘姨没理睬，那女人又大声说，竺红记，扎块红头巾装狼外婆，我就认不出你啦？红记娘姨一下站直起来，朝那喊叫的女人大声说，哎，戚水仙，你作啥喊那么响？我扎红头巾要你管？你戴个红箍箍给队里看花草田了不起啦？放心，我又不会偷你们五队的花草！

叫戚水仙的女人，隔一块花草田，站在田塍上，一头短发被风吹得乱蓬蓬的，瘦长的身子像支细竹竿，一只手拿根竹竿，一只手很神气地叉在腰上，袖管上套了红箍箍。她嘴里好像有啥东西，说话时一闪一亮的：哎，我晓得，你竺红记不会偷花草，你家的猪用不着吃花草，像你一样有福气，有豆腐店的豆腐渣吃，还有酒厂香喷喷的酒糟，吃得肚皮滚圆，一副福相！哎，豆腐渣、酒糟都是黄和尚帮你弄来的吧？红记，你这女人福气真当好，嫁个老公会挣工资，还有镇长做靠山，家里外头都有男人，真当好福气！

我听出来，对方话里有讥意呢。红记娘姨却满不在意，脸上仍带着笑，大声说，哎，是啊，我竺红记就是福气好，里外都有男人关照，比你戚水仙福气好得多。嘻嘻，看你嘴巴里有颗值钞票的大金牙，其实过得蛮不好，肉都吃不到一口，饿得介瘦，看你这副样子，风一吹会倒掉呢！作啥呢？看我日脚过得好，你是不是气不过，眼睛红啦？

戚水仙挺了挺精瘦的身子，说，哎，我瘦归瘦，身上没毛病，神气十足，眼睛雪亮。你红记是有福之人，以往出门挑绵青，带两个女儿，今天又带个儿子，儿女双全，真是有福气。嘻嘻，这是你儿子吧？

明明晓得红记娘姨没有儿女，还说这种话！戚水仙这话说得有点恶毒呢。红记娘姨脸色一下很难看了。她看我一眼，朗气回一句，哎，怎么啦，你讲对了，他就是我儿子，名字叫阿声。长得好看吧？读书也好呢，门门功课一百分！

戚水仙呆了一下，嘴角歪了，扮个古怪的表情，咦，是你儿子？让他叫你一声，嘻嘻，儿子会叫妈吧？

红记娘姨看着我，轻声说，阿声快，叫我一声妈。以后我看电影带你去！

不知为什么，我头脑一热，竟大声叫了红记娘姨一声"妈！"

红记娘姨脸上顿时放出光来，朝那边的女人喊叫着：戚水仙你听到没有？听到阿声叫我妈没有？

戚水仙没回应，她身边蹲着一个男孩猛地站直起来，手指着我，大声说，他不是你儿子，阿声住你家隔壁，他是人家的儿子！

戚水仙扯开喉咙大笑起来，哈哈哈……笑得细瘦的身子直哆嗦，露出嘴巴里的大金牙闪闪放光。她一边笑，一边还说些不好听的话。红记娘姨越发生气，不想再理她，拎着竹篮大步离去，走了老远，还能听到戚水仙刺耳的笑声。

我认出来，说话那男孩是我同班同学，他嘴里缺颗门牙，我们叫他绰号"缺牙佬"。原来"缺牙佬"是戚水仙的儿子呀！他是家里的老三，前面有两个哥哥。他家很穷，"缺牙佬"从来都穿哥哥的旧衣裳，补了又补的。鞋也是破的，有几天竟穿着草鞋来上学。前段时间"缺牙佬"没来学校，因欠了两年的学杂费，他妈到学校跟老师大吵一架，第二天他就不来上学了。

红记娘姨跟有颗大金牙的戚水仙闹得不开心，好一会儿脸都阴着，也不跟我说话，只顾埋头挑绵青。我心里直怨"缺牙佬"母子，都是他们嘴巴贱，害红记娘姨不高兴。唉，本来红记娘姨答应下回带我看电影的，她还会吗？

包清明馃时，红记娘姨又把月娟妈叫来当帮手。

月娟妈脚步匆匆走进门，身上系着围裙，边走边往手上套袖套，嘴里说，哎呀红记，实在是走不出门，一大堆衣裳要洗，还要择菜切猪草煮猪食喂猪，两个小的打架，三喜把四喜脸上抓出血了。红记娘姨说，晓得你忙，介多小孩，介多张嘴巴，要洗要烧要照看。可是没有你，我清明馃包不完，你们也没得吃，对不对？月娟妈笑笑说，晓得啦。快点包，我还要赶回去做夜饭呢。

今年包清明馃量大，红记娘姨用自家石磨磨了水磨粉，足足十斤粳米。我帮着灶下烧火。水磨粉与滚水里汆过的绵青，和在一起在热锅里用锅铲用力搅拌，然后放在案板上揉，揉啊揉，揉成绵软的一大团，再用擀面杖打皮子。

把一大团米粉打薄成皮子，得花大力气。红记娘姨有力气，擅长干这活。她脱了外衣，只穿一件贴身的碎红花布衫，撸起袖管，露出两只白净壮实的手，乌黑的长发在脑后用一根红绸带扎起，双手使一根三尺长的擀面杖，用力碾压米粉团，身子一纵一纵，脚跟一顿一顿，长发一甩一甩，嘴里发出嗨嗨的喊声，米粉团在桌上嗵嗵作响，很带劲。不多一会儿，一大团米粉让红记娘姨擀成一张很大的扁皮。月娟妈拿来一只小碗，翻转了，口沿朝下按着，用一根铁钉子绕着碗圈，轻轻一划，划出一个个浑圆的皮子。

清明馃好吃，馅料最要紧。一般人家只是弄点腌芥菜老豆腐，切碎拌作馅料。红记娘姨讲究，馅料中必有腊肉。她说，包清明馃这台戏，绵青是当家花旦，腊肉就是头牌小生，最要紧。红记娘姨选肥瘦相间的夹心肉，与野小笋腌芥菜一道，用菜刀嚓嚓嚓嚓切成很细的颗粒，拌成馅料，包进清明馃里，蒸熟后闻起来很香，吃进嘴里味道特别鲜。

红记娘姨养猪，每年养一只，清明前买来小猪崽，养到年前杀了，猪肉大多自家留着。她会腌猪肉，腌火腿，腌夹心肉，腌条肉，还腌猪头猪舌头。冬春里逢有晴天，就把腌肉晾出来晒日头，楼上架起粗竹竿，一刀一刀往上挂腌肉，很长一排。晾晒多日，腌肉晒得红彤彤的，闪出油亮的光色，散发出浓浓的腊肉香味。路人从东山巷走过，都会抬头看一眼，鼻子抽两下，感叹一声，哎呀，红记家的腊肉真香啊！

正月里响过春雷，下过春雨，雷笋从地里钻出来，成了腊肉最好的搭档。红记娘姨爱吃腊肉炖雷笋，砂锅放在风炉上，炭火慢慢炖两个钟头，砂锅里噗噗作响，溢出的香气飘来荡去，从板壁缝里透过我家，让我们忍不住一次次咽口水。红记娘姨大方，每回都会端一碗过来，让我们"尝尝鲜"。我到老了还认为，腊肉炖春笋是最好吃的一道农家菜。

皮子和馅料准备停当，红记娘姨和月娟妈两人洗了手，桌边坐下来，开始包清明粿。红记娘姨手快，两把几捏就包成一个，月娟妈手巧，包得好看，两个手指头轻捏粿边那道半月形的褶，每只清明粿，不多不少十八个褶，捏得又匀又密，一排排摆列着，很好看呢。我一旁看得有点发呆，噫，这清明粿看上去像红记娘姨常用的那把桃木梳子。

红记娘姨朝我瞄一眼，说，阿声你没事体做，去，看看屋外的桃花开了没有？哎，折两枝来，挑最好看的折，插到堂前梅瓶里。

红记娘姨家的桃树有点奇怪，每年开花都晚些，别处桃花开得闹猛，它的枝条上还只是些羞答答的小花苞，不动声色地潜伏着、候着，临近清明节，别的桃树已开始落花，绽出嫩叶了，它才睡梦中醒来似的，猛一下抖擞全身精神，绽放出满树的艳红花朵，让人见了又意外又惊喜。

我从侧门走出屋，见桃树果然已开出花，开得不多，唯向阳一面的枝条花开得多，其他许多枝条还是含苞欲放的模样。树高人矮，我站在地上撩不着，只能费力地爬上树，抱着枝丫扑上去，小心地攀折盛开着桃花的枝条。

折桃花费了些工夫，我兴冲冲拿着它返回屋里，红记娘姨和月娟妈正在低声说着什么，见我走进来，忽然不说话了，把头低下去，只顾两手包清明稞了。我有点纳闷。她们两人凑到一起，总喜欢说悄悄话，刚才说什么啦？为啥看到我不说话了？不会是说我什么事，不想让我听到吧？

再一想，也未必，没准是说徐叔呢。

我在堂前把桃花插进那只青花瓷瓶时，睡足午觉的徐叔从楼上走下来，手上端个小茶壶，拖着布鞋，嗒，嗒，嗒，慢悠悠，一步一步，稳稳地踏着楼板，嘴里还轻轻地咳咳几声。

徐叔瘦高个子，后背微微弓起，长脸，平头，戴一副近视眼镜，往椅子上一坐，手上那只紫砂茶壶桌上一放，像煞一个账房先生。不晓得这人在县城上班怎么样，反正他在家几乎不说话，走路很轻，无声无息，猫一样的。

红记娘姨对徐叔不满意，跟我们说，他这个人，在家里跟客人一样的，啥闲事都不管，油瓶倒翻都不扶。哎，这我晓得，真是这样的。徐叔星期天回来，在家里住一天，歇一夜。这一天，他除了吃饭困觉，就是坐在书桌前，看报纸，喝茶。看完报纸，开始摆弄笔墨，用毛笔蘸很淡的墨水，在报纸上一笔笔慢慢写字，写一遍，再写一遍，把一张报纸写成烂湿的一团，扔掉。然后，他拿出一副象棋盘，铺展开，在棋盘上摆弄棋子，零零落落几颗子或十几颗子。他趴在桌前，眼珠子痴痴地盯着，发好一会儿呆，才用手指头拨动一下棋子。问他，说是研究残局。文化馆楼下活动室天天晚上有人下棋，好多人聚成一堆，吵吵嚷嚷，指指点点，热闹得很，徐叔从来不去，说那些人太乱，象棋水平太差，懒得跟他们下。

徐叔的象棋水平怎么样不清楚，写的字是有机会看见的。过年时徐叔会写春联。红记娘姨买来两张大红纸，裁成长条，徐叔用毛笔蘸了浓墨，认真地写下几副对联，自家门前贴，送隔壁邻居贴，自然有我家的。近几年他总写这两句："克俭为本六畜兴旺，勤劳作筏五谷丰登""走社会主义康庄大道，举祖国建设三面红旗"。字写得扁扁的，笔画扭捏，尾巴翘起，说不上好看难看，他说是正宗的隶体。其他的徐叔就不肯写了。红记娘姨抱怨说，我让他写一篇《桃花源记》，墙上贴起来看看，说好几次他都懒得写呢。

徐叔偶尔也会做点事，用小砂锅炖中药。这事他不让红记娘姨插手，自己生风炉子，弄炭火，把纸包里不知什么药片药末倒进砂锅里，装了水，炖得满屋子飘来荡去都是苦涩的药味。红记娘姨不那么乐意，嘴上一句话不说，只是紧皱眉头做事，或索性拎一满篮衣裳出门洗个半天不回家。有一回，开药铺的许步云笑眯眯走进来，站角落里跟徐叔悄悄说话，又把怀里揣着的一小包什么东西塞过去，偏巧让红记娘姨看见，即问，许步云，你又作什么妖？啥东西，给我看看！原来是十几只小麻雀，死的，毛茸茸、蔫耷耷的。又问，这东西做啥用？许步云笑笑，燂毛，去肚，油炸炸，男人吃蛮好，有用的。红记娘姨一下恼了，把那包东西一甩，甩出门外，朝许步云吼一声，你给我滚出去！老是弄这种名堂骗人，骗钞票，有狗屁用！

那以后，徐叔再不炖中药了。

红记娘姨和月娟妈在饭桌边包清明馃，徐叔坐在一旁书桌前，喝茶，写毛笔字，摆象棋残局。他从不参加这项家庭劳动，眼睛都不朝这边瞄一下。还有，堂前供桌上梅瓶新插的鲜美桃花，他也不看一眼。

清明馃包完了，饭桌上竹匾上摊了许多，取一些摆到蒸架上，放锅里蒸。我在灶下烧火，不一会儿就蒸得热气腾腾，飘出清明馃特有的香味。香味飘来荡去，一直飘到屋外，巷子里的路人也闻到了。有人闻着香味，径自走进来。

进来的是黄和尚，雨泉镇镇长，本镇最大的领导，个头不高，尖瘦脸，肤色蜡黄，身穿一件沾有污渍的中山装，脚下穿着皮鞋，走路咯咯响。皮鞋是旧的，一点不亮，鞋沿和鞋帮上沾着泥尘。他进门就叫嚷着：做啥介香？红记，做清明馃啦？

红记娘姨正在桌前收拾用具，扭过脸朝黄镇长笑嘻嘻说，你长个狗鼻头，镇政府介老远就闻到香气啦？又对厨间喊，梅珍，清明馃蒸好了吧？快点，这里有个馋痨胚，拿几个清明馃来给他解解馋。

月娟妈嘴里应着，揭开锅盖，捡出几个热乎乎的清明馃，装在一只白壳碗里，从厨间走出，恭敬地端到黄镇长面前，轻轻放下，低着头扭身走开了。红记娘姨说，哎呀，筷子也不拿一双，让人家手抓了吃啊？阿声，拿双筷子过来。

我走出灶下，拿了一双筷子走出来，递给黄镇长。他坐在那里，看也不看我，拿过筷子就去夹清明馃，急急往嘴里送，也不怕烫，呼呼地吹几下，连咬带嚼，一下就把一个清明馃吃进肚里，朝红记娘姨跷起大拇指，嘴里含糊夸说，好吃，真好吃！红记，你做的清明馃，比人家做的好吃多了，是全天下最好吃的清明馃！哎呀，介好吃的东西，怎么让你做出来的？

红记娘姨一边站着，看黄镇长那副馋痨的吃相，听他夸自己，也不说话，只是嘻嘻地笑。黄镇长扭过头，朝那边一副呆面孔对着棋盘的男人，招呼一声，老徐，你不过来吃两个清明馃？好吃得很呢！

徐叔头不动，眉眼不抬，只是用两个指头捏着棋子的手，轻轻摆了一下。

红记娘姨说，别管他。他呀，没这个口福。胃不好，吃了难受，要泛酸。

黄镇长又说，哎，老徐，我们镇里五一劳动节要搞一次象棋比赛，你来不来参加？赢了有奖品噢！你来吧，跟他们那些臭棋佬下，肯定能拿冠军……

徐叔依然头不抬，只用那只捏棋子的手，轻轻摆了两下。

不去？唉，可惜，可惜了！黄镇长有点夸张地大声叹气，转回桌前，拿起一个清明馃，没吃，看着，又赞叹起来，哎呀，红记你这清明馃包得真好看！边上捏的皱褶，这么细巧，匀称，好看，就像那个，哈哈，对，艺术品！红记，你过来，把手伸出来让我看看，你这双巧手是怎么长的？

红记娘姨嘻嘻地笑了，站着没动，也没伸手，说，黄和尚，你这下马屁拍在马蹄上了。你手上这个清明馃是梅珍包的。梅珍的手才叫生得好、生得巧呢。扭头朝厨间说，梅珍，黄镇长要看你一双巧手呢。说着，嘻嘻地笑个不停。

月娟妈坐在灶下矮凳上认真烧火，屁股不抬，一步没动。

黄和尚，黄和尚——你在哪里？巷口有人大声喊叫，声音老远飘过来了。

听这声音，尖细又响，好像是他老婆在喊呢。

黄和尚稳稳坐着，好像没听到，把手中看了好一会儿的那个清明馃，一口，一口，不急不忙地咬进嘴里，品味一番，慢慢咽下肚，微微点头说，好吃，真好吃。

黄和尚，黄和尚！你死到哪里去啦？你给我走出来！女人喊叫的声音近了，越发尖细而高亢，也有点难听了，是不是钻到哪个女人家里啦？青天白日的，你还想做点啥好事体啊……你给我死出来！

黄和尚还是坐着不动，也不应声，随手又拿起一个清明馃往嘴里塞。

红记娘姨走过来，对他说，哎，你听没听到？陶桂枝在外头喊你呢！走吧走吧，等歇那个泼辣女人过来，把你耳朵揪红，面孔撕破，我不管的喔。

黄和尚只好站起来，好啦，我走。狗日的真烦人，吃两个清明馃都吃不安耽。

红记娘姨说，要不带几个回去？

黄和尚把手中那个咬了两口的清明馃摆了摆，说，不用不用。你红记包的清明馃，我黄和尚尝过味道就好啦。走了，下回再来。

大清早，红记娘姨在隔壁大声叫我，阿声，阿声。我赶紧跑过去。

红记娘姨穿戴整齐站在堂前，身前摆着一只圆竹篮，上面盖着一块毛巾，我即猜着，她要去上坟了。可是，明天才是清明节，都是清明这天才提着供品去山上祭拜死去亲人的呀。

红记娘姨问，这两天你们放春假不上学吧？我说是的。她说好，叫我帮她拎起竹篮，跟着她走，也不说跟她去哪里，做什么。我呆了一下，提起竹篮，跟着红记娘姨出门。

没往街上走，往东山方向穿出巷子。巷里有人见了说，红记上坟去啊？她含糊应一声。出巷子，却没上东山，拐向后马路朝南走一段路，折进一条黄胖岭，再过大坝口，过一道水渠，上五松岭，又走进长长的青石岭，盘绕几道之字弯，到达岭上。我和红记娘姨，轮流拎这只沉甸甸的竹篮，走小半天，有三四里路，才走到岭上，累得气喘吁吁，便坐下歇会儿。

一路上，红记娘姨很少说话，脸上也没什么笑脸，这时才说，好啦，快到了，下岭再走一段路，前面那里就是。

我不知道红记娘姨说的"就是"指什么，她家祖宗的坟地，还是哪个亲戚家？想问，没敢问。盖在竹篮上的毛巾被岭上的风吹乱，露出一角，我看篮里有几只装着饭菜的小碗，有清明粿，有香烛，想必是祭祀用的。咦，怎么还有一大块腊肉，两块豆腐？难怪篮子这么重……

天气难得放晴了，出了日头，阳光明晃晃地照在山坡山冈上，原本矮小不起眼的灌木丛，经前些日子的雨水滋润，已绽出嫩绿的枝叶，开出各色花朵，尤其那些映山红，开得正艳，红红的，一团团，一簇簇，显眼得很。照以往我会奔过去折那些红艳艳的花枝，扯下花朵往嘴里塞。映山红花带点酸味，能吃，吃多了容易流鼻血。今天走路有点累，我只是懒懒地看它们，坐着没动弹。

　　下山轻松多了，又走一段路，前面就是一个大村子，我看到墙上有"燕村大队"字样，想必这里叫燕村，大大小小好多幢房子，有瓦房，有茅屋。我们走进村子，遇上一些干活的男人，扛锄头的，或挑担子的，或是挽洗衣篮拎畚箕的妇女，红记娘姨跟他们似乎不熟，彼此漠然看一眼，并不打招呼说话。

　　走到村边，一个很破旧的茅屋前，红记娘姨停住了脚步。她朝屋里探了探头，轻叫一声，又大叫一声，叫一个人的名字，什么志明或志民的。

　　屋后传来"唉"的应声，是个男人的声音。不一会儿，有人从屋后的菜地走出来。也不能说是走，因他只有一只脚，没法走，有一支木头拐杖，支在另一侧没脚的胳肢窝下，这样一下一下地挪过来了。这男人年纪跟红记娘姨差不多，估计生活境状不好，身上衣裳破旧，头发蓬乱，胡子拉碴，个子不高，很瘦，仅有的那只脚上穿着破草鞋。他告诉红记娘姨，他在种菜，两只黝黑粗糙的手上沾着乌黑的泥巴。又指指旧屋的破门，轻声说，进屋坐一下，喝口水？

红记娘姨说，不用。我们先去那边吧。又提醒说，哎，你洗洗手，好吗？

我不知道要去的"那边"，是什么地方。只是跟着红记娘姨和这个独脚的男人往村外走。路上，男人支着拐杖走得很费力，几乎不说话，红记娘姨问一句，他嗯一声。走了不远一段路，便是山坡，上山坡，看到前面有坟地，我明白了，走这么远的路，果然是来祭扫亲人坟的。

坡上好几个坟包，我们在一个很不起眼的小坟包前站着。坟头用些石块垒起，土堆的坟头，不过三尺高，时日久了，坟头上长满杂草和藤蔓，开春后新出的绿草新芽透过颓旧的枯枝败叶，在坟头上轻轻摇曳。

坟前空空的，没有碑石，也就什么字都没有。

独脚男人带了畚箕和锄头，在坟边挖了土，装进畚箕。红记娘姨吩咐我爬到坟上，把畚箕里的土倒在坟头，是为添新土。又要我把她带来的招魂幡挂起来。这招魂幡是用极薄的桃花白纸剪成的，有两尺多长，很轻，小风一吹就能飘起来。坟顶原立有一根树枝，一拉就断，朽掉了。恰有一株抽出来的金刚刺，有手指头粗，茎秆呈半紫红半青绿色，直直地挺立在坟顶，我就把招魂幡挂上，风吹过，金刚刺茎晃动着，轻软如羽的白纸条便飘摇起来，真有点招魂的意思呢。

红记娘姨蹲在坟前，从竹篮里拿出几个盛着熟菜的小碗，三荤三素，一只装着几个清明粿的大碗摆在中央，又摆了筷子和三个小酒盅，拿个酒壶往酒盅里倒点黄酒。然后，点燃两支白蜡烛和一把香。

红记娘姨招呼那个独脚的男人，手拿燃香一齐朝坟头祭拜了。她扭头看看我，犹豫一下，把手中几支香塞给我，轻声说，你也拜一拜。也没说拜的是谁。

我有点疑惑，还是听话地照她说的拜了几下。每年清明节，我也是要随大人到山上几处坟头祭拜的，大致知道那坟里躺着的是谁，是我某位从未谋面的祖辈先人。但眼前这坟里埋的是谁，我都不知道，为啥要我拜呢？

一会儿，又回到村边的那个旧茅屋前。独脚男人问红记娘姨，要不要进去坐一下？我烧点水给你们喝？红记娘姨迟疑一下，看我一眼，说不坐了，还是赶紧回去，要给老徐做午饭。男人没再说。红记娘姨对我说，你等一下，随即提着篮子走进茅屋里。那独脚男人跟进去。两人不知说些什么。一会儿，红记娘姨出来了，手上篮子里只有几只空碗了。

我们走出好多路，偶一回头，那独脚男人还靠在门边看着。

回去的路上，红记娘姨自己提着空篮，我两手空着，肚子也空着，走得很快。路上，红记娘姨脸还是阴阴的，一句话不说。快到家时，她告诫我，今天去燕村上坟的事别跟家人说。

我有点后悔，早知道这样，就不跟红记娘姨出来，很没意思么。

晚上，天色已漆黑，大喜忽然来找我，邀我一起去捉麻雀，说牛棚边那个大草垛，有许多麻雀窝，夜里去摸鸟窝，一摸就是两只，一晚上说不定能摸一麻袋。还说，许步云那儿收麻雀，三分钱一只呢！

白天跟红记娘姨走那么多路，有点累，听了大喜的话，不免又起好奇心，想着这么有趣的事，便兴冲冲拎一只麻袋，跟着去了。小心翼翼走过一条黑咕隆咚的小路，走到二队牛棚那儿。大喜站在牛棚边，东张西望，探头探脑一番，没去牛棚左边的草垛里摸鸟窝，却往右边草披屋蹑手蹑脚走过去。

我心想，捉麻雀，去老鲁的草披屋作啥？就跟了过去。

大喜趴在那扇透着缝的门板上，往里面看。里面有暗淡的光透出来，是点着一盏煤油灯。我看见，狭小的屋子里，老鲁稳当地坐在一张小竹椅上，腰上缆根绳子，面前摆着个草鞋桩子。他正在打草鞋，两只手忙不停，抓几根稻草，捋直，搓几下，夹绕在鞋板上，用铁耙子拉紧，再用个木槌敲几下。务农人出门干农活都穿草鞋，每家都有打草鞋的简易工具。老鲁看牛，天天走田塍路，爬草坡，上竹山，都要穿草鞋。他晚上没事就打草鞋，打多了，自己够穿，就送队里人，我爸也得到几双，说老鲁打的草鞋很结实，稻草中夹着旧布条，耐穿。

大喜这人古怪不？拉我来捉麻雀，摸黑走到这里，不去牛棚草垛捉麻雀，却过来看老鲁打草鞋，这有啥好看的？我拉大喜走开。他很不情愿，嘴里嘟哝着说，狗日的老鲁跷子，害我今天又白跑一趟。我说，怎么白跑，不是要去捉麻雀吗？大喜支支吾吾说，我弄错了，麻雀还要过段时间再做窝，现在捉不到的。

我生气了，说原来你是骗我的。大喜说，我一个人走夜路，天介黑有点怕。我更生气了，说你骗我过来，看老鲁打草鞋，这有啥看头？大喜说，我不是看他打草鞋的。我爸讲，老鲁跛子这时候恐怕正在偷偷炒鸡蛋喝老酒，一个人享口福呢。是我爸叫我过来看老鲁跛子的。又说，你没看到吗？草披屋里摆了好几坛老酒，一只大筐里还有好多鸡蛋呢！

　　忽然有脚步声，黑乎乎的有个人影晃动，有人从小路走过来了。

　　我们赶紧躲开了。那个人走过，看样子是去牛棚边，又像是去老鲁住的那间草披屋。奇怪了，这人是谁？莫非另外还有人不放心，过来看老鲁有没有偷偷炒鸡蛋吃老酒？

　　大喜拉着我，要走过去看看那人是谁。我不肯去，说，老鲁吃不吃鸡蛋老酒关我什么事？我不走，大喜硬拉我去，拉扯中，发觉那人很快又转回来了。我们赶紧躲在牛棚墙角边。那人走过我们面前，离得近了，虽是夜间，也把这人的身形面容认出大概。这个人是月娟！

　　我很惊讶，她怎么来啦？大喜更加吃惊，差点叫出来，一下紧抱着我，手搭在我腿上，手指猛地捏得很重，我疼得差点叫出声来。

等月娟走远，没影了，大喜猛地跳了起来，很气愤地对我说，我就晓得，她们表面上装装样子，暗地里跟他勾勾搭搭，根本没有断！月娟是来给老鲁跷子送东西吃的。她手上拿个大碗。我认得，是我家那只蓝边大海碗！我说，月娟手上好像是拿着什么，是个大碗吗？这么晚了，她给老鲁送什么吃的？咦，她为什么要给他送吃的呢？大喜哎呀一声说，我想起来，昨天我妈拿回来好多清明馃，月娟用大海碗捧过来，一定装着好多清明馃。哼，我吃了一个，我妈就不让吃了，讲要留到清明节拜祖宗，偏偏送给这个跷子吃！

我很奇怪，问大喜，月娟为啥要给这个老鲁送清明馃？是看他可怜吧？大喜瞪大眼睛看我，说，咦，你还不晓得？月娟是老鲁跷子生的，是他的亲生囡，他们是嫡亲老子嫡亲的囡。我更吃惊了，这是真的？他们，老鲁和月娟……她不是你阿姐吗？你们不是一个妈生的？大喜生气地打我一下，大声说，我是我妈生的，不是老鲁跷子生的，是我爸吴常贵生的……哎呀，你为啥介笨！算了，不跟你讲了！我，我要回家去，哼，看她从家里拿多少清明馃给老鲁跷子！

大喜急着回家，跑得太急，脚步匆忙，脚下被碎石子绊了一下，摔了个狗吃屎，趴在地上哎哟哎哟乱叫，让我笑得要命!

　　只是，大喜说月娟和老鲁是父女这话，让我很想不明白。肤色白净的月娟，和一张漆黑面孔的跷脚老鲁，他们两人怎么可能是父女？晚上，我把这件事跟阿姐说了，问她，是真的吗？阿姐嗯一声说，月娟是老鲁的囡，对的。我也是才晓得。月娟真作孽，摊上这种亲生老子……哎，你说，月娟给老鲁送清明馃，你亲眼看到的？我说，是呀，真是月娟呢，捧一个大海碗，走进牛棚边老鲁住的草披屋，过一歇出来了。阿姐哦一声，说，估计老鲁不会要她清明馃的。她肯定又捧着装清明馃的碗回去了。我不明白了，说，她是老鲁的亲生囡，为啥不吃自家囡送去的清明馃?

　　阿姐说，不吃清明馃啥稀奇？这个老鲁，不光脚跷了，脑子也坏掉了。月娟叫他爸，他不应一声，走路上对面碰着，他也不理不睬，装作不认得呢。

　　爸板着脸走过来，对我说，这种事，你不晓得，不要多问，听到，就当没听到，看到，也当没看到。阿声你记牢，少管人家闲事。

柒

白木耳摆在街上成烂货了

立夏过后，天渐渐热起来，副业队的活越发忙了，头一批白木耳要赶紧接种，阿姐一大清早就出门。穿红格子罩衫的小芬，白白胖胖的红梅，她们常来约阿姐一起出工，反倒是住得最近的月娟，好久没来了。有一天我上学，快到校门口时，看见月娟走过来，跟以往那样，低着头沿墙边走。奇怪，我早看见她了，她却没看见，没跟往常那样抬起头笑着招呼我。

这天很晚了，天色已黑透，晚饭早就烧好，焖在锅里，米饭的香味在屋子里飘着。我们的肚子咕咕叫着，很饿了，可是爸说要等阿姐回来，她到才能开饭。

终于等到阿姐回家了。

阿姐走进来，满脸喜气，额头鼻头上有亮晶晶的细汗，嘴里大声唱着歌：是谁帮咱们修公路哎，是谁帮咱们架桥梁哎，是亲人解放军，是救星共产党……一边唱着，一边还扭摆着身子。噢哟，阿姐今天是跳着舞进家门的呢！

作啥介开心啊？我心想，阿姐又有啥好事体？

吃饭时，阿姐兴奋地不停说话，哎，晓得吗，我们副业队新来一个人，男的，猜得出是谁吗？是月娟家的，就是她小叔常荣啊！他来副业队当副队长，今天早上来的，一来就帮我们干活，又挑担，又搬箩筐，表现很积极呢。我说，常荣不是在镇里做事吗？阿姐说，黄镇长让他回大队当干部，大队刘书记叫他分管副业队。常荣队长一来副业队就热闹了。午间休息时，他让我给大家跳舞，跳"洗衣舞"。你晓得的，长久没跳了，哎呀，我就随便那么一跳，整个副业队的人都拍手叫好，夸我跳得好，跳得真好看！嘻嘻，真开心！

阿姐满脸放光，手上端着饭碗，嘴里不停地说这件大好事，一口一个常荣队长，提都没提姚队长。这可有点奇怪呢。我忍不住问，你们跳舞，姚队长同意吗？他让你们跳吗？阿姐说，也没讲啥，我们跳舞时他走开了。常荣队长讲，他跟姚队长商量过，姚队长讲，只要不耽误干活，空余时间我不管，随你们做什么。嘻嘻，他没反对，就是同意了。

阿姐吃着饭又想起什么，碗筷一丢，跑进房间里，打开一只旧木箱，把里面的旧衣裳翻来翻去。我跟过去看，问她找什么？阿姐说，我有一条跳舞穿的裙子，蛮好看的，你记得吧？我要把它找出来。

阿姐从箱子底下把那条打了十几个褶的蓝纱裙找出来，是她读中学在学校舞蹈队跳"洗衣舞"时穿过的，塞箱子底下很久了。我问阿姐，你把裙子找出来作啥？要穿它吗？阿姐把裙子抹在腰下，嘴里哼着歌，屁股一扭一扭，两脚一伸一收，得意地说，哎，好看吗？我要跳舞了，哎，我跳舞是不是蛮好看？我问阿姐，你真要跳舞？你们副业队要跳"洗衣舞"吗？阿姐说，是啊，常荣队长讲，我们副业队介多姑娘，相貌好，身材也好，可以组织一支舞蹈队。他让我教大家跳"洗衣舞"呢。常荣队长讲，跳得好，参加全县群众文艺会演，可以得奖状，太好啦！

阿姐脸上得意的表情忽然凝住，起了惊色，叫出声来：裙子……怎么破啦？怎么会……破了呢？

真的呢，阿姐的漂亮裙子破了，裙摆中间破了一个五分硬币那么大的洞。接着，又发觉第二个，略小，哎呀，还有第三个……阿姐眼里溢出了泪水，声音微颤，捏着裙子的手也有点抖了，怎么办？裙子破了，穿不成了……

阿姐这条裙子得来不容易。读初三时，阿姐要参加全县学校文艺会演，她们舞蹈队跳藏族"洗衣舞"，要各自做一条裙子，裙摆要宽大舒展，要轻盈飘逸。阿姐回到家，说起要做那样一条漂亮裙子，可是，哪来的钱买布？是啊，没钱，怎么做裙子？阿姐急了，哭了一场。还是隔壁红记娘姨想出办法，说她家有一顶蚊帐，不慎被油灯烧破一个碗大的空洞，不能用了。她对阿姐说，小琴，别哭，我来帮你。我用蚊帐给你做一条裙子，一定蛮好。

红记娘姨当真把她家的破蚊帐改成一条裙子，裙摆长长的，还用染料染成深蓝色。阿姐欣喜不已，穿上裙子，一提脚，一甩腿，裙子又轻盈又飘逸！太好了，太漂亮了！后来，八个跳舞的女生都按这样子做裙子，凭着这漂亮裙子和漂亮舞姿，拿到了全县中小学校会演最高奖。

可是，这条漂亮裙子在箱子底下压了两三年，竟然破了，破了三个洞，不能穿了！怎么会破的呢？会不会谁弄破的？阿姐两只眼睛瞪向我，是不是你？我很委屈，大声说，没有，我没有弄你的裙子！阿姐又气又急，这下怎么办，裙子破了……一下哭出了声。

隔着板壁，红记娘姨早听清楚怎么回事，走过来说，小琴，裙子破两个洞有啥要紧，补一下就好了么。

补一下？怎么补啊？阿姐还是一脸哭相。

红记娘姨像变魔术一样，不多一会儿，当真把裙子上的小洞补好了，原先难看的破洞不见了，有几朵艳红的花，点缀在轻软的裙摆上。阿姐又惊又喜，说，哎呀，这几朵花红得真好看！是……桃花吧？红记娘姨真了不起，真好！她开心得抱着红记娘姨又跳又笑。

隔天，阿姐从副业队干完活回来，到隔壁对红记娘姨说，大家都讲我的裙子好看，要照我这条裙子的样子，大家都做一条。不过……红记娘姨，你看，红桃花能不能改一下？红记娘姨问，要改，改啥？阿姐说，常荣队长说，裙摆上绣花不大好，要绣就绣红五星，他说得有道理，红记娘姨，你把桃花改一下，改成红五星，好不好？

红记娘姨一下眉头皱起来，说，常荣讲的，要改红五星？红桃花不好看吗？桃花五个花瓣，不也像是红五星吗？空佬佬，作啥要改？小琴，你让常荣过来跟我讲，让他讲出道理来！

阿姐后来再没说改红五星的话，常荣也没来。

真的，阿姐真的很喜欢跳舞，我看让她跳舞比给她吃肉还开心。副业队的姑娘们收工后不回家，由阿姐带着排练舞蹈"洗衣舞"。阿姐劲头十足，教得认真，姑娘们跳舞热情很高，学得很努力，甩手，蹬腿，扭腰，摆胯，很快跳得蛮像样了。阿姐说，常荣队长不光鼓励她们跳舞，还身先士卒，充当舞蹈里的老班长，学得特别认真。阿姐剪下自己的头发，给常荣做假胡子，戴在鼻子下。阿姐捂着嘴笑着说，他这样子蛮滑稽，蛮可爱呢！阿姐还说，常荣队长答应，副业队要拿出一笔钱给她们做跳舞的裙子，真是太好啦，太开心啦！

我问阿姐，你们跳舞，月娟也跳吗？她跳得好看吗？

阿姐说，你问月娟作啥？她没参加跳舞。她说脚痛，走路都痛。哼，不跳拉倒，不缺她一个。

月娟脚痛吗？我有点疑惑，早晨刚见过她啊，还像以往那样悄没声地低头沿墙边走，走得很平稳，很正常啊。我叫她一声，月娟抬起头，朝我笑了笑，说阿声你上学去啊。咦，她为啥说脚痛，不跳舞呢？我不明白，月娟长得好看，身材也好，不跟阿姐她们一起跳舞，参加全县会演，有点可惜呢。

这天晚上阿姐回来，脸上表情神秘兮兮，眼睛眨巴眨巴，想说什么又憋着不说。吃完晚饭，阿姐叫我去灶台那边洗碗，然后跟爸说，常荣队长找她单独谈话，要她争取加入共青团。阿姐说，常荣是大队党支部委员，兼团支部书记，他表扬我工作积极，思想进步，具备入团条件了。

阿姐压低声说这件事，抑不住满心喜悦，浅黑肤色的脸上泛出红亮的光。我耳朵尖，在灶台那边轻轻洗碗，阿姐说的话都听见了。我把碗洗得哗哗响，大声说，阿姐，你要入团啦？太好啦！爸脸上难得有一丝笑意，迟疑地问阿姐，常荣他，有没有提到家庭出身问题？阿姐说，常荣队长晓得的。他跟我讲，和顺叔是贫农出身，历史上有个污点，当过国民党县政府的警察，在县政府门口站三个月岗，没做反动的事，也没欺负老百姓。现在新社会，年轻人重在个人表现。常荣队长叫我不要有顾虑，要相信组织，积极向团组织靠拢，争取早点入团。

夜深了，阿姐趴在桌前写入团申请书。一盏十五瓦灯泡悬在阿姐头顶，把一截黑黑的身影晃来晃去。我半夜起来撒尿，电灯仍亮着，阿姐还在写！阿姐是初中毕业生，作文写得好，是班里的学习委员，写的字很好看。阿姐告诉我，这份申请书，她写了整整三张纸！

过几天，阿姐兴奋地说，常荣队长告诉她，已经讨论通过她的入团申请，再填写一份入团志愿书，她就是一名光荣的共青团员了。

好多天过去，阿姐等着盼着的入团志愿书还没来。她有点着急，问常荣队长，他说，快了，又对阿姐说，最近有一项光荣而重要的任务，需要她积极配合，要保质保量地完成。阿姐问什么任务？常荣说，镇里要办个白木耳技术培训班，让你去教各大队派来的人种白木耳。这是黄镇长亲自部署的任务，一定要完成。阿姐感到意外，教别人种白木耳，可以吗？姚队长同意吗？常荣说，老姚起先坚决不同意，他们两人争论很久，吵了起来，后来黄镇长过来骂了老姚一顿，他才不响了，不再反对了。

爸忽然问一句，黄镇长为啥要办白木耳培训班？

阿姐说，这道理你还不懂吗？副业队种白木耳，赚了钱，只富了我们南门大队，雨泉镇所有大队学会种，都能赚钱了。各大队的社员都富起来，不是好事吗？姚队长他……太小气了，只顾到南门大队利益，不让别的大队学会种白木耳，就是不想别人也富起来。黄镇长讲，这是本位主义，是自私自利，要不得。黄镇长讲得有道理，姚队长没道理，只好不响了。

阿姐说得对。我大声说，老师讲，世界上还有三分之二的人生活在水深火热之中，怎能自私自利，只顾自己过好日子呢？爸低下头抽烟，不响了。

一天，我走出巷口，看到街上一个奇怪的场面。

沿街边摆放着好多个卖白木耳的摊子，几乎一模一样，搪瓷脸盆里盛满清水，盆里是大朵大朵的新鲜白木耳，晶莹，洁白，很诱人的样子。好些个漂亮姑娘站在街边，仰着脸，带着笑，高一声低一声地喊叫，卖白木耳啦，又白又嫩的白木耳，买去炖了吃，保你皮肤又白又嫩……

可是，任那些姑娘再怎么高声喊叫，喊得口干舌燥，过路的人好像没听到一样，都懒得看一眼脸盆里那些白白嫩嫩的东西，径直走过去了。只有一些小孩子，在那些脸盆前走走看看，或蹲下去，伸手到脸盆里撩弄那些嫩白的东西，被卖主不客气的呵斥给吓退了。

下午了，街边那些脸盆里白白嫩嫩的东西，一点也没少去，被热辣的太阳晒得没了生气，盆里的水被日光晒热的缘故吧，看上去黏糊不清，像是煮得半生不熟的饺子。脸盆旁站着的姑娘们早就不耐烦了，躲到街边店铺的阴处。唉，可怜的白木耳，成了果皮和烂菜帮子，烂街货，走过的路人连看都懒得看它一眼！

巷口，好几个妇女站着聊天，聊得很起劲，脸上带着怪异的笑。红记娘姨在巷边水埠头洗菜，洗完走上来，拎着菜篮站一边，不声不响听着。

说话喉咙很响的是戚水仙，一张嘴，上牙床的金牙便放出光。哎，看没看到？街上那些卖白木耳的，站那儿喊一整天也没卖出半两，最后收摊，把脸盆一倒，白木耳扔在街边，不要了！嘿嘿，还有哪个要？野狗走过，嗅一嗅，也走开了！真作孽，有种人就是不想好好务农，不走正道，自以为了不起，称大好佬，挖空心思弄出这种东西，想骗人钞票！看到了吧，扔路上，狗都不吃！有人附和说，就是么，烂树洞里长出来的东西，白花花，糊糟糟，不香不臭的，不甜不咸，有啥好吃的？又有人说，我看到许步云拎只畚箕，用扫帚把倒在街边没人要的白木耳扫进畚箕，摊在屋顶上晒呢。问他，是不是拿来当饭吃？他讲这是好东西，你们是不识货，当不了饭吃，但可以当补食补身体。戚水仙说，许步云那个馋痨胚，想长生不老呢，他的话不好作数的！讲到底，这东西是姚正山最先弄出来的，要怪就怪他，称大好佬，弄成现在介副烂摊子！

红记娘姨听不下去了，说，戚水仙，讲人家破话，先把自己牙齿笃笃齐！前两年大队副业队种白木耳赚来介多钞票，各小队都分一份，你家也得过好处的。忘掉啦？做人要讲点良心！

戚水仙做出一副惊怪的表情，拉长了音说，哎哟红记，你帮得介牢作啥？你现在还帮那个姓姚的讲话？是不是还有从前那份心思，还放不落？

红记娘姨愣了一下，脸色顿然板下来，恨声说，放你妈的臭屁！

我想不明白，白木耳那么好，怎么会卖不掉呢？爸说，种白木耳的太多了，不光雨泉镇所属大队，其他地方也都学会种了，种成了，采下白木耳，晒干，都拿去卖钱，可收购站是有收购定额的，收满就不收了，再便宜也不收。拿到镇上卖，镇上才多少人家，谁家常吃这个？卖不掉，剩下那么多白木耳怎么办？总不能留着自己吃吧？

别人卖不掉白木耳，南门大队的白木耳也没卖出去，都堆在库房里，几麻袋呢。副业队只能停工，不敢再种，种了收了，卖不掉，换不来钱，怎么办？白木耳再好看，再好吃，也不能当口粮分，到底当不了饭吃的呀！

阿姐已经好多天没去副业队了。

阿姐心情懊丧，整天闷声不响，把自己关在房间里打毛线，打了拆，拆了再打，打得不好往地上摔，好多天打不了半尺长。爸问，你不去副业队啦？阿姐低声说，常荣队长让我们在家歇一段时间，等通知。爸问，那常荣呢，他作啥？阿姐说，他到县里开会，又跟黄镇长去省城参加表彰大会，拿奖状。爸说，介多白木耳卖不掉，还能当先进拿奖状？阿姐呆了呆，不响。爸又问，老姚呢，他怎么样？阿姐摇摇头，说不晓得，好几天没看到他了。爸叹口气说，大队副业队赚不到钱，各小队也要倒灶，今年分红肯定跌到三角四角，我家要变倒挂户了。

捌

那男人带两个姑娘去了外省

黄梅季节，天气燠热起来，雨水多了，有时下个不停，有时下下停停。奇怪，红记娘姨家那棵桃树忽然从树干和枝丫上流出一些黏稠的桃浆，红不红黄不黄的，慢慢凝成一小团，按上去软软的，闻闻不香不臭。怎么回事？红记娘姨有点担心，弄下一块拿着去问许步云。许步云笑着说，这是桃浆，桃树上年岁了，就会流桃浆，这可是好东西，能做很好吃的桃羹呢。

红记娘姨将信将疑，叫我爬到树上，把树干和枝丫上的那些桃浆弄下来，盛在一只白壳碗里，送到许步云那儿。那人果然做出了一道羹，炖在小砂锅里，得意地端到红记娘姨家，说，看到没有？桃浆银耳羹，绝好的一味补药，延年益寿，滋润皮肤，女人吃特别好呢。

红记娘姨朝砂锅里看了看，又凑近闻了闻，脸上满是狐疑，说，这东西真能吃吗？哎，你说的银耳，是什么？许步云说，银耳就是白木耳呀。羹里我放过糖，味道绝对赞！红记娘姨哎呀一声，说你个许步云，上回骗我买白木耳，讲吃了脸上的红记会褪掉，有狗屁用！你把人家倒在街上的白木耳捡起来晒干，跟桃浆弄在一起炖？能好吃吗？哼，我不吃。阿声你要不要吃？我犹豫一下，也说不吃。红记娘姨说，你看，阿声都不要吃呢。呃，倒掉么有点可惜，要不，盛一碗给梅珍，问她要不要吃。

我端着盛着桃浆羹的白壳碗，走过长石板，推开那道腰门，走进月娟家。这时节她家院里一丛丛的凤仙花，还有鸡冠花喇叭花美人蕉，都开了花，红的黄的，开得正艳呢。月娟妈和三喜四喜在院子里。两个调皮的男孩用凤仙花鲜红的花瓣涂在指甲上，又采摘凤仙花籽相互投掷，嬉笑不止，被他们的妈厉声喝住，正被训斥着。看到我走来，月娟妈有点惊讶，说，你怎么来啦？

我把手中的碗递过去，说，红记娘姨叫我过来，给你吃桃浆羹，里面有白木耳，她不要吃，问你要不要吃？

月娟妈接过碗，看了看，说，白木耳跟桃浆炖在一起，蛮好吃的，以前大户人家才有呢。介好的东西，红记她自己为啥不吃？三喜四喜两个小家伙围拢来，眼乌珠弹起，馋痨地盯着白壳碗，四喜伸过一只乌黑的手爪来抓捞，被他们的妈重打一下，忙缩回去了。月娟妈骂一声，馋痨胚！等歇给你们吃。

月娟从屋子一侧走出来，手挽一只菜篮，在屋后菜园摘菜呢。她看到我，脸上显出笑意，朝我点头招呼，阿声来啦。副业队停工，像我阿姐一样，月娟也闲在家里没事做了。不出工就挣不了工分。我有点为她们担心了。

从月娟家出来，走过长石板上，我看见几个小伙伴在水沟里玩水，嘻嘻哈哈笑着，顿时兴起，即跑过去，下水沟跟他们一起玩起来。

巷道上人来人往，偶尔有人停下看看，说一两句走了。有人很怪，站那儿看好一会儿，也没说话。我抬头一看，竟是姚队长，白衬衫，蓝裤子，腰板直挺挺地站着，眼睛直直地看着我。我有些吃惊，他怎么这样看我，作啥？

姚队长忽然朝我招招手，阿声，你过来，跟你讲句话。我说，你找我阿姐吧？她在家里，在打毛线。姚队长说，不找你阿姐，我有事找你爸，他不在。呃，阿声，我想借你家独轮车用两天。可以吗？这两天不用吧？

有点意外，姚队长怎么忽然要借我家独轮车？我想问他，借去作啥用，没敢问。他肯定有要紧事才来借的。只说，好的。我家不用独轮车，你拿去用吧。

我家独轮车的车架立在门外，车把手朝天靠墙放着。我进屋把轮胎拿出来，姚队长接过去，按了按轮胎，气是足的。他把轮胎安在车架上，放下车。他朝我点点头，推着独轮车走了。

我站在门口，犹豫着要不要跟阿姐说。红记娘姨走过来，脸上神秘兮兮的，问我，姚正山把你家独轮车借去啦？他讲作啥用？我摇摇头说，不晓得，他没讲。红记娘姨眉头皱起，说一句，这家伙，不晓得脑子里又想啥？迟疑着走开了。

阿姐从里屋走出来倒水喝，我跟她说姚队长借独轮车的事。阿姐问我，姚队长为啥借我家独轮车？我说，不晓得，要么你去问问？阿姐白我一眼，说，人都走了，我问哪个？扭过身走回里屋，又去打毛线了。

天快黑了，爸收工回家，我跟他说姚队长借独轮车的事。爸呆了呆，咦，老姚为啥要借我家独轮车？又说，反正我不用，借两天就借两天。

阴历月底，夜里没有月亮，天一暗下来，巷子里没路灯，漆黑一片，眼睛鼻子都看不见。我们在堂前昏黄的电灯下吃夜饭。忽然月娟急匆匆走进屋，站在堂前当中，神色有些紧张，直直地问一句，姚队长来借你家独轮车啦？

阿姐用筷子指着我说，我不晓得，你问他，向他借的。月娟问我，他讲借车作啥用吗？我说，就讲借去用两天。爸说，我也有点奇怪，他借独轮车作啥用？还要借两天？月娟，你看到他没有，你晓得吗？月娟摇摇头，我没看到他，听人家讲，天快黑时，姚队长推着独轮车，从后马路往北边去了。有人看到，车上满满的，装了四麻袋东西。

阿姐哎呀一声，说，四麻袋？会不会装的是副业队库房的白木耳？他用独轮车装四麻袋白木耳，要去哪里？

月娟说，我想，姚队长是要把白木耳推到徽州去卖。街上有人讲，别的大队把白木耳弄到徽州那边收购站卖掉，价钱蛮好，卖了好多钱。他肯定也听到了，想把白木耳送去那边卖掉换钱。可他就一个人，独轮车装那么多货，天介黑，走那么远的夜路，万一……怎么办？

爸也急了，说，是啊，到徽州那条路我走过，很远，将近一百里路呢，路上漆黑的，一个人推车走夜路，天亮都到不了。当中还要翻过两省交界的千秋关，那条大岭几十里长，山高路险，蛮荒凉的，恐怕有野兽，万一碰到狼碰到豹子怎么办？叹了一声，又说，姚正山这个人，做事体太独，也不跟人商量，一个人推辆独轮车，装介多货，身边连个帮手都没有，只怕会闯祸呢。

月娟慢慢走到我姐身边，挨着她，用手拉她衣袖，仰起脸，轻声说，小琴，小琴，我们一起去吧，赶过去帮他，帮帮姚队长，好吗？你晓得的，他有腰伤，一个人推独轮车，怎么走得到徽州？我不会推独轮车，你会推的，对吧？

阿姐呆了一下，发狠地站起来，说，好，月娟，我去。我们帮他，帮姚队长推车到徽州，把白木耳卖掉！有了钞票，以后副业队还能种白木耳！

她们快走出门时，爸叫了一声，等等，随即站起来。我猜，爸是要一起跟她们去？还是想说什么？可他呆了呆，没跟着走，也没说什么，转了个身，走过去拿来一支手电筒，还有一根木棍，塞到阿姐和月娟手里，轻声说，你们走夜路，用得着的。

阿姐和月娟她们走了。

爸闷头坐在堂前抽烟，一直没说话。我想，爸是不是有点后悔，应该是他出门去帮姚队长，而不是让两个姑娘走那么远的夜路？

有人悄没声息地走进门来。我一看，竟是月娟妈。之前，她可从没到我家里来过呢。爸也有点吃惊，忙站起来，梅珍……你来啦？坐，进来坐。

月娟妈没走进屋里，只是靠门边站着，手搭在门边，说，我就站在这里，讲两句话就走。不知是不是门边光线暗的缘故，月娟妈脸色苍白，像糊了一张白纸，头发也有点乱，有几缕散披在额前，腰间系着一块旧围裙，一只手捏着，一下一下捏着裙边。她问，月娟来过啦？她和小琴一起去了，是吧？

我抢着说，嗯，她们一道去的，去帮姚队长推独轮车，到徽州卖白木耳。

月娟妈呆了呆，轻声说，唉，我想，姚正山也是没办法了。只有卖掉白木耳，换回钞票，副业队才做得下去。呃，我就是有点担心，月娟，小琴，她们两个姑娘跟他去，我怕……会不会出啥事体？

爸说，不要紧。她们带了手电筒，还有木棍，估计这时候已经赶上姚正山了，他们三个人在一道，相互有个照应，你放心，不会出事的。

月娟妈张了张嘴，还想说什么，迟疑一下，又不说了，无声地叹一口气，慢慢转身，走了。

夜深了，巷子里一片漆黑，静得吓人。爸叫我去关门，准备睡觉。忽然从幽暗处晃出一个身影，不声不响立在我面前，墨黑的一张脸，暗夜里一时没看清，一开口，显出牙齿和眼白，才认出来，是老鲁。他手上拎着什么东西，一瘸一拐地走进屋里。有了亮光，才看清楚，他手上拎着几双草鞋，另有一个小包。

老鲁突然出现，爸很有点意外，老鲁……介晚了，你还要出来？

老鲁忽然笑了笑，乌黑的脸上皱纹乱抖，说，打了好多草鞋，给你送几双过来。这个尺码正合你的脚，你穿穿看。爸接过草鞋，说，哎呀，上回送来的草鞋还没穿完呢，你又送来了。老鲁再递上小包，说，你上回讲双抢种田落下腰骨痛的毛病，这几种草药，你煎了吃吃看，见效的话我再帮你挖。爸接过药包，哎呀，老鲁……明堂，你这人真是有心，还给我弄草药，真当不好意思！坐一歇，明堂，你坐，坐。

老鲁坐在堂前一只矮竹椅上，一只脚放正，一只脚歪斜着。他穿着短脚裤，露出两条腿杆，看得出歪斜着的那只脚要细一点，还有一块很大的伤疤。我用蓝边大碗从钵头里舀了六月霜凉茶递过去。老鲁接过，一口喝光，放下碗，抹抹嘴，照原样坐好不动。

爸细看草鞋，嘴里说，明堂，你草鞋打得真好，又合脚，又耐穿。老鲁含糊应着，唔唔，眼睛却朝里面看，看了两眼，不说话，不问啥，就这么坐着，也不起身离开。我又舀来一碗六月霜茶水。他接过，没喝，双手端端正正捧着，也没说话，也没问啥，头也没抬起来。爸想到什么，对老鲁说，我家小琴，还有月娟，她们两个人出门去了。听月娟讲姚正山推独轮车去徽州卖白木耳，她们帮他去了。

老鲁猛地抬头，看着我爸，嘴里唔唔两声，那张乌黑的脸上，皱纹乱动一阵，却还是没说话，也没问啥。我说，给她们带去手电筒，还有木棍，三个人一起走夜路，不要紧的。老鲁朝我点点头，嘴角扯了两下，像笑，又不像笑。然后，他站起来，慢慢往屋外走出去，很快消失在暗夜中。

爸走过去关门，手搭在门上，好一会儿自语似的说，看样子，恐怕是鲁明堂先看到姚正山推独轮车出去的……

玖

有关月娟姑娘的闲话

过了两天，还没看到阿姐他们的身影。

我们有点着急了。

隔壁红记娘姨过来问，小琴他们回来没有？怎么还不回来？哎呀，我有点担心，会不会出啥事体？她对我们说，唉，讲句实话，那天是我先看到姚正山推车出门的。我猜出姚正山想做啥。他要出远门卖白木耳。我就担心会出事体！这人做事体就是介独，也不跟人商量！我去跟梅珍讲，是想让月娟和小琴把那个人拦住，不要去。嗐，哪里晓得她们两个倒好，反倒跟他去了！真是!

三天过去了，去徽州卖白木耳的三个人还是没回来，却传来一个坏消息。

姚队长、阿姐和月娟，他们三个人轮换推车走了一整夜，走了近百里，路上倒是平平安安的，没出什么事，一辆独轮车把四麻袋白木耳推到徽州某城镇，找到一爿收购站。但是，白木耳没能卖成，被当地"打办"截住了。外省过来的三个人，这么多的值钱货，又没有盖公章的介绍信，怎么能随便买卖？是不是搞投机倒把？不行，不能卖，扣下！独轮车与四麻袋白木耳都扣下，人也扣下了，打来电话，要这边派人过去协商处理。

常荣到镇里找黄镇长，开出一张盖过镇政府大红公章的介绍信，急急赶过去，好说歹说，总算跟徽州那边协商好，把人带回来，四麻袋白木耳以很低的价格贱卖了，勉强收回一点钱。

以为这事就过去了，没想到会引发严重后果，哎呀，简直严重得不得了。

先是有个小疑问，在镇上许多人的嘴舌边滚来滚去，滚雪球一样，很快滚成一个越来越大的疑团：姚正山为啥私自带副业队两个姑娘，偷偷摸摸跑到外省去卖白木耳？在外面两天两夜，还在一家小旅店宿了一夜，这个中年男人会不会对两个年轻漂亮的姑娘做过啥见不得人的事？

这种闲话飘到阿姐的耳边，气得她站在街口，大骂那些嚼舌头的人，是哪个人的狗眼睛看到啦？瞎猜瞎想，想要冤枉人啊？我和月娟在一个房间里歇了几个钟头，姚队长一个人在外面院子里，守着独轮车上四麻袋白木耳，怕被偷掉，一整夜没闭眼睛，我们好端端的，哪里有见不得人的事体啦？

我陪阿姐到街上酱酒店打酱油买霉豆腐，碰到黄镇长老婆陶桂枝。那女人细眯着眼凑近来看阿姐的面孔，浓烈的雪花膏香味熏得阿姐鼻腔发痒打了个大喷嚏。阿姐说，你看介仔细作啥，不认得啊？陶桂枝龇牙一笑，说，我看你眉毛散不散，散开的话，就不是大姑娘，你那个，嘻嘻，坏掉了。阿姐呆了呆，那个？那个啥个？陶桂枝做了个下流手势，嘻嘻，就是姑娘下面的那个……阿姐气得扭头就走，嘴里骂一句，放你妈的狗屁！

中午，我从学校回来，爸还没回家做饭，阿姐在里屋，关着门，不晓得做什么。忽然门口有人晃了晃脑袋，没进来。我大声问，谁啊？那人才露出脸来，是常荣。

常荣轻脚轻手走进来，先朝里面张望一下，问我，和顺叔还没回家？我说没有，你寻我爸有啥事体？常荣说，不是，我找你阿姐小琴，跟她说几句话。

阿姐从里间走出来，见到常荣有点吃惊，你作啥……来啦？常荣笑了笑，伸手从衣袋里掏出一张纸，对阿姐晃了晃，你的入团志愿书，我拿来了。阿姐看一眼那张纸，好像不是很高兴，懒懒地说一声，噢。常荣扭头对我说，阿声，我有事体跟小琴讲几句话，你走开一下，好不好？

我走出家门，随手把门拉拢，坐在门前石阶上。我很饿，肚子里咕咕作响，扭头看着巷口，盼着爸快回来做中饭。

许步云手上拎个布包，弓着腰背，像只烧熟的大虾摇摇晃晃走进巷子。我知道他是来浴室洗澡的。我家隔壁的国营浴室星期天开放，中午十二点开始营业。许步云喜欢提早过来。他跟管浴室的我姨夫关系好，肯让他头一个下浴池，这时浴池的水又干净又热。

许步云看到我，就走过来，叫我，阿声，你作啥一个人坐在门口，还没吃饭吧？我朝他看一眼，不响。他又问，你阿姐是不是天天关在家里，一步都不出门？我把头低下，还是不响。他朝我家里指了指，刚才有人进屋了，是常荣吧？我只好闷声说，常荣找我阿姐有事体，叫我走开一下。

许步云朝我挤挤眼睛，嘿嘿，我猜，常荣找你阿姐，肯定跟姚正山有关系。那家伙做人介不规矩，人家讲兔子不吃窝边草，他倒好，黑白通吃。我没听明白，问他，你讲黑白……通吃，啥意思？许步云狡黠地笑笑，说，啥意思么，以后你就晓得了。我讲这两句话不要告诉你阿姐，她要骂死我的。一扭身，他钻进了浴室的门。

一会儿，常荣走了出来。我从石阶上站起来。他朝我似笑非笑一点头，没说什么，大步走开了。

我进屋，看到阿姐一声不响坐在竹椅上，手上捏着那张纸，已经皱巴巴了，不晓得她在想什么。我忽然发觉，她的眼睛是湿的，像是哭过了。咦，常荣跟阿姐说什么话，害她哭了？

一夜间，这条爆炸性新闻就在雨泉镇的长街小巷传开了。

副业队的两个姑娘，小琴和月娟，由大队刘书记和常荣带着去医院做妇科检查，随后医生开出两份诊断书，小琴没问题，"处女膜完好"，可是月娟出问题了，她那份诊断书上写着，"处女膜破裂"！这句医学术语，换作当地人的俗话，就是说，月娟的那个……坏掉了，她已经不是大姑娘，肯定被男人困过了。

这下不得了！

姑娘的那个……介要紧的东西，怎么可以坏了呢？哪个男人对月娟这漂亮姑娘下手了？人们几乎众口一词：肯定是副业队的姚队长，是姚正山搞了月娟！嘿嘿，不是他，还有哪个？除了他，哪个敢？接下来，又要问，他搞了月娟姑娘，只有一次，还是多次？只是到徽州卖白木耳这一回，他们一男一女困在旅店的一张眠床上，还是说，两个人暗地里早有那种见不得人的私情关系……

常荣上午到镇政府汇报这件事。下午镇长黄和尚怒气冲冲赶到南门大队队部，对刘书记和常荣说，镇里开过会了，这件事要彻底查清爽！把姚正山叫来，问得萝卜不生根，查个水落石头出！又说，不管怎么样，先把他大队副业队队长撤掉！像他这种人，本来就不配当干部，副业队介多姑娘，蛮好一箩筐鲜嫩的小白菜，弄不好都要让这只骚牯羊糟掉了！杨乃武小白菜故事晓得不，这就是羊吃白菜啊！哼，一定要追究到底！是私通，诱奸，还是强奸？不管犯哪条，他姚正山都是罪上加罪，不是枪毙，就是坐牢，起码再戴一顶坏分子帽子！

姚队长来了。还是那身衣着，整洁的白衬衫，蓝长裤，脸上很平静，看不出一点慌张的神情，坦坦地站在三个神色极严肃或说极其威严的干部面前，淡然问一句，你们叫我过来，有啥事体？

黄镇长冷眼看他，说，姚正山，你还装模作样问啥事体？我问你，跟梅珍的图是不是有不正当关系？老实讲，困过月娟没有？

姚队长摇头，说，没有，没有不正当关系。

黄镇长面孔放落，厉声说，没有？明明把月娟困过了，我就问你，困过几次，在哪里做的好事？

姚队长还是说，一次也没有，从来没有。

刘书记语气婉和地说，老姚，我晓得，你脑子灵光，本事蛮大。不过，其他事体好做，唯独这种伤阴德的事体做不得，不能害人家的图。

姚队长说，刘书记，我晓得这种事体做不得，我不会做，想都没想过。

硬话软话，问了好多遍，红脸白脸，逼了好多回，姚队长始终不承认。他把同一句话说了一遍又一遍：我没有对月娟做那种事，我和她关系是清白的。

黄和尚蜡黄的脸涨出酱紫色，瞪起眼珠子朝姚队长吼道：狗日的，到这种地步了，你还要狡辩，还想抵赖，还直着腰犟着头颈死不倒台？也不想想老鲁，可怜兮兮的，就月娟一个亲生囡，你把她困了，自己爽快了，坏了她名声，害她以后嫁不了老公，害她一辈子没有好日子过！姚正山，你还是人吗？你有啥面孔见人，见鲁明堂？

姚正山猝然怒起，面色铁青，对黄镇长放响喉咙说，黄和尚，我没有做亏心事体，不怕见鲁明堂，不怕见任何人！我姚正山是人，不是畜生。我讲没有做过，就是没有！我再跟你讲一遍：我——没——有——害——月——娟！

说完，姚正山就往门外走出，走出几步，又扭过脸来，说，要是你们查出来，有真凭实据，我姚正山做过那种坏事体，叫派出所的警察来把我抓去，坐牢，枪毙，由你们！

从姚正山进来，到他走出去，常荣一直稳稳地坐在桌边，脸上没啥表情。他没有参与问话，手上拿一支钢笔，在白纸上记录下他们的问答。

接着，又把月娟叫进大队部。

还是在这间屋里，还是这三个男人，黄镇长，刘书记，两人问，常荣作记录。

问了又问，又好言相劝，月娟低着头，嘴巴闭牢，就是不开口。

黄镇长火了，说，你再不开口，就让你到大街上站着，头颈上挂两只破鞋，让大家看看老鲁的囡，看看你月娟，到底是个啥货色！

月娟吓坏了，眼泪一下子流了出来。她终于开口了。不过，她没说姚队长对她怎么样，只说，是她自己做了那种事。当着三个男人，三个干部的面，她语气缓慢地说，底下那里，是我自己弄破的。

三个男干部都呆住了，看着月娟，说不出话。他们没想到她会这么说。照她这么说，姚正山不光没犯罪，连一点责任都没有。常荣发急了，站起来大声说，月娟，你要想好了，这种话不能乱讲的！是不是有人教你这样瞎编的？黄镇长朝月娟吼道，你讲是自己弄的，你怎么弄的？讲不清爽，就是讲造话，就是故意包庇坏人，连你一起抓起来，送去劳改！

月娟面孔煞白，没有一点血色，身子微微颤抖。她两只手撑在桌边，低声说，我没有乱讲。我就是喜欢，我……我熬不牢，我，我……先是用手指头，后来……

用茄子，还有黄瓜……

大喜趴在大队部外面的窗口边看了好久，又嗵嗵嗵跑回来，在东山巷口碰见我，绘声绘色跟我说这件事，一张面孔憋得通红，愤恨地说，哎呀，真想不到她介不要脸，会做这种下作事体，把我们吴家的面孔都丢光了！介骚，介下作的女人，以后不叫她阿姐了！叫我爸把她赶出门，去寻她的亲生老子，到那个破草屋陪老鲁跷子过日子去！

拾

劁猪佬常贵是个下作胚

不管怎样，姚队长还是被撤了职，不让他去副业队了。

他老婆不知怎么想的，认定姚队长跟月娟做过那种下作事，恨透了，伤心透了。这身板强壮的女人暴怒起来就像一只母狮子，头发披散，又蹦又跳，扯开喉咙朝姚队长又叫又骂，骂出很难听的话，激愤之中，把男人的脸都抓破了。

女人大声斥骂丈夫那些话，像一发发炮弹，从巷尾一直飘到我们巷头这边，让众人耳朵发烫，管不住脚，忍不住赶往那边看热闹，正是吃晚饭的时候，有人手上还捧着饭碗呢。我看到，姚队长直直地站在他家门前，面无表情，也不说话，任由他老婆带着哭音一声声骂他，用拳头一下下打他前胸，巴掌掴他的脸。哎呀，我看到，姚队长的脸上已有好几道血红血红的抓痕，嘴里牙齿打出血，从嘴角流下来，滴在身上的白衬衫上。有人看不过去，朝他喊，姚正山，你老婆太凶了，你由着她打，也不还手？你这男人为啥介屌，一点火气都没有！

姚队长像没听见，还那样一动不动站着……

他老婆拉着儿子走了。她大声说，我回娘家去，再不转来了！

姚队长始终不声不响，看老婆儿子走远，看不见了，用手抹一下嘴角的血，缓慢转身，走回屋里，把门关了。众人没戏可看，也都散了。

我回到家，听隔壁红记娘姨在屋里大叫，好啊！姓姚的，你老婆跑了，不跟你过了！这就是现世报！哈哈，你自作自受！你活该！

咦，不晓得红记娘姨为啥要介喊，她是恨老姚，还是恨他老婆？

唉，可惜月娟也不去副业队了。

很长一段时间没见到月娟，白天，晚上，都看不见她的身影。我猜测，要么，月娟已潜逃出去，躲在某个亲戚家，要么，一直藏在家里，不敢露面？一次次走过她家门前那条石板桥，宅院的拱门紧闭着，拱门上，依然爬满大片浓绿的藤蔓，围墙上，依然开着金黄的丝瓜花，紫红的扁豆花，蝴蝶蜜蜂一如既往在花丛中自由自在地飞舞，也能听到墙院那边传过来公鸡母鸡的欢快鸣叫……咦，就是没看见这院里细眉细眼不笑也带笑的年轻姑娘呢！咦，她怎么啦?

有一天，爸从旧柜箱里理出一堆破布条，说要给老鲁送过去，给他打草鞋用。我自告奋勇说，我去吧。

天早已黑下。我夹着扎成一捆的破布条，黑灯瞎火走往牛棚边，走进那个草披屋。老鲁一个人待在屋里，凑着一盏煤油灯打草鞋。他身子稳稳当当坐着，两只手一下一下，编织着草鞋，就像一台陈旧的机器。老鲁收下我手中一捆破布条，道了一声谢，也没说留我坐一下。再说他那儿没一条多余的凳子或竹椅可让外人坐。另外，我又仔细看过，窄小的草屋还是原先的样子，没一点女人存在的痕迹。我很快走出来了。

我有点失望，唉，是很失望呢！

我自告奋勇给老鲁送破布条，是因为我又在猜测，会不会如大喜所说，颜面扫地的月娟被他们狠心赶出了家门，没处可以投靠，万般无奈，只能去找自己的亲生老子，寄宿在老鲁那间草披屋里，父女俩相依为命，苟且偷生，只因我夜间猝然闯入，终得以发觉这失踪多日的姑娘身影……唉，我还是猜错了！

我很沮丧，无精打采地在暗黑的巷道拖着步子走。忽然，看见沿墙边有点泛白的光色，什么东西在一动一动。我有点害怕，不敢确定那是人，还是什么动物，甚至是……野兽？我壮起胆子朝那边嘿嘿叫两声。

有声音传来，是叫我的名字，轻轻弱弱的一声：阿声吗？

呀，我听出来了，是月娟的嗓音。

噢，我晓得了，她哪儿也没去，一直躲在自家屋里，像一只受了重伤的小兽，孤独地缩在某个角落，舔舐着自己的伤口，只在夜深人静时，才悄悄溜出来走一走，透一透气。

但是，阿姐不相信月娟在大队部说的那些话。

阿姐说，月娟介讲，是要帮姚队长过关，不想他坐牢，戴坏分子帽子。阿姐说她早看出来，月娟死心塌地地爱那个男人，这才不管不顾，撕烂自己的脸皮，把那种说不出口的下作事体往自己身上扯。阿姐又说，我相信常荣说的，月娟跟姚队长肯定有关系，有那种见不得人的男女关系！阿姐对月娟又怨又恨，说，这人是个痴婆子，是害人精！那是人家的老公，你为啥爱得介深？太没脑子了！阿姐还说，肯定是月娟主动招惹姚队长，结果害了自己，也害了姚队长！

我闷闷地想，阿姐说得对吗？爸呢，坐在一旁抽烟，也没看阿姐，只听她不停地说，他什么也不说，没说对，也没说不对。

以后很长一段日子，在我家绝口不提月娟，不提姚队长，阿姐不说，我们也不敢问。月娟和姚队长离开了大队副业队，阿姐还在，现在队长是常荣。副业队不再种白木耳了，通过黄镇长拉线，跟国营雨泉纸厂搭上业务关系，帮着搬运麦草。副业队队员每天的任务是给国营雨泉纸厂拉车运麦草。麦草是麦子的枝秆，废物利用，可用来造纸。五月份麦子收割后，副业队就有拉麦草的活了，一直可干到下半年。

我家的独轮车添了一只轮胎，改装成双轮车，阿姐成了一名拉车手。麦草虽说很轻，但扎成大捆，一捆捆垒在双轮车上，垒得很高，分量也很重。拉车这活很吃力，很累人，天天在公路上走，在太阳底下晒，好多姑娘吃不消，离开副业队了。阿姐不肯离开，那张原本不算白的脸晒得乌黑，晒脱了皮，也不愿回二小队干活。她说，我不做"回汤豆腐干"。

我们也猜想，阿姐愿意留在副业队，还有一个重要原因：她和常荣的关系有了突破性进展。常荣叫她一起去看电影，看了两部，一部《英雄儿女》，一部《朝阳沟》。这两部电影我都看了。红记娘姨带我去看的，给我买了半票。《英雄儿女》是战斗片，打仗的，好看，有好听的歌，还有舍生忘死的英雄，我们学校的教室里和操场上那几天常听到有人扯着喉咙大喊，为了胜利，向我开炮！可是，那个《朝阳沟》，有啥好看的？两个男女青年读书毕业，又傻乎乎回到村里，拼命干农活，挑担，锄地，汗流满面，累死累活，还会那么高兴？红记娘姨也不喜欢，说它造七造八，骗人的。阿姐却说喜欢这电影，喜欢得要命，还说她就是那个银环姑娘，就喜欢这样快乐的农村生活。咦，我怀疑，阿姐真这么想吗？

有天晚上，常荣又来了，穿戴整齐，面带微笑，站在我家门口。他约阿姐出去，说去参加共青团活动。其实那天晚上只是阿姐和常荣两个人在一起，有人看到他们在满天星斗空寂无人的后马路走了一趟又一趟，两人还拉过手呢。接着，我发觉阿姐把快打完的毛线背心拆了，重新开打，背心的腰身明显大许多。我猜，她是照着常荣的身坯打的。

爸说，哪天叫常荣来家里吃餐饭，杀只鸡。阿姐听了，半天不响，没说好，也没说不好。

过两天，阿姐对爸说，常荣讲他蛮忙，暂时不过来。爸没再提这事。

清早，常贵那辆破自行车在东山巷道的青石板上吱咯吱咯响着，到红记娘姨家门口，突然嘎啦一声，停下了。不一会儿，就听到她家那只小母猪惊恐而凄厉的尖叫声。我赶紧跑出门，到隔壁去看劁猪。

常贵嘴里叼着烟，一只手拖着小母猪的后腿，一直拖到门外，把它放平在巷道的青石板上。他用一只脚用力踏牢小母猪腰背，任它高一声低一声叫着，坦坦地摸出烟盒，抽出一支烟，划火柴点着了，慢悠悠地抽着。

红记娘姨在门里侧身坐着，脖颈歪着，上衣外翻，露出右边净白肩背。许步云站在她身后，脸上笑嘻嘻，三个手指头捏着一根银针，在女人后颈上轻轻捻动，一边捻动手指，一边说，红记啊，我的医术你尽管放心，只要我银针一扎，艾草一烧，你落颈的毛病就会好，再不会痛，跟过去一样活络，想扭到哪里就扭到哪里，想看就看，想唱就唱。红记娘姨说，还唱啥？喉咙都沙哑了，还没有这只小猪叫得响呢。许步云说，可惜啦，想当年你竺红记相貌好，又会唱，又会演，真当是人见人爱啊。毕竟年岁不饶人，女人家，如花似玉也就做姑娘那几年，对吧？红记娘姨说，许步云，你介讲，存心让我心里难过是不是？许步云忙说，哪里，我不过随口一说。哎，我再讲一句闲话，我早上碰巧看到姚正山，他身上穿得清清爽爽，白衬衫还是雪白的，嘻嘻，他老婆跑掉了，难道还有哪个女人，嘻嘻，学雷锋做好事，不声不响帮他洗衣裳？

红记娘姨呆了一下，想扭过脸看身后那人，头颈一用力，哎呀一声，忙用手去摸头颈，嘴里说，姓许的，你讲这句话啥意思？总不会想，我红记偷偷去帮他姚正山洗衣裳吧？人家有老婆，不晓得哪天就回来了。你当我是啥人，我竺红记有介贱？

许步云忙说，没有，没有。嘿嘿，我哪里会介想？你红记的脾气我晓得，你哪里会做介跌面子的事体呢。

那边，常贵一支烟悠悠地抽完，扔掉香烟屁股，从小布袋里抽出一把亮晶晶的小刀，一手捏刀，另一只手在猪的后肋间摸了摸，然后，捏着小刀一下割进皮肉里。小母猪痛苦地抽动四肢，尖叫声迭起。

红记娘姨眼睛斜看着外面对小母猪下手的男人，大声说，常贵，今天你给我小心点，好好劁猪，不要再弄出啥祸水！我养这只小猪不容易，要是把它弄死了，你赔都赔不起，晓得不？

常贵嘴里噢噢应着，弓着腰背，头顶一撮卷毛晃悠悠，一只被烟熏黄的手指头，插进小猪腰肋处割开的孔洞，在里面掏啊掏，小猪痛得瑟瑟发抖，一声声惨叫。一会儿，常贵用手指头从孔洞里勾出一点夹红夹白的东西，另一只手拿着小刀轻轻一下，切下那点东西，又用块小膏药贴住那个孔洞，脚下一松开，小猪一下挣起身，仓皇地逃走了。

常贵得意地用一块脏兮兮的毛巾擦手指头上的血污，笑着说，好啦，红记，你家小母猪阉掉啦，以后它就安耽了，再不会跳栏逃出去寻野老公啦。红记娘姨说，真弄不懂，小母猪也会想这种下作事体。许步云划火柴点燃艾草，嘴里说，不要讲畜生，人也一样啦。孟老夫子怎么讲的？食色，性也。人的本性，天生的，都喜欢吃好食，都喜欢男女间那点有趣的事，男人喜欢，女人也喜欢，这叫阴阳互补，雌雄搭配，常贵，对吧？

常贵点起一支烟，嬉笑着说，对的对的，男人骚，在明处，在嘴巴上，靠蛮力气，女人么，看着不声不响，文文静静，其实心里痒兮兮，喜欢得要命……嘻嘻，你想想，要不然，我老婆梅珍为啥生出介多儿子？许步云挤眉弄眼地说，你是讲，梅珍比你还要喜欢那个……当真？哎，常贵，当初，恐怕是她熬不牢搭上你的吧？常贵嘻嘻笑着，抽着烟，不讲话。

咦，不对吧？红记娘姨警觉地扬起眉头，说，这桩事体我记得清清爽爽的。常贵，你老实坦白，自己讲好啦。你不讲？哼，那我来讲。当年你家分得鲁家两间屋，跟梅珍贴隔壁住，你半夜三更撬开板壁钻过去，偷偷摸摸爬到梅珍眠床上，钻进被窝里，揿牢她硬做了一回，是不是？梅珍不肯，把你手臂都咬出血了，她到我这里哭了大半夜！常贵你这下作胚，你讲，对不对？

常贵脸上有点尴尬，勉强挂着笑，没有反驳。

红记娘姨说，梅珍也是没用，由你这坏家伙欺负，我都看不起她了。哼，换作我，枕头底下放把剪刀，哪个野男人敢来碰我，伸手一剪刀，把他裆下那根发骚的东西齐根剪掉！

许步云说，红记，其实男人女人这种事体讲不清爽的，梅珍后来不就肯了？跟常贵生了一大串儿子。女人么，总要靠男人的，身边没男人，时间长了，总归熬不牢，心里想要男人，表面装出不肯的样子，这叫半推半就，顺水推舟。我老早讲过一个小寡妇的故事，记得不？老公出门做生意，好几年音讯全无，是死是活不晓得，一个女人独守空房，暖被窝里，白白净净一团酥软香浓的嫩肉身，没个男人相伴，多少难熬啊！嘿嘿，只好用手指头伸到底下过过瘾，又想出别样东西，茄子啦，黄瓜啦⋯⋯

红记娘姨大叫着站起来，用力推搡许步云：你个下作胚！你这张臭嘴就喜欢讲这种下作故事，以前在常贵那里喝酒，你在月娟大喜他们面前也讲这个。你看看，阿声站那边，小鬼头都听到了！

灰棚里的奇遇

这年冬天特别冷，东山巷尾那口荷花塘上结了很厚的冰，小孩子能上去奔跑、跳绳、溜冰。接着又下了一场大雪。好大一场雪啊！屋顶上，菜园地，山上，积了厚厚的雪，阴了好几天，太阳才钻出来，光晒在屋顶上，雪水滴滴答答往下流，夜里再冻一冻，屋檐下结起一条条冰棍，很久没化掉。红记娘姨屋外那棵桃树也冻着了，树干上结着厚厚一层冰，她沮丧地说，糟糕，忘记给它裹上稻草，恐怕要冻死了。

等了好几天，等到腊月廿四，年终结算方案才出来，众人听了，一个个垂头丧气。大队副业队没有钱分下来，各小队分红都很低，我们二队十个工分才四角三分，我家又成倒挂户了。

接下来这一年，外面发生了天大的事。雨泉镇也闹哄哄乱糟糟的，这里那里都听到叫喊声，有人在白纸上用毛笔墨汁写大字，熬了糨糊把一张张写满字的纸贴到墙上、电杆上、树干上，贴得到处都是。街上一群群一队队的人，有熟悉面孔，有陌生面孔，走过来，走过去，举拳头喊口号，一个个面孔涨得通红。耳朵里，一天到晚听大喇叭哇啦哇啦响，大声读各种文章，大声唱各样歌。还看到这里那里各样闹哄哄的大会，一向神气的黄镇长也被拉到台上，让人家揪头发揿头颈，弄得灰头土脸，挺不起腰板，连皮鞋也不敢穿了……

这样乱哄哄好些日子，我忽然发觉，哎呀，没书读了，学校大门还开着，教室门锁了，学生不上学，老师不开课了。爸板着脸对我说，不读书了，你还在街上乱跑作啥? 生产队做生活去!

做生活，就是干农活，到田里地头去晒太阳，流汗，吃苦头。我郁闷地想，小学还没读完呢，这点年纪除了拔秧，还能做啥生活?

阿牛队长在我家坐着，喝着碗里的六月霜茶，跟我说，阿声，你去跟老鲁看牛吧。轻轻松松，跟玩一样，一天还能挣三个工分，一年到头也有千把个工分，自己挣回口粮，养活自己，多少好啊。

我心动了，哎，看牛好啊，可以天天跟骚牯牛一起玩，骑在它高高的背上，手拿竹梢子，嗖嗖地舞着，嘴里嗨嗨地喊着，多威风，多神气啊！

我爽快地答应阿牛队长，说，我去，跟老鲁看牛去！

老鲁看管着队里两头牛，除了骚牯牛，还有一头母牛。母牛很古怪，很瘦，一直不会生育。老鲁接手后，把它养肥了，还生下一头小牛。队里人都夸老鲁本事大，还有人说很下流的玩笑话，说单身汉老鲁憋了十几年的骚劲真大，居然帮母牛弄出一只小牛。爸说，老鲁从山上挖来这样那样的草药，煎了一大盆一大盆汤药，治好了母牛的病，才怀上胎的。

头一天跟老鲁看牛就碰了个鼻子。老鲁不让我骑骚牯牛，说牛帮人犁田介吃力，还要骑到它背上，罪过不？他只让我管那只小牛，不让它乱跑，不让它吃人家地里的蔬菜和田里的禾苗。小牛出生才两三个月，活泼可爱，爱跑爱闹，很难管，害我跑东顾西，手忙脚乱，累得满头大汗。

晚秋后，地上绿草少了，老鲁带我去东山湾放牛。

东山岗上有大片野生小竹林，有牛爱吃的嫩竹叶。牛们放上山后，自由自在地到处转悠，竹丛里钻进钻出，伸出长舌头吃嫩绿的竹叶。我们也自由了，有大把空闲时间做自己的事。老鲁带一把小锄头，钻进树林里挖草药，或捡些枯枝燥柴，带回去烧火做饭。没书读，我倒喜欢上看书了。阿姐拿回家的封面破烂或尾章残缺的书，成了我窥探的猎物，偷偷塞进夹袄里带上山，躺在草坡上看书，日光暖烘烘照着，很舒服。

记不清看过多少书了。民间传说，神话故事，中外小说，《一千零一夜》《苦菜花》《三家巷》《大卫·科波菲尔》，还有古装书，《西游记》《隋唐演义》《七侠五义》，杂七杂八，破破烂烂的，拿来就看，脑瓜子里塞满乱七八糟的故事，也不敢讲，只会在夜里做乱梦。

我发觉阿姐借的书大多来自红记娘姨家。早晓得红记娘姨喜欢看书，有一个镇图书室的借书证。这两年镇图书室封了，仍有一些书在私下里悄悄传阅，阿姐说，红记娘姨家就是一个秘密传播点。我就去隔壁借书。红记娘姨不肯借，说这是大人看的书，你小鬼头认得几个字？看不懂的！说许多好话，再三恳求，也不肯。当面不肯借，无奈，我只能偷偷拿了。我对红记娘姨家比自己家还熟，楼下楼上各处有哪些物件，箱柜里装什么，一清二楚，很快就在楼上房间的床底下寻到藏书的小木箱，从里面拿走一本，很快看完，又悄悄放回原处。

我的窃书行为被阿姐发觉，向红记娘姨作举报。红记娘姨面前，我满脸通红，嘴上仍振振有词：不是偷，是偷偷地借，有借有还。又反问，谁让你们不肯借书给我看？红记娘姨眉头一跳，说，你小鬼头真当认得出介多字，看得懂？那好，我让你读一篇文章，你读得下来，就借书给你。

红记娘姨拿来让我读的是《桃花源记》，一篇古人的文章。嘻，以前在她床头见过，还试着念过，并不觉有多难。我当即大声念起来：晋太元中，武陵人捕鱼为业。缘溪行，忘路之远近。忽逢桃花林……当中几个字认不得，跳过去，其他念得很顺。红记娘姨又问我这篇文章的意思，我也说了。红记娘姨有点吃惊，说，哎呀，真看不出来，阿声都看懂了。可惜没机会上学读书……

红记娘姨答应借书，跟我约法三章，只能明借，不能暗拿；只能自己看，不得转借他人；不能把书里的故事讲给别人听……有一回，红记娘姨大叫起来，哎呀，阿声小鬼头胃口介好，谈情说爱的书都要看啦？那是我把她放在床头正看着的一本《红楼梦》不知第几卷的竖排繁体书，塞进夹袄里带走了。

我猜老鲁不识字，我看书，他从来不问我看什么，甚至懒得朝我手中的书瞄一眼。只是附近有人在走动，他才会不耐烦地喊我一声，哎，还在那里作啥，去看看牛跑远了没有？我赶紧把书塞进怀里跑过去赶牛。

老鲁难得跟我说话，一整天说不了两三句，除了与牛有关，其他就没话了。他也不叫我帮他做事，譬如钻密林爬岩壁弄草药，还有，割葛藤。他跷着一只脚，摇晃着细瘦的身子，不停地爬上爬下，走来走去，很少闲空下来坐一歇。霜降节气过后，割葛藤是老鲁连续多日要做的事。每天赶牛下山，骚牯牛的后背上总要驮上两大捆手指头粗黑不溜秋的葛藤。我不知道老鲁割这么多葛藤做什么用，问他两次，才说了三个字，打草鞋。葛藤晒过几天，再用木锤子重重地砸烂，水里浸洗过，再晾干，脱去外皮，呈灰白色，像一缕缕的苎麻丝，就可以打草鞋了。

不知道他是怎么打草鞋的。一天赶牛回牛棚，老鲁进住处拎出一串草鞋，让我带回家。老鲁打的葛藤草鞋，果然很好，又软又结实，穿着舒服，又耐穿。草鞋大小尺寸不一样，有我穿的，有我爸穿的，还给阿姐两双。这两双葛藤草鞋打得特别好，有底有帮，帮上藤丝中缠有红的绿的布带，像朵花，很好看呢。阿姐拿着葛藤草鞋看半天，赞叹说，这个老鲁，脚跷，手倒蛮巧，草鞋打得真好。但她没穿，放在窗台上当装饰品。她拉车运麦草，脚上穿一双常荣送的军用解放鞋。爸穿上合脚又舒服的葛藤草鞋，不禁感叹道，鲁明堂这人真是……这双手真巧。我暗想，他想说的恐怕不只是手巧吧。

立冬节气过后，天气越来越冷，遇到下雨天更难受。牛的皮厚实，在山上竹丛里钻来钻去吃竹叶，不怕淋雨，人就不行，穿着蓑衣也没用，凉水透过蓑衣侵入单薄的衣衫，忍不住瑟瑟发抖。老鲁朝山下指了指，对我说，你去灰棚避避雨吧，牛我管着。

老鲁手指处是山下半坡上一个简陋草棚，三堵黄泥墙，前面没有门，敞着，顶上披盖着稻草，孤零零立在土坡上，就像一座凉亭。我以往见它，猜想它是做什么用的，堆农具？避风躲雨？又为啥叫作灰棚？我没问老鲁，对它没多少兴趣，过后就忘了。这时候跑过去，便想它可能真是避风雨的。

我顶着寒飕飕的雨水飞快地往山下跑，急不可待地一头钻进草棚。

啊，草棚里很干燥，可以躲雨，还很暖和。棚里堆放着许多焦泥灰，一股浓浓的焦灰味。噢，原来这草棚是堆放焦泥灰的，才叫作灰棚。

意外的是，看到棚里有个人，是老姚，以前的大队副业队队长。他独自在灰棚里面，一声不响，稳稳当当坐着，那副笃定的样子，像坐在他家堂前呢。

原以为只是一座空空的灰棚，没想到会有人在，还是久未见面的老姚。

对于我的出现，老姚并不觉意外，淡然说一句，你来啦。

老姚坐在灰棚里侧一块半尺高的扁圆石头上，旁边另有两三块相似的石头，当坐凳的。他跟前并非一个烧木柴的火炕，而是一座半人高数尺宽的灰堆，上面游动着丝丝青灰色的烟气。挨近灰堆坐着，能感觉它散发出来的热量与暖意。

过一歇，看我站着没动，他又说，过来坐，烘一下湿衣裳。讲话口气像命令一样。

我顺从地走过去，在一块石头上坐下，脱下湿漉漉的草鞋，身子靠近灰堆，让两个膝盖和十个脚指头感受到灰堆散发出来的丝丝暖气。老姚用一根树枝拨弄几下，灰堆下面居然闪出红红的火苗，亮亮地映照着人脸，热气外溢，让人感受到更多的暖意。寒湿难挨的冬雨天，能在灰棚里烤火取暖，真是太好啦，简直是幸福啊！

这么坐着烤了好一会儿，身上才暖和起来。我和老姚挨得很近，但没说话。老姚没问，我也不敢说什么。老姚用树枝在灰堆里拨来拨去，拨出一个黑乎乎的东西，拳头那么大，他用双手捧着，左右手倒了几下，又轻轻拍打，再用嘴吹吹。我看清了，是个煨番薯。

老姚把煨熟的番薯掰开，顿时一股浓郁的香气扑鼻而来。我看了一眼，口水差点流出来，肚皮也不争气地抽动起来。他把番薯朝我递过来，不说话，也没看我。我忙不迭接过来，顾不得烫手，拍几下灰，赶紧吃。

我吃番薯时，老姚戴上笠帽，提了一把锄头走出去了。

煨番薯很香，很甜，很好吃，很快就吃完了，连沾着灰的焦皮都忍不住嚼嚼咽下去了。吃完煨番薯，身上热起来了，我走出灰棚，发觉雨小了许多。附近坡地上有好些个灰堆，有大有小，大的有圆桌那么高那么大。灰堆在细雨中默默燃烧着，上面游动着丝丝青烟。老姚用锄头在灰堆周围扒动，低下头察看着。下雨天不让灰堆淋灭，这要有技术的。我有点好奇，老姚啥时候学会煏灰了？

回家我对爸说起灰棚遇上老姚的事，问他，为啥老姚一个人在东山湾灰棚那边煏灰？爸告诉我，东山湾有二队的四五亩山垄田，地块狭小，土质差，附近又没有可蓄水的池塘，夏秋时常遭旱情，种水稻产量低，有时种下晚稻颗粒无收，得不偿失，很伤脑筋。老姚向小队长阿牛提议，改变种植方式，冬春种油菜麦，夏秋种番薯，用大量焦泥灰改造土质，再加粪肥，成本不高，能提高产量和经济价值。阿牛问爸的意见，爸说老姚讲得有道理，让他试试吧。说好的条件是，老姚一个人管理东山湾的田地，每天记六个工分。

我说，老鲁管两只牛，记六个工分，老姚管四五亩田地，也只有六个工分，有点低吧？爸说，他们两个人，一个脚瘸，挑不了担子，一个腰背有伤，弯不下腰种田，每天挣六个工分不算吃亏。阿牛跟他讲过，做得不好，扣工分，做得好，有奖励，老姚答应得蛮爽快的。

隔天，还是在东山岗上放牛。

上午天还好，日头透出云层，露了一会儿脸，把昨夜的雨水晒干。我带了一本书，躺在山坡上看得津津有味。谁知下午变天了，又开始下雨，是那种细而密的雨，我们叫牛毛雨，很讨厌，很快就能浸湿衣裳，怀里的书也洇湿了。我对老鲁说，你去下面灰棚躲雨，我管着牛。老鲁身子缩在蓑衣里，蹲在一棵老松树下，闷声说，你去，我管牛，你管我不放心。我就下山了，又一次走进灰棚。

灰棚里仍然暖和，干燥。又看到老姚了，还坐在那块石头上，面前灰堆已小了许多，还在丝丝冒烟气。咦，似乎还夹有一丝异样的气味，是烤什么东西的香味？我不免狐疑，莫非……

不等老姚招呼，我就走过去，在灰堆边石头上坐着，急不可待地靠近灰堆，拱膝，伸手，让灰堆散发出来的热气，驱散浑身的寒意。我又从怀里把书拿出来，把洇湿的几页纸展向灰堆，小心烤着。

老姚也不管我，只顾手上拿着什么，在灰堆上移来移去。我侧目看去，他手上拿一根竹签，上面串着一截什么东西，黑不黑，红不红的，异样的香味似乎就是这个……忍不住问，是什么呀？吃的？

老姚把手中的竹签伸向我的眼前，问一句，认得出来是什么吗？

一股浓烈的气味直冲我鼻子，咦，这是什么吃食？很可能是动物的肉，烤出的香味，有点诱人，也有点让人……怀疑，到底是什么……野兽？

老姚忽然笑了起来，露出两排白牙，狡黠地说，猜不到吧？告诉你吧，是老鼠，剥了皮的老鼠。老鼠在田坎挖洞做窝，偷粮食吃，我把它抓来，施以火刑，嘿嘿，用火烤它。烤老鼠肉，闻着香吧？蛮好吃，营养丰富，要不要吃点？

啊？竟是老鼠！我顿时反感起来，扭过脸去，伸手做出推挡的手势。虽说平时家里少有荤腥，很想吃肉，馋得要命，可是，老鼠，天哪，这东西多脏啊，这种肉也能吃吗？我心生厌恶，这个老姚，怎么可以吃这种东西？我就是饿死也不会吃丑恶的老鼠！亏他想得出来，拿老鼠往自己的嘴里塞，还咯吱咯吱嚼细骨头……哼，简直就是个野人么！

老姚想必看出我的心思，轻描淡写地说一句，要是饿你几天，眼前只有这个吃的，你吃不吃？

我呆了呆，没出声。

好在老姚并没有强迫我吃老鼠肉的意思，自顾自手握着竹签，吃着烤老鼠肉。他吃得从容，吃得认真，吃得津津有味，能听到他用坚硬的后槽牙嚼着细骨咯吱咯吱的声响。哎呀，一股异样的焦香味，直往我鼻子里钻，害得我牙根一下就酸胀起来！

此时，身上已经暖和多了，书页也干了。我不想再待下去，站起来，离开灰堆，走到灰棚口，望望天，雨还在下着，丝毫没有停下来的意思。我犹豫着，是离去，还是再留一会儿，毕竟这里很暖和，也很干燥。

一只手伸到我面前，手上有个热气腾腾的番薯。这是我无法拒绝的食物。迟疑片刻，我接过番薯，把它塞进怀里。

看什么书？老姚忽然伸手把我的书拿过去，又扭过头看着我。我支支吾吾说不出书名。书是破的，没封面，前后缺了好几页，没书名。老姚把破书翻了几下，噢，这是《说岳全传》吧？有枪挑小梁王，岳母刺字，还有，岳元帅大破五方阵连环马，秦桧设下毒计，十二道金牌召回岳飞，风波亭英雄遇难，有这些故事吧？我支吾着说，呃……有枪挑小梁王，我看过，也有岳母刺字，在岳飞背上刻四个字，什么字……我记不清了。

不就是尽忠报国四个字么，这还记不住？老姚随手把书还给我，拍拍我的头，说，喜欢看书，多认几个字，也好。不过，书读得多，也不见得好。读成书呆子，脑子想得多，会做乱梦，没啥好处。哎，问你，尽忠报国，意思懂吗？我看你是不懂。尽了忠，难尽孝，尽了孝，又不能尽忠，自古忠孝难两全啊！

很少开口的老姚，一下子说了这么多话，让我一时反应不过来，不知该说什么，我嘟哝着，说书上讲岳母刺的只是尽忠报国四个字，没有忠孝两全……

算了，跟你小鬼头讲这些也是白讲，你还听不懂呢。他看看我，又说，哎，你看的书恐怕都是从红记那里拿来的吧？跟她讲，书不要乱借，当心点。我说，为啥要红记娘姨当心点？老姚不说为什么，仰起脸看看天，说，走吧，雨快停了，别让老鲁一个人管牛，他脚瘸走不快，牛跑开了追不上。我说，给老鲁一个番薯好不？给他？算了，拿去他也不吃。老姚说，这个人古怪得很，不跟我讲话，也不吃我的东西。你走吧。

回到山上，我从怀里拿出冒着热气香喷喷的番薯，掰了半个给老鲁，他果然拒绝了，说不饿，不肯吃，很坚决的样子。我想，真让老姚说对了，老鲁不是不饿，是不肯吃老姚的东西，不愿跟老姚交往，要跟那个人保持距离。对了，印象中他们从没碰过面，也没说过话。会不会两人以前有仇？噢，想到了，月娟是老鲁的亲生囡，会不会因为老姚和月娟那件事，老鲁记恨他？

放牛回家后，我想起来，到隔壁跟红记娘姨说，今天在东山灰棚里，看到老姚，就是姚队长。他要我跟你讲，要你当心点。红记娘姨呆一下，哼一声，这人古怪不？还要我当心点，他自己当心点才是呢。她对我说，你以后不要叫他姚队长，那个出风头的副业队长早不当了，现在就是个只会熘灰堆灰头土脸的农民，呵呵，没花头了！

我忍不住说，他这个人真怪，老鼠都会烤了吃肉呢。

红记娘姨笑了，笑得很响，说，这有啥稀奇？他连毛毛虫都会生吃呢。

啊？我一下子汗毛凛凛了！

拾贰

她和老姚打个赌

　　接下去的日子，天放晴了，我们还去东山岗上放牛。牛们分散开了，自顾自悠闲地啃吃竹叶，我们轻松地坐在山坡上，脸上身上晒着冬天暖烘烘的日头，不必去灰棚避雨雪，也不会碰到把老鼠烤来吃连毛毛虫都会生吃的姚正山了。

　　接着，春天来了，春风吹拂面庞，带着丝丝暖意，带来蓬勃生机，催发万物，树木开出繁花，百草萌芽长叶，牛们轻松踱步在田头地角，欢快地吃着鲜嫩的绿草，再不用费力爬上东山啃竹叶了。

噢，可惜红记娘姨屋外那棵桃树死了，春暖时节再开不出满树桃花。红记娘姨很不开心，对我说，你去跟老鲁讲，帮我挖一棵桃树苗来。我说，桃树有的是，我帮你挖吧。"缺牙佬"现在也看牛了，有时也会把牛放上东山。我们碰在一起，没事就说说闲话。我晓得他家菜园里有桃树，还是水蜜桃呢，可以讨一棵。红记娘姨却说，不要，我不要水蜜桃。我想，她恐怕还记恨"缺牙佬"的妈，那个大金牙女人吧？我问，那你要老鲁挖什么桃树呢？她说，不用讲的，他知道我要哪种桃树。

我跟老鲁说红记娘姨让他挖桃树苗的事。他听了，看看我，不说好，也没说不好，过几天，冷不丁塞给我细细长长一样东西，半人多高，油纸包着，看不出是啥。问他，老鲁只说，拿去给红记，她要的。

是一株桃树苗，手指头粗的杆身微微泛红，枝条发青，带着米粒大的叶苞，根部用草绳裹着一团泥。

我帮红记娘姨在屋外种桃树。在死去的老桃树附近，用锄头挖了很深一个坑，按老鲁吩咐的那样，桃树根部裹着旧泥种下，然后填土，踏实了，再浇足了水，告诉红记娘姨隔几天浇一回水，不能浇太多，会烂根的。没多久，桃树活了，绽出一片片嫩绿的叶芽。红记娘姨的心情好起来，脸上有笑容了。

春耕大忙季节到了。骚牯牛和母牛整天在水田里辛勤犁田，老鲁带着我割牛草。老鲁告诉我，牛最爱吃新长出来的嫩芒秆芯。一丛丛翠绿鲜嫩的芒秆，长在崖边坎头，或山上的刺蓬里，芒秆的老叶难弄，带着锋利细刺，不小心会伤着手和脸。老鲁说他老脸厚皮不怕，让我等在下面，自己爬上高高的坎头，钻进刺蓬里，割下一支支鲜嫩的芒秆芯，扔下来叫我装进畚箕里，挑去喂牛。过段时间，阿牛队长吩咐老鲁，把骚牯牛赶去东山湾犁地，按老姚要求，只用身强力壮的骚牯牛。那几天我一个人管着母牛和调皮的小牛，跑东顾西，累得要命。

　　又到双抢季节。大热天，一个多月，人和牛都忙得四脚朝天。老鲁继续带我割牛草，喂牛，中午和傍晚牵牛到有树荫的水塘里泡澡消乏。我在水里拉着骚牯牛尾巴玩水，居然学会了狗刨式游泳。再后来，秋天了，地头草叶渐渐干枯，老鲁和我又把牛赶到东山湾，上山吃竹叶。

　　灰棚还在那儿。我想，还能见到老姚吗？咦，很久没见，有点想他了。

　　那天，天没下雨，我对老鲁说，口渴得很，要下山找水喝，没等他说好，我就急急下山，一跑，就跑到那个孤零零的灰棚里。灰棚里没有人。里面焦泥灰不多，靠里侧墙角落，引人注目地堆放着好多番薯，很大一堆，才挖出来的，藤叶还很新鲜呢。我愣在那儿，不知该走该留。

忽然老姚出现了，从一侧墙边走来，手上拎个畚箕，身子斜着，很沉的样子。他看见我，大声招呼着，阿声你来啦？

老姚走进灰棚，双手抓着畚箕一抖，把畚箕里的东西倒出来。嚯，是一堆番薯，有七八个，看样子刚挖出来，粗藤上连着一整窝大番薯，最大的一个跟篮球差不多，足有七八斤。这一窝番薯，毛估估有三四十斤！

我呆住了，从没见过这么大的番薯，而且一窝就有这么多！我问，这么大，是番薯吗？你种出来的？老姚嘿嘿一笑，怎么，不相信？没见过这么大的番薯吧？老姚手臂往外划拉一下，说，看到没有？那边，我已经挖了好多大番薯，还没挖完呢。我告诉阿牛，我种的四五亩番薯，今年肯定大丰收，起码有一万多斤，说不定能到两万斤，嘿嘿。我问，这么大的番薯，你怎么种出来的？你施了什么神仙技法，让番薯长这么大？老姚又笑了，说，这是秘密，不能告诉你。记得不？我焖了好多焦泥灰，后来又拉来一车车猪粪牛粪，你读过书，晓得植物生长要靠阳光和水吧？还有氮、磷、钾，三种肥，这个道理应该懂吧？

万物生长靠阳光，还有水和氧气，这个我懂。氮磷钾这些什么肥的，上学时听老师说过，但记不清它们的各自作用了。老姚招呼我，帮他把这些大番薯摆在灰棚前面显眼的位置，让它们像在土里那样，上面的藤叶也不摘掉，叫人看出是一棵番薯结出的果实。老姚大声说，我要让大家看看，我姚正山不是吹牛大王，是有真本事的！

回到山上，我兴奋地跟老鲁讲老姚种出大番薯的事，用手比画着大番薯的样子。老鲁默然听着，那张漆黑的脸上毫无表情，过了好一会儿，才说，老姚这个人，头脑是蛮灵的，做事体也能干，就是……

老鲁把后半截话咽回去，不说了。

老姚种出篮球那么大的番薯呢！这稀奇事很快在镇上传开了，好多人跑去东山湾看新鲜。走进灰棚里，看到大番薯，都很惊讶，眼乌珠弹出，嘴里哇哇叫，哎呀，想不到能种出这么大的番薯！有人抱着番薯，说要是能让照相馆的人来，拍张留念照片就好了。也有人提出疑问，老姚这个怪人，种出介大的番薯，怪七怪八的样子，成精怪了，还能吃吗？恐怕拿去喂猪，猪都不要吃呢。

　　阿牛派出全小队所有男女劳力，在东山湾的四五亩山垄地里连挖几天，挖出好多大番薯，灰棚前堆得像一座小山。阿牛想把番薯折口粮分给各户，五斤番薯抵一斤稻谷，可是谁都不要，自家自留地也种番薯，哪里吃得完？阿牛担心了，问老姚，你种出这么多番薯，没人要，怎么办？老姚轻松地说，好办，番薯磨成粉，做番薯粉丝，卖钞票。阿牛说，这种生活队里没人做过，哪个敢做？老姚说，你叫红记带头，她会做。

　　阿牛去找红记娘姨商量这件事，说，你就帮帮我，挑个头吧。

　　红记娘姨朝一副笑面孔的阿牛重重地哼两声，说，这种鬼点子，料你阿牛这种笨脑子想不出来。是哪个作怪想出来的，你叫哪个来跟我谈。阿牛没办法，只好叫老姚过来。我正好在红记娘姨家，他们讲的，都听到了。

　　红记娘姨板着脸，也不朝老姚看，说，姚正山，凭啥要我来挑这个头？老姚脸上笑嘻嘻的，说，你家原先开南货店，做过番薯粉丝，你会做，对不？红记娘姨冷声说，做番薯粉丝介容易？有好几道工，还要好几样家生，磨粉机、蒸屉和刨刀，哪里来？老姚说，磨粉机和蒸笼我来做。刨刀你家有，我晓得的。红记娘姨呆了呆，又说，做了粉丝卖不掉，亏本了算哪个的？老姚说，算我的，任打任罚。红记娘姨说，打就算了，你这副身架我吃不消打。那就罚吧。罚你四脚着地腰背弯落像乌龟一样，从东山巷这头爬到那头，爬三个来回！老姚爽快地说，好，输了我爬。

老姚往门口走两步，又扭过脸来，说，哎，这是打赌，我输了认罚，要是我赢了呢？嘿嘿，我赢了，你过年杀猪送我一刀肉，好不好？红记娘姨哼了一下，我的肉，才不给你这家伙吃呢！老姚看着她，忽然哈哈大笑，走出门去。不知为啥，红记娘姨的脸一下臊红了。

接着，红记娘姨就招呼二队的妇女们来干这活。队里十几个老娘们儿，还有七八个大姑娘半大姑娘，月娟母女也来了，守着东山巷中间那条水沟，大张旗鼓地磨起番薯粉。老姚铰开白铁皮，敲敲打打，用木条制成架子，蒙上白铁皮，做了几个手摇磨粉机，又做了蒸笼架。

二队的妇女们在东山巷水沟边磨洗番薯粉，从早到晚，干得起劲，干得开心，一会儿有人说笑，一会儿有人唱歌唱戏，唱歌唱戏最多的是红记娘姨，数她喉咙最响。她唱得最多的是"苦菜花"：苦菜花儿开满地儿黄，乌云当头遮太阳……也唱戏文"箍桶记"：我家镂铲世上少，徽州朝奉取过宝。铜钿还过六千吊，六千吊铜钿我勿卖掉……走过路过的人，看到这欢乐的劳动场景，听着她们快活地唱歌唱戏，也被感染了，脸上挂了笑，随口搭上几句腔，或索性跟二队的妇女们一道唱两声。

月娟妈和月娟低着脑袋，一声不响，手上巴结地做生活，没跟其他妇女谈天说笑，或是参与唱歌唱戏。

二队的妇女们在东山巷水沟边连着干好多天，磨洗出一缸缸雪白的淀粉，弄到晒谷场上晒干，又用专制的蒸笼蒸熟，再用铁刨刨成一把把粉丝，挂在竹竿上晾燥，最后一把把缚好，拿到街上卖。

上街卖粉丝，挑头的还是红记娘姨，加上小芬和红梅两个大姑娘。她们脸上带着笑，大声吆喝，夸赞自家的粉丝如何好吃，如何便宜。红记娘姨不光领头喊，还不时用戏文调子配着唱两句：我家粉丝真当好，徽州朝奉取过宝。铜钿只要一点点，粉丝买去木佬佬……唱得好听，唱得有趣，街上行人都扭头朝她看，朝她嘿嘿笑着走拢来。

月娟妈缩在后面，低着头不出一声，只管称粉丝，收钱找钱。月娟没在。

镇上人家天冷时喜欢用炭炉子炖暖锅，放进青菜或萝卜，再加粉丝，添点猪油，一勺辣酱，热火热汤，又辣口又好吃！我们南门二队的番薯粉丝，质量好，价格便宜，一角钱可买一大把，摆上市场，大家抢着买，没几天就卖完了，嚯，得了好几百块钱呢！

一天，我看到黄和尚沿街边走过来，手上拎个空竹篮，脚拖一双旧布鞋，慢慢走到我们二队卖粉丝的摊位前。

这两年黄和尚有点吃瘪，打倒了，斗了又斗，连他老婆陶桂枝都跳上台指着鼻子骂他，镇长没得当，工资也扣了，还叫他扫大街，从南门街一直扫到北门街，没人叫他黄镇长，走在街上，小孩子都大声喊他黄和尚。

红记娘姨忙着卖粉丝，没看到瘪塌塌走到她身边的黄和尚，听他轻叫一声，才扭过脸来，呀的一声，说，黄镇长，你介难得过来？要不要买点粉丝去？

黄和尚支支吾吾说，想买点粉丝……多少钞票一斤？

红记娘姨把他手上的空竹篮一把夺过来，大声吩咐月娟妈，梅珍，把这只竹丝篮装满，给黄镇长。黄和尚有点吃惊，也有点尴尬，说，太多了，我只有一块钱。红记娘姨接过那张钞票，说，够了，正好一块钱。黄和尚接过满满一篮粉丝，掂掂分量，说，介多粉丝，只要一块钱？红记，你有没有算错？

一旁月娟和月娟妈，还有好多人，都看着他们，谁都没搭一声腔。

红记娘姨脸上笑着，大声说，嘿嘿，我没有算错。大家都晓得，黄镇长辛苦工作介些年，为老百姓操心操肺，还要被坏人欺负，受没良心老婆的气，今天优惠你一次，半价，另一半我竺红记请客。梅珍，账上要记清爽哦。

拾叁

谢天谢地，总算还好

　　这年我们二队分红值五角六分，比上年高一角三，算得上全大队第一名了。大队副业队情况还很糟，拉麦草这种生活，人弄得很辛苦，也只能勉强保本，没有一点利润分给各小队。谁都知道，二队分红值高，全靠老姚种的大番薯，用番薯做的粉丝！

　　我家分到现钱了，三十二块五角二。嘿嘿，主要是我的功劳，跟老鲁放牛，给家里挣了不少工分。我向爸讨钱买一本《新华字典》。爸给我两块钱，买了字典，又买了一支竹笛。我最近喜欢上笛子了，正偷偷自学呢。

要过年了。雨泉镇上人有好习惯，年前家家要掸灰除尘，清扫垃圾，弄得窗明几净的，然后一家人去国营浴室洗个澡，换上干净衣裳，清清爽爽过新年。国营浴室就在我家隔壁，近水楼台，抬脚出门，扭转屁股就到。最重要一点，浴室管理员是我嫡亲姨父，我家人洗澡一向不买票，"白洗"。当然，这种揩公家油的行为不光彩，通常得挨到夜深人静时分，浴室没客人了，才悄悄溜进浴室，泡进池水里，洗一洗身上积攒许多时日的污垢。

"白洗"的味道相当糟。浴室里那一池热水，一整天下来，浸泡了不下数百人的皮肉，已不大热，且脏得要命，上面漂浮着厚厚一层白不白灰不灰的油腻沫子，还有一股难闻的气味。我捏着鼻子把身子泡进池子里。爸提醒我说，你在池里浸一下就起来，别泡着，水太邋遢了！

踢踏踢踏拖鞋板响起，又有人进来了。

怪了，还有比我们晚到的客人？没想到的是，来人竟是老鲁！咦，黑不溜秋的老鲁也会来浴室泡澡？

老鲁大概也是故意挨到很晚才来，没想到会遇到我家的人，明明看到，还装作被水汽眯了眼，摸索着溜到另一边，躲躲闪闪钻进热水里泡着，一点声响也没有。

我只好装作没看见，不去看他，只偶然瞄一眼。咦，奇怪不？我发觉老鲁的屁股很白，跟他那张漆黑的面孔相比，简直是黑白分明，判若两人，嘻嘻！

走出浴池，我顺口问正歪在躺椅上打瞌睡的姨父，怎么老鲁也来洗澡？

姨父白我一眼，人家花一角钱买了浴票，不能洗啊？

也是，老鲁有钱，年终分红拿到二十多块钱呢。红记娘姨取笑他，一人做，一人吃，一件灰布衫穿四季，半块霉豆腐过三餐，省得要命，钞票留给哪个？问老鲁几遍，他都不说。有钞票没处用，花一角钱洗个澡，算啥？

好笑的是，第二天早上我们在牛棚前碰面时，他根本不提昨天进浴室洗澡的事。仔细看他，嘻，花一角钱洗了个澡，那张面孔还是乌漆墨黑，脸上那么多皱纹也都在，一道没少，也没浅一点淡一点，想到在浴池里看到他那白生生的屁股，我忍不住咧开嘴大笑起来。

老鲁愕然地看着我，闷声问，你笑啥？

对了，老姚分红来的钞票比老鲁还多呢。

小队长阿牛在分红会上说，老姚一个人管理东山湾四五亩山垄田，先种一季小麦，收成蛮好，又种出那么多大番薯，还想办法磨番薯粉做粉丝卖，挣到好几百块钱，提高了小队的分红率，功劳蛮大，按先前讲定的，奖励他三十块。

常贵一下跳了起来，涨红了脸，爆出眼乌珠说，哪有这种事体？我家是倒挂户，要倒贴队里好几十块钱，姚正山每天记六个工分，一年挣两千个工分，还要奖励他那么多钞票？阿牛，你这个小队长怎么当的？让他一个坐过牢的人发横财，这是要翻天啦？阿牛恼了，说，吴常贵，你还有面孔提意见？你家吃口介多，你不来队里干活，大半年不交副业款，你家成倒挂户怪哪个？常贵不示弱，摇晃着脑袋跟阿牛吵，说你阶级立场有问题，屁股坐歪了！阿牛说，我当小队长，只管嘴巴，不管屁股，哪个能给队里赚来钞票，增加收入，让大家有饭吃，肚子吃得饱，我就服帖哪个！常贵还是吵不歇。

红记娘姨站起来，说，姚正山一个人种出介多番薯，算他有功劳，不过粉丝是我们妇女洗番薯粉做出来的，功劳算不到他头上，对吧？阿牛，减去一半，奖他十五块，够了。众人都说这样好，常贵也熄火不吵了。

老姚在角落里稳稳坐着，手里捏把炒黄豆，不时地往嘴里塞一颗，有滋有味地嚼着，也不说话，看别人争来吵去，好像跟他无关，脸上还带着笑呢。

腊月廿九这天，老姚叫我帮他做一件事，给他老婆送年货。一只竹篮里，装了一大块猪肉、一只猪脚、两块豆腐、一串油豆腐。另外还有一把弹弓，给他儿子孝孝的。我问老姚，要说什么？他说，不用说，给她篮子就好。

他老婆娘家离雨泉镇七八里路，在一个叫七里桥的村子里。我进村后问来问去，才找到那户人家，见到他老婆，还有他儿子孝孝。小孩人精瘦，衣裳破旧，很单薄，缩着身子，流着清水鼻涕，显然是天冷冻的。他认出我了，没敢叫，只怯怯地看我。

老姚老婆的娘家看上去家境不好，两间旧茅屋，屋顶上的茅草枯黄发暗，门窗也破破烂烂的。门边站着个瘦巴巴的老头，大概是她爸，胡子拉碴，乱蓬蓬一头白发，目光呆滞地看着我，不说话。

老姚老婆站在院子里，身上的衣裳很旧，打了好几个补丁，脸色也不好，蜡黄的，看去比过去瘦了许多，下巴都尖了。这么冷的天，她居然赤着脚，裤管卷起很高，脚杆露出一大截，已冻得通红。地上有一堆东西，湿淋淋的，黑不溜秋，扁圆状的，细看一下，竟是河蚌！

我猜想，她是下河摸河蚌刚回来，过年就弄这些河蚌来当荤菜吗？哎呀，这也太……太可怜啦！

然而，看到我递过去的竹篮，看到那些猪肉和豆腐、油豆腐，女人脸上非但没一点笑意，还变得更阴沉了，好像我带来的是有毒的东西。她双手重重地把竹篮一推，大声说，你把篮子拿回去！告诉姚正山，我不要他的东西，什么也不要！让他跟那个狐狸精去过开心日脚好了！我不回去！我和儿子，饿死也不回去！

我还想说两句，还没开口，已被那个愤怒的妇人推出门外。

我只好拎着篮子往回走。走了一段路，发觉有人跟在后面，离着十几步路，是老姚的儿子孝孝，用怯生生的眼神看我。我想起篮里有一把弹弓，就叫孝孝走过来，把弹弓拿给他。我说，这是你爸给你的。他做的，能用它弹鸟呢。

孝孝接过弹弓，看了看，又抬头看着我，用袖管擦一下鼻涕，忽然问，我爸跟那个……女的，他们住在一起吗？我说，没有。他一个人住，一个人过日子，蛮冷清的。你跟你妈说，你们回去一起住，好不好？孝孝看着我，迟疑了一会儿，摇摇头，转过身走了。

我把没送出去的篮子交还给老姚，转告他老婆说的话。

他懊恼地说，不要拉倒！我就不信，一个人日子过不下去！

有件事要说一下，就是，过年时我们家门上没有贴春联。

去年贴在大门边的春联，"东风吹战鼓擂革命形势无限好，反美帝抗苏修世界人民大团结"，红纸已破败不堪，字都读不全了。往年都是徐叔写春联，他不写，红记娘姨家门前没得贴，我家也没得贴。也不是徐叔没在家，冬至过后没多久他就回家了，不过不是走回来，是让人抬着回来的。

好多天，徐叔都在楼上的眠床上躺着，下不来楼。阿姐说，徐叔一条腿跌伤了，小腿骨跌断，只好困眠床，伤筋动骨一百天呢。开中医诊所的许步云来了好几趟，开药方，贴膏药，烧艾灸。红记娘姨天天煎中药，一只小砂锅在炭炉上炖得噗噗作响，药味四溢，弄得整幢房子，包括隔了一道薄薄板壁的我家这边，老有一股拂不掉散不尽的中药味道。

徐叔那么小心的人，怎么会跌断一条腿呢？不知道。阿姐试着猜一猜，才说了半句，被爸阻止了，告诫阿姐和我，不要瞎猜，也不要问。

伤了腿的徐叔很可怜，躺在床上不能动，连过年都没下楼。红记娘姨当然不开心，走进走出，很少看到她脸上有笑容。家里多了一个伤病员，家务事多出许多，靠她一个人忙来忙去。可是再忙，她也没叫我，或叫阿姐帮忙。有人闻讯进门探望，想上楼看看徐叔，被红记娘姨坚决谢绝，不让人家上楼。只有梅珍，也就是月娟妈，上楼看过徐叔一眼。

这是为啥呢？徐叔的伤腿不能看吗？除了红记娘姨和梅珍，最多还有许步云，其他人，恐怕谁都不清楚这件事。

哦，也不一定。

有一天，黄和尚来了，穿得整整齐齐，中山装清清爽爽，脚上的皮鞋油光锃亮，咔咔咔大步走进红记娘姨家。没等女主人迎上来，就大步朝楼梯走过去，皮鞋咯吱咯吱，上了楼。我们隔壁能听到他大声说话，一字一句都听得清。

老徐，你这是何必呢，摆出介一副苦相？不就是写标语漏一个字吗？下放水库工地，就是劳动么，挑担挖泥，挑不动少挑点，吃点苦头，熬一熬就过去了。何苦动那种要不得的念头？老古话怎么讲，没有不会晴的天，没有过不去的坎。像我，这两年没安耽过，挨批斗，扫大街，扫茅坑，我照样吃得落睡得着，高兴了，小调唱唱，有啥了不起？犯不着自己作践自己，你看你，落得啥好处？自己吃煞苦头，还让红记忙煞、愁煞。你想想，多少不合算？

躺在眠床上的徐叔长长叹一声，低声嘟哝着，人活世上，太难啦！我自己倒没啥，就是怕……

红记娘姨大声说，怕啥？不就是过去这点历史问题么？你好端端做人，不偷不抢，不贪污，不浪费，有啥好怕的？你这种男人真尿相，树叶落下怕敲破头，胆子小得像苋菜籽！

黄和尚说，老徐，你想想，你介多年工作下来，从来都是一老一实做事体，不多说半句话。你做的账本，一分一厘都不错，是全县有名的金算盘，哪能少了你？有啥好怕的？听许步云讲，你脚上骨头早就长好了，来，起来走走，再困眠床，屁股都要生疮啦！外面太阳介好，来，我扶你下楼，晒太阳去！

黄和尚半拉半扯，把徐叔弄下楼，让他在门前一把躺椅上躺着。冬天暖暖的阳光晒在徐叔白生生的瘦脸上。红记娘姨搬出一只骨牌凳，摆上瓜子京枣冻米糕，又摆一包烟，泡两杯茶，说，你们喝茶，吃果子，聊天，我烧饭去。

黄和尚点起一支烟，笑嘻嘻陪着徐叔聊天，从东扯到西，从古讲到今。

说是聊天，只是听黄和尚一个人说，说得很多，说个不停，徐叔几乎没声响，只偶尔嗯嗯回应几声。黄和尚又把我叫过去，抓把果子让我吃，问我，跟着老鲁看牛有啥有趣事？我就讲老鲁，跷着一只脚还满山乱跑，做这样做那样，跷脚行走不便，时不时会摔倒，黑脸上粘了黄泥，像包公，又像张飞。还有，老鲁有天偷偷摸摸去浴室洗澡，让我看到他的白屁股……黄和尚听了，笑得眉毛乱跳，也讲起他自己小时候帮人看牛的趣事，一边讲一边哈哈地笑。

巷子里来来往往的人，走过，看到黄和尚陪徐叔坐着轻轻松松聊天，笑着打个招呼。黄和尚大声回一句，徐叔虽没出声，脸上神态也渐渐平和起来。

过了正月十五，徐叔单位来人，叫他上班做账去了。

红记娘姨看徐叔慢慢走远，说一句，谢天谢地，总算还好。

拾肆

她给两个男人送了清明粿

在外边城里工作生活多年，时日久了，年岁大了，回想起故乡小镇度过的少年生活，在没有书读的那些日子里，跟着老鲁放牛，跟着老姚煨灰堆种番薯，是我一生中最轻松自在，也是最快活的时光。

老鲁这个人，面孔黑，脚跷，话少，像个哑巴，对我还是很关照、很宽容的。我偶尔懒觉睡过头，去晚了，或是躺在山坡上看书，看着迷了，他独自一人费力地照看着牛，从不说我一句。有时他也会允许我骑上骚牯牛，不过那得在平坦的路上。骑在骚牯牛背上的感觉真好，高高在上，威风凛凛，像个大将军，或是一个凯旋的大英雄。我腰板挺得笔直，脸上挂着得意的笑容，不时吆喝两声，或扯开喉咙唱歌。老鲁一跛一跛跟在后面，手上两根牛绳牵着母牛和小牛，偶尔仰面看看我，那张布满皱纹木讷的脸会扭动起来，露出一丝笑模样。

那时候我最喜欢在东山上放牛。高高的山岗上，只有我和老鲁两个人，四周一片静寂。阴雨天气，云雾多时，乳白色的雾气像泡进清水里的蚊帐堆积在山脚，淹没了小镇那些鲫鱼背般的成片房屋和周边的田畴村落，我们身处的山岗如同一座与世隔绝的孤岛，不由得想起《一千零一夜》里的故事，海盗们漂洋过海，把抢夺来的财宝，藏在某个荒凉孤岛的洞穴里……天晴时，阳光暖暖地洒在身上，小风悠悠地吹拂在脸上，带来青草和树叶的清新气息。湛蓝的天空上，时而飘过几块或大或小的白云，像牛羊，像鸡狗，像寿星老人……竹丛中小雀们叽叽喳喳叫着，忽有几只尖叫着扑打着翅膀嗖地掠过我的眼帘……我学会了吹笛子。老鲁教我按准竹笛上那六个眼，如何撮起双唇对准吹孔吹出声响。我坐在草坡上，横握竹笛，对着慢悠悠嚼着竹叶的牛们，对着面无表情几乎是哑巴的老鲁，胡乱吹一通，慢慢地，也能吹成调了。

只是，山脚下小镇不时地传来嘈杂的声响，瞬时便打破了寂静。那或是一阵阵喊叫，或是咣咣的敲锣声，有一回还听到叭叭的枪声呢！我有点心慌，朝老鲁看看，他像没听到，闭着眼睛打瞌睡，不在意的样子。我也不慌了，天高皇帝远，镇上那些人这样那样的狗屁事，跟我们农民看牛佬不搭界，哼，才不管它呢！有几天，小镇上的广播大喇叭不停地放一支歌：小河的水清悠悠，庄稼盖满了沟，解放军进山来，帮助咱们闹秋收……悠扬的曲调飘飘荡荡，飘至东山坡上，真好听呢！听多了，我会唱了，还会用笛子吹响那支歌优美的旋律。老鲁冷不丁冒出一句，看不出，你还有点……音乐细胞。

　　红记娘姨家新栽的桃树一人多高了，树身有刀把粗，分枝开杈，亭亭玉立，就像刚及笄的少女，开春后有一根枝条上悄悄地绽出花苞，清明节前，羞答答地开出几朵粉红的桃花，清奇而美丽。

　　我又看见红记娘姨站在树前，盯着桃花痴呆呆地笑了。

　　这时节，红记娘姨照例要做清明馃。她叫上月娟母女一起去田畈挑绵青，然后一起包清明馃。还是十斤水磨粳米粉，腌肉，雪菜，春笋，馃包好，一锅锅蒸熟，活干完了，月娟母女拿些清明馃走了，屋里清静下来，红记娘姨坐下歇一会儿力。接着，她要把自己整理一下，要洗脸洗头，换身清爽衣裳。

红记娘姨洗头比较麻烦。她那一头乌黑的长发，又多又密，洗头用水多，得在屋外，就在桃树旁。这活少不了我做帮手。红记娘姨洗头只用淘米水，淘米水还得是过了夜，带点馊味的，说是对头发最好。火炉子烧开一铁壶开水，在脸盆里兑入淘米水，调得温热。红记娘姨低下头，把长发全浸到脸盆里，两手撸着头发，揉啊搓啊，这样洗好一会儿，然后，她弓着身腰，低着头，垂下长发，让我用葫芦瓢舀起一瓢瓢温水，顺着后脑耳根，一遍遍地往头发上浇水，长发像一道黑瀑布一样往下淌水，蛮好看的。

洗清了头发，红记娘姨拿一块干燥的白布巾擦抹湿头发，擦啊擦，擦得头发半干，再用一把桃木梳子，一下下地梳。梳好了，拿块红纱巾把头发裹着，盘起在头顶上。

时近黄昏，阴了大半天，日头忽然从云层里探出脑袋，西斜微黄的阳光亮晃晃地照在屋檐上，照在窗台上，照在人脸上，也照在桃树的桃花上。红记娘姨手上拨弄着乌黑的长发，任由温热的阳光洒在衣裳上，洒在白净的脸上，还有，她左侧脸上那块红记上。

人家都说，要不是脸上那块明显的红记，红记娘姨算得很好看的女人。此时，她脸上那块红记，被夕光照着，衬着白皙的肤色，看上去异常的红亮、显眼，这块红记，像什么？噫，就像一朵好看的盛开的桃花呢！

沐浴在夕光下的红记娘姨，心情很好，细眯着眼睛，出神地端详树枝上那几朵被夕光照着的桃花，忽然轻声吟出几句诗：去年今日此门中，人面桃花相映红。人面不知何处去，桃花依然笑春风。

吟毕，她扭脸朝我一笑，阿声，你也算看好多书了，晓不晓得这首唐诗？书里有没有读过？我有点蒙，说，没有，我不看诗书。诗没有故事，不好看。红记娘姨轻哼一声，诗里的故事才好听呢。我说，真的吗？那你讲讲，刚刚念的几句诗，有什么意思？红记娘姨看着我，呆了呆，一摆手，算了，你还小，听不懂的。

后来，红记娘姨让我拿一碗清明餜给老鲁，说，跟他讲，多亏他帮我弄来桃树，今天桃花开了，我高兴，请他吃清明餜。我说，那个人脾气古怪，人家的东西，恐怕他不会要呢。红记娘姨说，我的东西，他会要的。果然，老鲁一声不响地接过去了。我转回来，对红记娘姨说，老鲁这人好笑，一句话不讲，连个谢字都没有。红记娘姨笑了笑，说他就是这样的人，我又不要他谢啰。

红记娘姨看我站着不走，问，还有啥事体？我说，我想到了，还有一个人，最好也给他送一碗。红记娘姨皱着眉头看我，闷声说，我晓得你讲哪个人，我又不欠他，不给他吃清明馃。过一会儿，又赌气似的说，算了，便宜他了，就这一回。红记娘姨拿出一只腰子形的铝盒，还是新的呢，盛了满满一盒，给我时，一脸不很情愿的样子，说，记得把铝盒带回来。甩甩手，走开了。

我给老姚送去清明馃。

他正在屋外荷花塘边洗衣裳，洗他的白衬衫。荷花塘水很清，荷叶青绿，荷花艳红，白衬衫漂在水面，像一大朵白木耳，很好看呢。老姚看到盛满清明馃的铝盒，有点吃惊，听我一说，他居然笑了，嘿嘿地笑出了声。

他把铝盒里的清明馃一个个拿出来，装在自家碗里，把空盒还给我，说，你对她讲，我姚正山谢谢竺红记，谢谢她还想着给我送一碗清明馃。

我回去把这句话学给红记娘姨听。她先板着脸，又忍不住笑起来了，骂了一句，狗日的姚正山，欠我介多，轻飘飘讲一声谢，有屁用？

队长阿牛关照我，除了跟老鲁放牛，还要帮老姚做事，要随叫随到。他又说，你晓得的，我们二队全靠老姚弄好那几亩地，赚点钞票，分红才高一点，大家日脚好过点。你帮老姚做，多出力，做得好，给你加工分。

老姚得到阿牛的信任与支持，劲头很足，他提出的要求，阿牛都答应。各家的猪粪，我们牛栏起出来的粪，全给老姚，都拉到东山湾，堆在灰棚里。老姚整天在东山湾干活，从早做到夜，有时做得太晚，天黑下来了，就睡在灰棚里。老姚对我说，光靠牛粪做底肥还不够，还要多煏些焦泥灰。那段时间牛放在东山上，由老鲁顾着，我下山给老姚打下手，帮他煏焦泥灰，劈毛柴，锄杂草，挑土，垒起一座座灰堆，坡上坡下，星罗棋布，有几十个呢，点燃起来，整个东山湾从早到晚烟雾缭绕。

小满节气过后，天越来越热，小布衫快穿不牢了。东山湾几块地里的油菜小麦收了，收成很好，接下去要种番薯。我有空就去帮老姚干活。才知道，他种出大番薯是有妙招的。先用体壮力大的骚牯牛犁地，把地犁得很深，还不够，再用锄头往下挖，开一道很深的沟底，铺上厚厚一层牛粪和焦泥灰肥。还有，种番薯不是扦插番薯藤叶，而是把长芽的番薯切成块，直接埋在地里。老姚告诉我，这是最关键一招，这样种番薯，生长期长，发棵率高，加上施肥足，有后劲，就能种出大番薯。

我很惊讶，从没见过这样种番薯的，番薯切成块埋地下，不会烂掉吗？老姚说，这是有诀窍的，番薯种切块后，在杀菌药水里浸过，晾干，再入土，可保大多数番薯种不会霉烂。我问老姚，这个妙招你怎么想出来的？老姚笑道，这是科学技术，哪是我凭空想出来的？这都是在劳改农场学来的。

一个久久盘桓在脑子里的问题，猝然从我嘴里冒了出来：那你，你在那里面，是不是过得很苦，吃了很多苦头？

老姚却轻松地笑起来，说，也没吃什么苦头。在那里么，无非少一点自由，多干点活么。吃点苦算什么？我吃的苦头多了，这点苦算不了什么。劳改农场里面有好多城里人，还有不少文化人呢。我们不光种地，还有养殖业。种番薯我是跟一个农业大学的教授学的，他是农业专家，是个右派。我说，种白木耳，也是那时候学的？老姚说，对呀，你当我是哪路神仙，能凭空想出来种白木耳？

老姚又关照我，要保守秘密，种番薯的技术，别跟人家说出去。

我想，对的，那时他拉起副业队种白木耳，赚了钱，结果常荣来了，让阿姐去教别人，各地都学会了，种出那么多白木耳，反倒害我们自己的卖不掉，后来又惹出那桩祸事，老姚真是吃了大亏呢。

一天，老姚忽然一脸神秘地对我说，想不想看我的秘密基地？

秘密基地？你还有这个？我很好奇，跟着他去了。

一个背阴的山弄里，有一小片杂树林，在杂树中间，摆放着一些长短不一的椴木。咦，我看见，这些椴木上长着一些黑黑的东西，一小撮一小撮的。我没认出来，问老姚，这是什么呀？老姚诡异地一笑，不认得吗？你不是见过白木耳吗？这是它的兄弟，黑木耳。这可是好东西，营养丰富，很高档的，价钱也能卖得高。我说，哎，你是想以后在二队拉起一支副业队，种黑木耳拿去卖吗？可是……上回种白木耳，惹出介大的祸水呢。你还想弄这种事体？

老姚呆了好一会儿，闷声说，人生在世，不过几十年，活着总要做点事体，要不，一世做人，不想不动，只晓得吃吃困困，跟猪狗、毛毛虫，有啥两样？

我回家跟爸和阿姐说老姚偷偷种黑木耳的事，爸说，这个老姚，脑子聪明，就是不肯安耽，又要弄啥新名堂，还想东山再起？嗐，这人真是！我说，我看他是这种脾气，憋不牢，喜欢瞎搞搞，不一定成的。你们不要到外面乱讲。阿姐白我一眼，说，我才懒得管这种闲事呢。

拾伍

折尺样弯着身子在青石板路上走

　　安耽快乐的日子，一天天过着，就像东山脚下淌出来的汩汩溪流，平静而无声息。可有时，也会毫无征兆地生发意外，就像一场暴雨后，洪水骤涨，小溪流霎时变作一条黄浊巨龙急奔而至，涨满水沟，冲坏道路，冲进人家的宅门屋舍，让人猝不及防。

　　早上，还在吃早饭呢，阿牛队长急急忙忙来我家。他脸色不太好，呃呃几声，对爸说，和顺叔，今天队里不出工。你等会儿先去教堂。

　　教堂是早先的叫法，现在是大队部。那是一幢很高大的房子，里面很空旷，除非开全大队社员大会，平时很少过去的。

为啥去那儿？爸心慌意乱，面色都变了，问了一句，是……大家都去，还是我……一个人？

阿牛闪烁其词，说，你们几个先去，呃，有老姚，还有老鲁。队里其他人也去，常荣通知我，每户人家必须去一个人……呃，今天上午在教堂里开大会，记半天工分。他扭头看到我，叮嘱一句，阿声，老鲁也要去开会，今天你一个人放牛，要小心点噢。

我满心狐疑，去牛棚赶牛时，老鲁早已等在牛棚前。他神色紧张，说话时甚至带点口吃。他对我千交代万交代，放牛时一定不能出错，特别是小牛，一定要管牢。他用葛藤条给小牛做了一个笼口，防止它偷吃，还啰啰唆唆说其他一些事，好像他这趟要出远门好多天不回来似的。

老鲁蹒跚离去的脚步有点颤抖，那只跷脚让石块绊了一下，差点跌倒。我心想，老鲁肯定是害怕去教堂开会，是有什么预感？莫非今天要出啥事？

我费劲地从牛棚里赶出三头牛。骚牯牛走在前面，我骑上骚牯牛，手牵着后面母牛的绳头，戴笼口的小牛乖乖跟着。

拐过一个墙角，路边看到了老姚。

老姚面带微笑站着，神清气爽，穿得整洁，白衬衫，蓝长裤。

他大声对我说，阿声，你今天一个人去东山湾放牛吧？哎，把牛管牢，别跑到我的番薯地里吃番薯藤。还有，记牢给山凹那片树林里的黑木耳洒点水。我去开会，下午才能过去。记牢哦！

我想起红记娘姨的话，即说，你去开会，当心点！红记娘姨要我讲的。

老姚嘿嘿一笑，说，她要我当心点？我没有做啥坏事体，有啥好当心的？说罢，朝我一摆手，大步走了。

这天，我一个人费力赶着三头牛上了东山。牛们上山后便漫散开去，溜达溜达，寻寻觅觅，钻进竹丛中，坦然自若地啃着嫩绿的竹叶。我孤单地坐在高坡上，感觉很闷，很无聊。天色灰蒙蒙的，看不清山下小镇成片成片黝黑的屋脊，也听不到什么声响，很安静，安静得让人心慌，凭空滋生出各种莫名的可怕想法，在我脑子里窜来窜去。

快中午了，猝然听到十分尖厉的声响，镇西门那头，傍着天目溪的国营纸厂锅炉又开始放蒸汽了。每天这时候，纸厂就会放蒸汽，大团大团的白色蒸汽平地而起，往上翻滚着，像大朵大朵的棉花，或像一堆急剧膨胀的白蘑菇，噢，更像新闻纪录片里看到的原子弹爆炸，伴着尖厉的怪叫，让人心里莫名地发慌。

肚子早就饿了。我抱着咕咕乱叫的肚子，眼巴巴望着山下，唉，老鲁怎么还不来……啊？噢，看到老鲁了！他的身影出现在山脚下，我悬了半天的心，一下就放下了。

老鲁一拐一拐走上山来。没等他走近，我赶紧迎上去，大声招呼他。老鲁大概走累了，呼哧呼哧的，一屁股坐下，低着脑袋，没看我，也不说话。我说，我饿了，回家吃饭去了。牛在那边，都好好的，什么事都没有。他仍没抬头，也不说话，只摆了摆手，意思是你可以走了。再看老鲁，那张黑乎乎的脸上看不出有什么表情。我不放心，问他，你怎么啦？不要紧吧？他只呆坐着，还是一句话不说。我不敢再问，急忙跑下山去了。

回到家，阿姐不在，爸一个人坐在灶台下，闷着头在抽烟，脸色很难看。灶下没有生火，灶台上冷冷的，没一丝热气。咦，怎么，会开完了，已回家了，也不生火做饭？不吃饭啦？

这时候，听到隔壁红记娘姨家有人在大声说话，是阿牛小队长，正跟红记娘姨说事，说的是老姚。我支棱起耳朵听了一下，啊？怎么会这样……我很吃惊。

阿牛告诉红记娘姨，老姚被打了，伤得很重。

为啥？红记娘姨喉咙很响，急问，他们为啥要打他？

阿牛说，唉，红记娘姨，你晓得的，老姚这个人，脾气太犟了！开这种大会，大家都晓得的，你就老实点，听话点，叫你低头就低头，让你认罪就认罪，作啥要顶真，要犟头犟脑？老鲁多少老实，身子九十度弯倒，一只脚跷着，照样站着一动不动。这个老姚，嘻，腰板挺得笔直，眼乌珠还要弹出。常贵他们几个好几只手硬揿他头颈，他也不肯弯下去，还要跟他们讲道理，讲他腰板有陈伤，弯不下来。哎呀，这时候还有啥道理好讲？红记娘姨恨声说，他是自讨苦头，自己找死，讨上去让人打！哎，伤在哪里？要不要紧？阿牛说，腰伤了，整个人趴在地上，动都动不了。我借了双轮车，队里几个人相帮抬上车，才把他拉回家。红记娘姨恨声说，这家伙就这种臭脾气，死不倒台的犟头颈！上次月娟的事吃过大亏，还不长记性，这回把腰打伤了，癞皮狗一样，爬都爬不起来，看你腰板还挺不挺，头颈还犟不犟？阿牛说，红记娘姨，不管怎么样，老姚伤得介重，总要帮他治治伤。他老婆儿子不在，没有人照顾，总不能让他腰骨痛煞，肚皮饿煞，我们共小队的人，大家相帮一把，对不对？红记娘姨咦地拖个长音，说，阿牛，你到我这里讲这种话，啥意思，是要我帮他？对不起，我竺红记帮不了，我不懂医，不会治伤。哪个把他打伤的，叫哪个请医生给姚正山治伤！阿牛说，哎呀，红记娘姨，你晓得现在啥辰光？这种话就不要讲了。我来求你，晓得你跟开中医诊所的许步云关系好，你出面去请，把他请去给老姚治治伤，好不好？红记娘姨大叫起来，阿牛，为啥让我请许步云给姚正山治伤？是不是还想让我服侍他，天天弄饭喂他吃？跟你讲，阿牛，我不会去的！我竺红记跟他姚正山不搭界，不欠他的！

我听隔壁两人高一声低一声说老姚的事，暗暗替那个被打伤的人着急，很想跑过去问个明白，爸却叫我去街上买半斤盐，说烧菜没盐了。等我买了盐回来，红记娘姨家那边静悄悄的，没有说话声了。

吃了午饭，再上东山放牛。

我很想知道早上开大会到底发生什么事，问老鲁，老姚为啥会挨打，还被打得这么厉害？老鲁木讷着一张黑脸不说话，问了好几声，还是不开口。后来他索性扭头走开，钻进树林里，好久也不转回来。

老鲁重新露面时，手上拎个麻布包，包里装着些树根草叶。他说，挖了些治腰伤的草药，你带回去给你爸。我说，不用了吧，我爸现在腰骨不痛了。老鲁说，我挖都挖了，你拿回去再讲，说不定用得上呢。

傍晚赶牛下山，归了牛棚，快步往家里走。我忽然想到，老姚不是被打伤腰骨了吗，老鲁挖来这些草药说不定能派上用场呢。走过红记娘姨家，她家门开着，我看到许步云站在堂前，叉着腿，弓着老虾腰，正大声跟红记娘姨说话，一张蛤蟆嘴吧嗒吧嗒，唾沫星子乱溅。

许步云抱怨红记娘姨，说，我是看你面子，才过去给老姚治伤的。红记你自己过去看看那人，伤得介重，腰骨都快断了，我哪有介好本事治？靠我扎针烧艾灸，根本不来事的！你去看，你看过就晓得了。红记娘姨说，我不去。我又不会治伤，去看他有啥用？许步云哎呀呀叫起来，说，红记，你自己不去，叫我去？啥意思？我跟你讲实话，老姚介重的腰伤，想要医好，肯定要用好药，用好药就要花钞票。红记你要么另请高明，要么，诊金可以不付，药的成本费总要给我吧？老姚这人真好笑，问他有没有钞票，理都不理，倒像是我欠他的！天底下哪有这种人？你说是不是？

红记娘姨稳稳当当坐着择菜，任由许步云一声声抱怨，末了，才不急不慢地说，许步云，你开中医诊所，是悬壶济世的郎中大夫，救死扶伤、解人危难是本分，对不对？姚正山落难了，腰骨伤成这副样子，你许步云过去帮他治，是做好事，行善事，大家看在眼里，都会道你一声好，又何必讲这种话？你讲欠他，这话也对。欠钱还钱，欠情还情，这道理你总晓得的吧？

许步云呆了一下，我……我欠啥人情债？欠你，还是欠他？

红记娘姨面孔板起，说，咦，许步云，你记性不会介差吧？早先你从杭州逃难过来，你们一群逃难的人，钻过封锁线，不小心让日本佬看到，拿枪一直追在屁股后面，差点被捉牢打死，不是姚正山带人救你们的？许步云你记性再不好，这件事总不会忘掉吧？

许步云一下愣着了，嘴巴抖了几下，不吭气了。

我走过去，把装着草药的麻布包递给许步云，你看看，这些草药能不能用来治腰伤？许步云惊讶地抬头看我，咦，你个看牛小鬼，还会挖草药？我看看，这是木通，这是铁包金，这是菟丝子……咦，还都能派上用场呢。红记娘姨说，这草药当真有用？哎呀，阿声你真能干，跟着鲁明堂看牛，天天爬山，连草药都认得，会挖啦。我支支吾吾说，原先我爸腰骨痛，老鲁挖来草药，煎汤吃吃就不痛了……用得上的话，明天我跟老鲁再去挖。

红记娘姨指着许步云鼻子说，姓许的，你看看，阿声年纪介小，多少懂道理！一个看牛小鬼，还想到在山上挖草药给姚正山治伤呢！你个老江湖，势利眼，只晓得铜钱眼里翻跟斗！你在这里跟我瞎讲啥，做事体还不着力点？许步云缩拢头颈，说，好吧，我那里还有几样药材，呃，我还有点陈年三七粉，是最好的伤药噢，拿出来给老姚治伤。红记，我这算有情有义了吧？红记娘姨说，把他腰伤治好，就算你有情义了。

我走出门时，看到门外站着个人，是月娟妈。看到我，她好像有点慌，支吾说一句，我来红记这里借杆秤……

以后好多天，我跟着老鲁在东山上到处挖草药。老鲁这人真古怪，我不说，他也不问我，为啥要挖这么多治腰伤的草药。两人在树林里钻进钻出，在崖壁和险峰爬上爬下，挖了不少治伤草药。老鲁还教我挖其他草药，半夏，白芍，牛膝，乌药，贝母，玄参，等等，有好多种，他说，药材攒多了可以卖给收购站。

我又想不通了，为啥老鲁会认得介多草药，他从哪里学来的？他有师傅教吗？总不会是天生的吧？哎呀呀，这个人，真是想不通他呢！

我忍不住问老鲁，问一声，他不响，再问，还是不响。有天赶牛进了牛棚，老鲁一声不响把我拉进他住的草棚里，从打草鞋的稻草堆里抽出两本黄乎乎的旧书。我认得书封面几个字，晓得是药书。噢，原来他是看过药书的啊……哎呀，我原先以为他不识字呢，真是小看这个老鲁了！

那些天我给老姚送草药，看过他好多次。老姚那副样子有点惨，趴在床上不能动弹，头老低着，也不看人，也不说话。每次去，我都等着他问，东山湾地里的番薯怎么样啦？还有那个秘密基地，小树林里的黑木耳还好吗？可他一次都没问。我也不想说，有点伤心。东山湾地里的那些番薯，被连续多天的猛日头晒着，缺水缺得厉害，藤叶半焦，快枯死了。还有小树林里的黑木耳，唉，一朵都没了，全干死啦！

老姚趴在床上不能动弹这些日子，阿牛妈天天给他送吃的。人称"南瓜大妈"的阿牛妈心最善，说三句话必有一句阿弥陀佛。她最会做南瓜粥，把隔夜冷饭和老南瓜放锅里一起煮，甜甜糯糯，厚笃笃，蛮好吃的。二队其他人家也有给老姚送去吃食的，我看到灶台上有不同样的碗摆着，或大或小。有一回看到一个大海碗，碗里刻着三个字，只勉强认出一个"鲁"字，不晓得是谁家的碗。我心里嘀咕，好像队里除了老鲁，没有另外姓鲁的人家。

吃中药，做针灸，烧艾草，治了一段时间，老姚的腰伤总算有好转，能自己下床，慢慢走动了。他蹒跚着走出屋子，腰背却直不起来，几乎呈九十度直角弯着，走路须弯着身子，脸面朝下，两眼看不到头顶的蓝天，别人跟他讲话，他要费力地侧过脸，才能看清对方的面孔。

那些个日子，老姚就这样折尺一样弯着身子，在巷子里的青石板路上走来走去，脚下一双木拖鞋，一路走过，嗒啦嗒啦敲快板一样响个不歇。别人看他这副怪样子，有的觉得稀奇，偷偷笑，有的赶紧扭脸，避开了。也有人跟他打招呼，叫他，他却不应，也不扭脸看人，只管自己嗒啦嗒啦往前走。

这天我站在家门口，跟坐在门口择菜的红记娘姨说话。我告诉她，看到老鲁把草药书藏在稻草堆里，偷偷看书，难怪认得这么多草药。红记娘姨笑笑说，人家早先读了好多年书，比你认得的字多多啦。

听到嗒啦嗒啦的声响，看到老姚弯着腰背从巷子里走过来了。他忽然停下，慢慢把头扭转来，眼珠子朝向我们，像是要跟红记娘姨说话，刚哎了一声，不料红记娘姨一扭头，起身走进自家门里了。

我看老姚呆在那里，脸上有点尴尬。他是想跟红记娘姨说话吧？说什么，谢她吗？红记娘姨也古怪，明明帮了老姚大忙，又不愿搭理他，这是为啥？

我招呼老姚一声，说，你又去老许那里做针灸啦？

老姚乜斜着眼睛朝我龇牙一笑，咦，阿声，你作啥又长高了？嘿嘿，好像比我还高了呢。

老姚每天去许步云中医诊所治伤，扎银针，烧艾灸。但是，他的腰板仍然没能挺直起来。老许悲观地下了结论，恐怕以后只能这样子了。

阿牛又来找红记娘姨，在门口待了好一会儿，才走进去。红记娘姨说，阿牛，你又来作啥？阿牛说，红记娘姨，你介聪明的人，晓得的。你帮我想想办法，老姚这副样子怎么办？我当这个队长真当愁煞啦！农民要靠做做吃吃的，生产队生活做不了，没有工分进账，他只有饿煞，罪过不罪过？红记娘姨，有没有啥办法帮老姚寻个行当弄口饭吃，让他活下去？红记娘姨说，阿牛，你这种话对我讲有啥用？姚正山伤成这副样子，要么让他饿煞，要么让人养着。蛮简单，哪个把他弄成这副样子，叫哪个去养！阿牛说，这种气话讲讲有啥用？红记娘姨，大家都晓得你良心好，总不能眼睁睁看老姚饿煞吧？他腰坏了，直不起来，其他都还好，脑子也好用的，你想想，总有啥生活可以做吧？红记娘姨叫起来了：阿牛，你这个小队长讲话好笑不？你当我是姚正山啥人？为啥老是叫我帮他？讲我良心好？良心好有啥用？你去跟那个人讲，有种自己来求我！跟他讲清爽，我竺红记不欠他的，倒是他姚正山欠我一屁股债，几十年都不还呢！阿牛，你把我这句话掼给他听，你看他还有啥话讲！

发脾气归发脾气，红记娘姨还是帮了忙。她去找黄和尚。黄和尚苦着脸说，红记你晓得的，我现在靠边站，手里没权，帮不了忙啦。红记娘姨说，你当介多年雨泉镇镇长，白当啦？老话讲，虎死不倒威，篱笆倒了还有几个硬木桩呢，这点事体你还办不了？黄和尚，你不会介尿相吧？

黄和尚摸摸头皮，不响了。晚上，他去找国营纸厂厂长。他们两人关系一向好。厂长拿出一瓶老酒，一盘花生米，边喝老酒边聊天。黄和尚把来意说了。厂长一口答应，可以让老姚去看管纸厂的麦草场。

黄和尚回去就对红记娘姨说了，纸厂厂长答应让姚正山去看麦草场。红记，这样蛮好啦，生活不吃力，弯着腰没关系，你想想，姚正山这副样子，活脱脱一个残废人，让他有生活做，有一口饭吃，活得下去，蛮好啦！

老姚去了。他一个人看管很大一个麦草场，日夜关在那里面，东山巷再不见他折尺样弯曲的身影了。

拾陆

月娟终于出嫁了

很长一段时间，我把月娟淡忘了。

好在她日脚还过得去。月娟在队里劳动，受到阿牛队长关照，平时做些轻松点的农活，尽量不参加人扎堆的农活，免得人家有意无意提那件让她戳心的事，听那种夹枪夹棒的闲话。双抢大忙时节，阿牛派月娟去晒谷，不用在野外晒太阳落水田，也算是轻松点的活。

我们二队的晒谷场在东山巷靠北一侧，隔着一堵矮墙和一块菜地，两手撑着长满狗尾巴草的矮墙，往上一跳，就能清楚地看到那边的晒谷场，看到月娟两只手拄一根晒谷耙，在铺满稻谷的晒场上走过来走过去。她头上戴一顶圆草帽，身穿长衫长裤，脸前罩一块纱巾，阻挡刺眼睛的阳光。有时会看到另一个女人，帮月娟一起干活，身形与衣着打扮跟她差不多，就像两姐妹。那是月娟妈。

相比落水田打稻插秧，晒谷这活儿虽说相对轻松点，但责任重大，最怕突然来一阵雷阵雨，满晒场的稻谷来不及收起，好容易晒干的稻谷又让骤然而至的雨水淋湿、汆走，真要急得坐地上大哭一场呢。亏得阿牛，遇到这种危急关口，这位身强力壮的队长有如天神降至，带几个队里的壮劳力急急赶来，手脚麻利地帮着月娟把稻谷收起，一担担挑进仓库里。

队里人早就看出来，阿牛喜欢月娟，已不止一年半载。与老姚那件事闹出来，害月娟名声不好，有人对她指指点点，夹荤夹素，说些很难听的话，阿牛并不在意，还跟以往那样，处处关照他喜欢的姑娘。队里人都说，阿牛对月娟算得上是死心塌地了。

阿姐终于吃不消拉麦草的重活，离开副业队，重回二队下田劳动，可她还是干不好农活，又让人取笑了。队长阿牛照顾阿姐，叫她去晒谷场，跟月娟一起晒谷。太阳一出来，就看到晒场上两个姑娘，一人持一根晒谷耙，在晒场上走过来走过去。有人隔着矮墙望见了，笑着说一句，哟，白木耳，黑白耳，两个姑娘又搭伴一道做生活了！

我放牛比较自由，下午有空会给阿姐送点心，送的大多是炒冷饭加几根榨菜丝萝卜条，偶尔也有蛋炒饭。这天去收购站卖掉同老鲁一道挖的草药，到手四角五分钱。路过国营饮食店，我看到刚出笼香喷喷的肉包子，就买了两个肉包子，想想，又买两个。

我捧着四个肉包子，兴冲冲走到晒谷场。阿姐和月娟在晒场上，正在耙稻谷，弓着身，双手用力推着晒谷耙，哗哗作响。月娟穿长袖衣衫，戴着纱面罩，裤脚拖至脚背。阿姐穿短袖布衫，露着两条黝黑的手臂，头上没戴草帽，头发披散，脸上也没任何遮挡，任西斜的毒日头肆意照射，本来就黑的面孔越发黑了，都晒脱皮了。

我站在阴凉的墙角边，大声叫阿姐和月娟：阿姐，两个阿姐，你们好歇歇力啦，过来吃点心！

阿姐和月娟放下手中的晒谷耙，走到阴凉处。两人分坐在两块石头上，相隔几尺远，各归各坐，各朝一面，也不说话。阿姐拿过一个竹罐咕咕地大口喝水，拿毛巾在脸上用力揩汗。月娟把圆草帽摘下，又卸下脸前的罩纱，拿一块手帕轻轻在脸上一下下地印去汗水。

奇怪不，一样在晒场做生活，天天晒太阳，看上去月娟的脸还那么白净，还那么好看，可再看阿姐那张黑黪黪的面孔，哎呀，难怪人家总讲她们，一个白木耳，一个黑木耳，真是呢！

阿姐看到我递去的两个肉包子，很开心，笑着说，噢哟阿声，你今天发洋财啦，有钞票买肉包子给阿姐吃？

我把另两个肉包子递给月娟。她有点吃惊，缩着手不拿，阿声你……为啥送我肉包子？等歇我妈会送饭来的，你自己吃吧。我把肉包子硬塞到月娟手里，说，不是我送你的，是老鲁伯。我们一起挖了草药，今天卖到收购站，老鲁伯关照过，叫我买肉包子给你们两人吃。月娟更吃惊了，是他……他叫你买肉包子……不会吧？作啥不会？我说，看看老鲁伯不声不响，其实心里蛮记挂你的。这两只肉包子是他那一份，不是我送你的。嘿嘿，是你亲生爸给你的，只管吃好了。

月娟不响了，把脸转过去，慢慢地吃肉包子，又拿手帕在脸上揩，揩了一下又一下。我心想，她会不会哭了？

其实，我对月娟讲假话了。老鲁没有叫我买肉包子。跟他一起看牛这么长时间，他从不跟我说月娟母女的事，连名字都不提。可我猜，老鲁心里肯定是记挂着亲生囡月娟的，还有月娟妈。傍晚赶牛进牛棚后，我发觉老鲁经常一个人站在牛棚后的土坡上，呆呆地朝坡下左侧方向望好久。那边正是她们住着的那幢房子，可以看到房前的院子，还有那儿晃来晃去的人影……

年前这段时间农活少，空闲了，谈婚论嫁的人家多，阿牛队长和月娟的亲事也成了众人闲时聊天的话题。

本以为这桩婚事水到渠成，十拿九稳，哪晓得，阿牛妈居然不同意。问她为啥，她不说别的，只说，我就阿牛一个儿子，我要传宗接代，要抱孙子的。人家听她这么说，想想，心里就有点数了。显然，她嫌弃月娟。月娟有过那种讲起来蛮难听的事，担心以后连小孩都生不出来。

这事让阿牛急煞了，跟他妈说不清爽，就去求红记娘姨，请她想办法。阿牛在红记娘姨家哇啦哇啦地说，红记娘姨一声不响地听，末了才说一声，好吧。这事体我来办。

红记娘姨先去月娟家。走过那块长石板，她在那道腰门前待了一会儿。她讨厌常贵那男人，不愿搭理他，很少走进这宅院，每回进去，必定有要紧事，不得不去。她还是推开腰门走了进去。过不多久，红记娘姨走出来，拐个弯，去阿牛家了。

阿牛和月娟的婚事谈成了，红记娘姨是介绍人，婚期定在第二年的国庆节。

谁都不知道，红记娘姨跟阿牛妈是怎么说的，反正，阿牛妈答应阿牛娶月娟进门做她儿媳妇了。

阿姐离开大队副业队，另有一个原因：她失恋了。

唉，说难听点，阿姐是被负心男人抛弃了。她费心费力打好那件天蓝色毛线衫，欢天喜地给常荣送去，还没过一个冬天，又被那个人退回来了。阿姐躲在房间里哭。红记娘姨在隔壁听到了，走过来说，小琴，别伤心，以前怪我们眼睛瞎，看错人了。以后我帮你挑一个好小伙子，保你过得比人家好！

第二天，阿姐走出房门，刺啦刺啦，把一件毛线衫全拆了，一圈圈的毛线扔进脚盆，浸在水里。阿姐脱了鞋子，两只赤脚在脚盆里拼命地踏，踏得哗啦哗啦响，一边踏，一边骂，骂那个负心男人。

负心男人吴常荣又看上别的姑娘了。是黄和尚老婆陶桂枝的外甥女，烟酒店售货员，国家正式职工，每月拿三十块固定工资，还有两块五粮价补贴。这女的相貌不好看，眯细眼，塌鼻子，站柜台一年四季不晒太阳，皮肉蛮白蛮嫩，穿一件粉红色的确良衬衫，隔老远就闻到一股雪花膏香味。我阿姐面相漂亮，但身份和皮肤明显比不上人家，又是农业户拉板车的，被常荣抛弃是必然的结局。

拆散后重洗过的毛线，一串串晾在门前的长竹竿上，被早上热辣辣的太阳光照着，亮晶晶，还像新的一样。我对阿姐说，天蓝色毛线真的很好看呢。阿姐说，我给你打件毛线衫，好不?

过完年，开春了，镇上那所中学终于贴出告示，要招生了。我赶紧去报名，可是他们说，就招近两届的，你已经超龄了。我沮丧地回到家，想想以后再也不能读书，只能做看牛佬，做一辈子农民，越想越伤心，就哭了，哭得稀里哗啦。阿姐听我一说，气得大骂狗屁学校。红记娘姨在隔壁听见，走过来问，愤愤地说，不让人读书，哪有这种事体? 阿声别哭，我去帮你讨公道! 她又找黄和尚，跟他噼里啪啦说好多话。隔天，红记娘姨笑嘻嘻对我说，好啦，你有书读啦。我被中学录取，分在初一四班。

嘻，失学三年多，十四五岁才上初中，"老童生"

了。不管怎么样，总算又有书读了，我太高兴。阿姐带我去隔壁谢红记娘姨。红记娘姨笑嘻嘻说，谢啥，阿声介喜欢看书，是个读书坯子，好好读，读了中学再上大学，肯定有出息！

上学的头一天，阿姐送我出门。天蓝色毛线重新打成的毛线衫穿在我身上，很合身。阿姐拉着我的手，语重心长地对我说，阿声，你好好读书，读完初中读高中，再考大学，一定要走出雨泉镇，出去才会有出息，不能做农民，务农生活太苦啦！你要争气，要比人家过得好！我嘴上喔喔应着，心里惶惑地想，学校报个名都介难，以后能读几天书都不晓得，还想考大学，有出息，还要比人家过得好？唉……

失而复得的东西，自然格外珍惜。有机会重新上学，走进课堂，我暗下决心，一定要争气，抽紧全身筋骨，好好读书！我早早去学校，认真听课，做作业；下课打篮球，抄黑板报；参加野营拉练，练好铁脚板；学工学农，敲白铁皮，修打稻机水泵，挖地种菜，种番薯。我身上的音乐细胞大放光彩，老师让我用笛子吹奏一曲《见了你们格外亲》，赢得同学们的齐声喝彩。早课起立时，我和大家一起大声唱《东方红》《大海航行靠舵手》。我参加了校宣传队，又唱歌又跳舞，又独唱京剧

《浑身是胆雄赳赳》。县剧团来学校招人，把我招去学演革命样板戏。连我自己都没想到，一年多后，我这十六岁的少年人居然幸运地拿到一张农转非招工表，回家来迁户口了！

这天下午，我拿着爸买来的两瓶好酒两条好烟，忐忑不安地去教堂，推开那扇黑漆大门，听得钝重的咯咯声，心里莫名地一阵狂跳。我在挂着南门大队革委会牌子的房门前待了好久，才小心翼翼地轻敲了两下。

常荣端着身子坐在办公室里，墙上贴着画像和标语，办公桌上摆着一沓文件。我恭敬地站在一旁，双手贴着裤边，送去的烟酒摆放在桌上，常荣瞄都不瞄一眼。他一只手捏支香烟，一只手拿着我的招工表，两只眼乌珠盯着这张表，一字一字，上上下下，仔细地看着，看了又看，香烟抽完一支又点一支，呼呼地抽，又咳咳地呛，就是不说话。

我偷眼看常荣，这张已不再年轻的面孔上，生发出好多条粗的细的皱纹，它们或急或缓地扭曲变动着，使得脸上表情复杂，疑云丛生，祸福难料。我的心怦怦地乱跳。我很担心，担心他不肯盖这个章。不盖章可以有很多理由：这件事需要开会集体研究；我做不了主，还要请示上级领导；他们有没有调查过你的家庭情况？你是不是向组织说清楚了，你爸是有历史污点的……没有大队这颗公章，我的户口还得留在这里，这张宝贵的招工表只得停止运作，过时有可能作废，这可是要命的事呢！

常荣突然狠狠地摔掉手上的烟屁股，站起来，双手叉腰，两眼直瞪瞪看我，终于开口了。他喉咙很响地说了好多话，说话时那张脸一直是阴着板着的。我神经极度紧张，头脑像被打了两棍子，前面没记住，只记着他最后说的几句话。

常荣说，好吧，看在你阿姐的面上，今天放你一马。要不是我欠她一份情债，今天这个章我是不想盖下去的。狗日的阿声，为啥你有介好的运气？我吴常荣就介晦气？狗日的，老子拼煞性命弄来弄去介多年，到现在头上这顶农业户帽子还是摘不掉！

我回来告诉阿姐，常荣最后还是把公章盖了。阿姐幽幽地说一句，这个人，总算还有一点良心。

拾柒

像只破旧的小舢板慢慢沉入水中

那时候，我像一只侥幸挣脱樊笼的小鸟，逃离雨泉镇，在外面全新的世界活得鲜龙活跳，活得有滋有味，很有点小人得志，还有点乐不思蜀。我再不去想队里那些烦心事，很少想起老姚、老鲁、红记娘姨、月娟、月娟妈、小队长阿牛，还有让人讨厌令人心慌的常贵常荣兄弟……要不是阿姐结婚的喜帖，不年不节，我是绝不会回雨泉镇的。

为婚礼的事，阿姐专门给我打长途电话，大声说，阿声你一定要来的！你是我们家最有出息的，你是舅佬，吃喜酒要坐上皇头的！你工作忙我晓得，你哪天有空过来，阿姐就哪天办喜事！

都这么说了，我还能不来吗？再说，工作也不是总那么忙，那天正好有空，我就回了一趟小镇，参加阿姐的婚礼。

阿姐与姐夫的相识有点喜剧色彩。过年前，阿姐去国营肉店门口排队买猪头。猪头是好东西，有它就能过上一个有肉吃的年。天没黑下，就有好几个人在肉店门前排队，阿姐排到第五个。通常肉店一天杀五只猪，偏偏这天只杀四只，阿姐辛苦排了一夜，又冷又饿，没买到猪头，气得跟卖肉的小伙子吵了一架，回家还生气抹眼泪。隔壁红记娘姨闻讯过来，问明情况，大声说，我去找他算账！不知道她是怎么跟那人算账的，结果卖肉的小伙子来向阿姐道歉了，手上提着一只猪头。红记娘姨对阿姐说，人家把猪头送上门了，你还不过去谢一声？我包了几只粽子，你拿过去。阿姐听红记娘姨的，拎着粽子去了。再过些日子，阿姐把国营肉店的小伙子领进家门了。

婚礼很热闹，来了许多亲朋好友，酒席摆了七八桌，菜肴丰盛，酒水充足，算很铺张很气派了。二队有好多人来喝喜酒，嫁到外村的小芬红梅她们也赶过来了。看到我，他们脸上笑着，大声叫我名字，亲热地围拢来，问这问那的，我连连应答都来不及。

阿牛挤上前，一把拉住我手臂，大声质问我，上回我同月娟结婚为啥不来吃喜酒？一定要我补喝一杯他们的喜酒。月娟穿一件红罩衫，羞答答躲在阿牛身后。她的脸还那么白净，眉眼间带着盈盈笑意，看上去真的很漂亮。噢，她的腰肚很圆，显然已怀有身孕。我对阿牛夫妇真诚地表示祝贺，把杯中酒喝下了。

只是没看到老鲁。

爸告诉我，老鲁送来十块钱礼金，叫他晚上过来吃喜酒，他推说要照顾怀孕的母牛，没工夫过来。爸又说，上回阿牛和月娟结婚，自己的亲生囡呢，老鲁都没去吃喜酒。这人就这种古怪脾气，过两天我拿东西还他的情。

十个工分只有四五角的分红值，送十块钱的礼金算很高的。常贵才拿出三块钱礼金，带一大家人过来吃喜酒，占了大半张桌子。常贵摇晃着瘦高的身子，端着酒杯，到处找人碰杯喝酒，咕咚咕咚，喝了一杯又一杯，一张驴脸红得发紫，嘴巴吧嗒吧嗒说个不停，唾沫四溅，嘻，这家伙真讨厌！他儿子大喜也很讨厌，一只手硬搭在我肩膀上，叫我看牛小鬼老朋友，非要跟我干杯，嘴里说些夹荤夹素的话，酒气熏得我想吐！他家的三个半大小子，二喜三喜四喜，长着像他们爸那样的卷毛头和一张驴脸，挨着桌子，很乖顺的样子，慢慢吃东西。他们的妈，也就是月娟妈，坐在一边监管着。过一会儿，看到她悄悄走至月娟那边，拉着女儿的手低声说话。

但是，没看到老姚。

酒席上谁也没提起他，好像都把他忘掉了。

老姚应该在看麦草场吧？他一个人冷冷清清在那边，还好吗？

读中学时，我去麦草场见过一回老姚。

雨泉镇主街中间朝西到西门大队，有一条小街，原叫城隍弄，后称人民路，走过去两百米左右，路边有棵很大的香樟树，几人合抱不过来，硕大的树丫朝四面八方有力撑开，自由地在空中生长。香樟树枝繁叶茂，四季常绿，夏天能遮阴百十平方米，树下有几个大石块，可供人歇力乘凉。大樟树南侧，原有一个露天戏台，破败已久，拆掉后成国营雨泉纸厂的麦草场了。以前阿姐拉麦草，我跟她拉的双轮车进去过，里面很大，有十多个垒得足有三层楼高的麦草垛。麦草是空心的，极易着火，麦草场四周筑起高高的围墙，锁着门，不让人随便出入。

那天我是放学后走过去的。天色渐已暗黑，麦草场两扇高大的铁网门关着，上面挂着一把乌黑的大锁。还有一块牌子，写着"麦草场重地，闲人莫入"几个大字。沉沉暮色里，高大的麦草垛黑压压有如一座座山头。我朝里面大声喊叫，老姚——老姚叔——姚正山——

好一会儿，才见有一束手电光晃动着，有人从暗处慢慢走来。从那人弓着腰身走路的样子，我就猜出是老姚。

瞎叫啥？我老早听到了。老姚抱怨道。

大门锁着，不允许人进出。我和老姚只能隔着高高的铁网门说话。

我们初一四班有学农课，还分到一小块地，班主任让大家提议种什么农作物，有的说种青菜，有的说种茄子辣椒，我说种番薯吧，我会种，保证能种出很大很大的番薯。夸下海口后，我心里不踏实，来麦草场是要向老姚请教一番。

听我说了来意，老姚有点不高兴，说，读书就好好读书，搞什么学工学农，会种番薯算啥本事？我才不教你呢！读书，就把心思用在书本上，把书上题目弄弄清爽，弄不清爽来问我！我说，要是种出大番薯，老师会表扬我呢。老姚说，这种表扬有啥用？空佬佬！读书最要紧的是学知识，分数要比别人考得高，以后才能走出去，上大学，才会有好前程，有大出息！这道理你懂不懂？

被老姚板着脸教训一顿，我灰头土脸，无言以对。好在他不再说，又问起一件事，说，现在读书写字的墨水，是不是叫碳素墨水？我说是的，比以前的蓝墨水要黑点，写在纸上，水浸着也不会褪色，能保存很多年头。老姚说，我想要用这种墨水。我说，你在这里看看麦草，用啥墨水？老姚说，咦，你当我每天只是空手荡荡混日子的？我要记账啊，每天进进出出多少捆麦草，都要记清爽，一笔都不能错，要对账的。你看我这里有本账册，天天白天记，晚上核对。

暗色中，看到老姚举起一只手朝我晃了两下。他手上有个长长方方的东西，像是笔记本，那是他的账册吧。我说，那好，我有空帮你买瓶碳素墨水过来。他说，不用，你只管自己好好读书，墨水我另托人去买。你走吧。天介黑了，回去晚了家里人要担心的。我也要回去记账了。

我走出几步，他忽然又叫住我，你等一歇，我去拿样东西。我只好等着，过了一会儿，他再走来时，两只手上各拿着什么东西。他把手中之物从铁栅门的狭缝塞过来，一只腰形铝盒，很轻，大概是空的。另一只手塞过来的，更轻，圆圆的，我一看，是几把麦草扇。老姚交代我，饭盒还给红记。麦草扇我自己编的，你留两把，给她两把。噢，再跟红记说一声，让她帮我买一瓶碳素墨水。

我应一声，好的，我记牢了。

然后，我看老姚弓着腰背挪步走开去，像一只破旧的小舢板慢慢地沉没水中，无声息地消逝在漆黑的夜色里。

走出酒气熏天烟雾缭绕的屋子，冬夜里的丝丝寒风刮过来，脸上不太好受。快冬至了，天气真是有些冷，不过，外面空气清新，还是觉得好多了。

不时有吃喜酒的人三三两两走出酒席间，朝自家方向走去。有人看见我，带着醉意大声叫我，邀请我一定要去他家坐坐，吃杯茶。我嘴里噢噢应着。

有人悄没声息地走过来，站我身边，也不说话，仰脸看着我。暗夜里我细辨一下，咦，红记娘姨？你怎么……刚才我没看到你呢。

红记娘姨闷声说，我在角落里坐着，没吃酒，也没讲话。我早看到你，笑嘻嘻跟介多人打招呼，讲话喉咙介响，哼，就是眼睛不亮，没看见我。我歉意地说，对不起，红记娘姨，我真当没看见你。算了，不跟你计较这个。她说，阿声，你蛮长久没回来了吧？呃，有好几个月，大半年了吧。又说，你有没有听你爸你阿姐讲过？呃，这事体过去快半年了……他们没跟你讲吗，讲老姚，姚正山的事？真没讲过吗？

老姚？我胸口莫名地一阵悸动，说，没有，他们没讲啊。红记娘姨，老姚出啥事体了？我刚才还在想呢，他为啥不来吃阿姐的喜酒。原先老姚在大队副业队当队长，阿姐和月娟她们跟他种白木耳，蛮好的……老姚他还好吧？

挨了一会儿，红记娘姨低声说，他……姚正山死了，快半年了。

啊？我很吃惊，他……为啥死了？

红记娘姨叹了一声，唉，就在双抢大忙季节，天最热的辰光，麦草场着火，他关在围墙里出不来，被大火烧死了。

我急问，怎么回事？麦草场怎么会着火，老姚为啥会烧死的？

红记娘姨又重重叹了一声，说，也不晓得为啥，半夜三更，麦草场一下烧起来了。你不晓得，这场大火烧得厉害，火光蹿起十几丈高，把大半边天都映红了，隔老远就热得烫脸，哪里救得了？麦草场旁边那棵大樟树，你记得吧？也烧着了，烧成一堆焦炭。大火一直烧到第二天下午，下了一场雷阵雨，火才慢慢熄掉。

我心里一阵发凉，喃喃地问，老姚……他在那里面？被关在麦草场里面，出不来……死了？

嗯，死了。被火烧死了。红记娘姨语音低沉地说，围墙介高，大门锁着，他那副样子想逃也逃不出去。有人看到，已经烧得不像人样了……好好一个人，就这样没了。冬至快到了，唉，不晓得有没有亲人去他坟前烧纸……

这一夜我没好好睡，脑子里总想着老姚，想起他的面相，他走路的样子，还有他那些杂七杂八的事，胸口好像塞进一把毛刺，很难受。

第二天早上起来，新娘子阿姐给我烧了一碗糖氽蛋，上面撒了桂花蜜糖，很香，很甜，叫我趁热吃。阿姐一身大红嫁衣，头上插枝金黄色绢花，脸上施点脂粉，看上去真是很漂亮呢。她在我身旁坐着，笑眯眯地看我吃，嘴巴不停对我说话，说昨天热闹的婚礼，说她老公，我姐夫对她如何如何好，还有其他种种让她高兴让她感到幸福快乐的事。

我听阿姐说着，陪她笑着，还是忍不住提起了老姚，问她，老姚是不是死了，这事体你为啥不跟我讲？阿姐吃惊地看我，收起笑容，说，阿声你问这个作啥？老姚早死了，还是天热的时候，有半年了吧？这桩事体早过去了，现在哪个还想起来讲它？我生气地说，这么快就把老姚忘掉啦？我记得那时候，老姚在大队副业队当队长，你们跟他种白木耳，你和月娟到街上卖白木耳，后来，又一起推独轮车去徽州……

阿姐不高兴地打断我的话，说，这种老早过去的事体不要讲。老姚这个人，唉，怎么讲呢，也是个晦气鬼，太喜欢称好佬，弄这样弄那样，弄来弄去，最后把自己弄得介副落魄相，人不像人，鬼不像鬼。前两年我拉麦草进纸厂麦草场，看他弓着腰背走来走去。你晓得他睡哪里？一个墙角落，有个小草棚，屁股都转不开。他那副可怜兮兮的样子，叫花子一样，我看他活着比死还难过，讲难听点，还不如早点死掉……

挨了一会儿，阿姐轻声说，阿声，你晓得不，其实麦草场着火，蛮奇怪的。你想，麦草场为啥半夜里起火？我听人家讲，公安局的人也来了，怀疑有阶级敌人搞破坏，是故意放火。围墙介高，大门锁着，里面只有老姚一个人，有人怀疑会不会他监守自盗，是他放的火呢。

我很吃惊，为啥怀疑老姚放火？人都烧死了，为啥还要怀疑他？

阿姐说，这也难讲啊。老姚有个外国打火机，我晓得，当年副业队种白木耳，接菌种，他拿来打火机点酒精灯。有人讲，会不会是老姚日脚不好过，心里懊恼不过，不想活了，干脆用打火机点着火，把麦草场和他自己一道烧了？不过，猜是介猜，后来也没寻到那个打火机。也是，麦草场那么大，火烧成那副样子，又下了暴雨，地上一塌糊涂，都是泥浆，哪能寻得到它？总归是国营纸厂倒霉，麦草场烧了，损失很大，反正老姚人也死了，这事体就这样不了了之，过去了。过去就过去了，大家都不响，你怎么忽然提它？咦，哪个跟你讲的？

我说，是红记娘姨，昨天吃喜酒后，她对我讲这件事……

阿姐有点不高兴，说，红记娘姨真是的，我结婚的喜日子，作啥对你讲这种晦气事体？噢，我听人家讲，那天她还赶到麦草场救火呢，介大年纪，又是妇女，扛整捆的麦草包，多少重哦！介积极，真当不要命了！弄得脸上全是烟灰，身上也乱糟糟的，衣裳都让烟火烧焦好几块……

我也想，红记娘姨介积极去救火，为啥？不会是想去救姚正山吧？

下阕

不知不觉
天色暗了下来
窗外，那一枝灿然的粉色桃花已黯然失色
看不清了
红记娘姨的讲述悄然停止了

壹

小镇来了丑八怪机器

　　二十世纪九十年代初，家乡小镇突然名声大噪，爆红起来，镇上好多人家一下子发了，摘掉穷帽子，冒出一大堆"万元户"，省市报纸电视上报道新闻，都用上"翻天覆地""山乡巨变"这样夸张的词句了。那时候我得到去京城"深造"的机会，在朝阳门外十里堡一个偏僻角落，跟一群年轻作家整天泡在一起，听课，考试，谈文学，聊人生，聊男女；在学校简陋的食堂吃西红柿炒鸡蛋、醋熘土豆丝，啃馒头就咸菜；逢周末结伙出行，钻进曲里拐弯的小胡同找大妈大爷们瞎聊，找个旮儿小店喝二锅头，涮羊肉；半醉半醒躺在硬板床上，梦想着哪天写出一部惊世骇俗的小说，从此名扬天下，独步文坛……放暑假回来，听到雨泉镇声名鹊起的消息，我顿时有了兴趣，心想这或是很好的创作素材，说不定能写成一篇有轰动效应的小说，隔天就搭班车去雨泉镇了。

天正大热，我顶着炙热的太阳，身上滋着油汗，从南门外的汽车站朝镇里走去。走着走着，忽觉耳边有嘈杂的声响，越近镇子，声响越大，是那种咔嚓咔嚓带强烈节奏的声音，走进镇里，声音越发地响亮，极刺耳，就像有无数巨大的蜜蜂苍蝇在空中狂舞，且往耳朵里乱钻，简直让人受不了。左右看看，我认定这声音是从两侧的人家屋里传出来的，索性走进一户人家，想弄清楚这令人厌烦至极的声音是如何发出来的。

推开虚掩的门走进去，即被眼前情景镇住了。

这幢临街的旧式隔板式楼房，堂前不大的地块，被一台巨大的机器整个占据了，机器有近两米宽，两米多高，差不多已贴着上面的旧楼板。这是一台织绸的机器。它像一个巨大的怪物不停蠕动着，一条梭子飞快地在无数根五彩丝线间不停穿梭，半人高的织床上已织成的彩色绸面，呈现出漂亮耀眼的百鸟朝凤图案。咔嚓咔嚓不竭的烦人声响，正是这台织绸的机器弄出来的。

机器旁站着个三十来岁的妇女，双脚不停巡走，眼光死死盯着台面。我跟她说话，问好几句话，她也没听清，啊啊朝我叫，又摇摇手，示意我的话音全被嘈杂的机器声淹没，她听不清。

里间走出一个男的，看到我，一下笑了，咧开缺了一颗门牙的嘴巴。他上前热情拍打我的肩膀，大声叫我名字，你怎么来啦？我才一下想起来，这不是早先的小学同学兼放牛同伴"缺牙佬"吗？

我又想起刚刚在门口，一张躺椅上有个老太太，一张皱巴巴的瘦脸，头发乱蓬蓬，歪着身子躺着，像只烂死的大虾。见我走近，她突然从躺椅上折起身子，两只眼珠子从脸上一堆皱纹里挣脱出来，乌溜溜地盯着我看，让我顿然有些慌乱。噢，那肯定是"缺牙佬"的妈，有颗大金牙的戚水仙呀！

"缺牙佬"问我寻他有啥事体？我说不是寻你，随便走进来看看这台机器，是你家的？他说是啊，是我家的。我又问，你不是农业户吗，不种田啦？家里怎么有这机器？"缺牙佬"咧嘴笑了，说阿声你真当好笑，现在还有哪个农民愿意种田？镇上差不多家家户户都开绸机了，恐怕你数都数不过来！

家家户户都有？我很吃惊，问他，雨泉镇开绸机啥辰光开始的？

"缺牙佬"说，这我不清爽，我开绸机才两三个月，要筹一大笔钞票，难啊！有些人家办得早，有两三年了，赚蛮多钞票，都发财了。我问，你晓得是哪个带头的？"缺牙佬"说，我只晓得镇上绸机开得最多的是姚忠孝，钞票肯定也是他赚得最多。他有十多台绸机放在教堂里。哎，你晓得教堂的，过去没几步路，你自己过去看吧。

我当然晓得教堂那幢大房子，以前进去过，南门大队部和大队革委会就在那里面，当年为迁户口找常荣盖公章，留下很深刻的记忆。

走出那屋子，门口躺椅上的老太太，忽然朝我咧开嘴笑了笑。莫非是认出我啦？咦，她的嘴巴空空的，像个无底黑洞，奇怪了，嘴里的大金牙呢？

教堂高大的门脸还是那副颓丧样子，更古旧了，粉白面墙呈暗灰色，对开的笨重大门，黑漆斑驳，像张麻子脸，似关未关，开了一道缝，咔嚓咔嚓声像洪水一样从那道缝隙中泻涌而出，巨浪似的扑面袭至，让人望而却步。我犹豫了一下，还是硬着头皮推门走进去了。

教堂当中，圆拱形宽敞的主室，摆满了高高大大的绸机，有十五六台，像是笼子里关着一头头笨重的大象，显得十分壅塞。教堂高高的屋顶上方，那些五彩斑驳的玻璃窗，透映着外面的日光，照见绸机上方不停蠕动的线板牌，泛出闪烁迷眼的光点。每台绸机都在快速运转着，汇集拢来的声音极响，就像一群饥饿已极的困兽发出的吼叫，简直震耳欲聋。每台绸机前都有一个姑娘或妇女，她们不停走动着，忙着手上的活儿，眼珠子顾不上朝我瞥一眼。

有个妇女忽然朝我大步走来，戴口罩，系围裙，头上扎一块挡灰纱巾。她显然认出我了，脸上绽出笑容，眼角的细纹抖了抖，嘴巴嚅动着，似在叫我，只是没能听出声音。绸机的嘈杂声实在太响了。

她把口罩拉下，朝我笑笑，我就认出来了，是月娟。我忙跟她打招呼，叫她，问她话，可惜太吵，她也听不清我说的话意，无奈地摇摇头，用手指了指，示意我朝一侧看。一侧有间办公室，门边有个长条白牌子，写着"南门村村民委员会"等字样。门虚掩着，里面好像有人，我就走了过去。

进门，便看到一张熟人面孔，是阿牛！

看到我，阿牛也很惊讶，笑迎上来，拉我坐下，给我倒水泡茶，又把房门关紧，让机器声略小些。他大声说，阿声，你真是稀客呀！怎么寻到这里来了？是不是……有啥事体？

我跟阿牛说了来意。阿牛噢噢地应着，告诉我，他现在是南门村村长，也就是以前的大队长，对镇上人家办绸机致富的情况很熟悉。不用我问，他就如数家珍般大声说道起来。

镇上人家开绸机，已有两年多了。你问哪个带头的？带头人就是孝孝。你认得的，姚忠孝，就是姚正山的儿子呀！对，就是他。哪里学来的？这我不晓得，他从来不讲。鱼有鱼路，蟹有蟹路，管他呢。孝孝起先在自家老屋的堂前装起一台蛮大的机器，咔嚓咔嚓，日日夜夜响个不停，隔壁邻居被吵煞，叫苦连天。后来，大家看到那台机器织出蛮漂亮的绸缎，红的绿的，五彩的，做被面子真好看，价钱也卖得好，如今结婚都作兴送被面子，销路好得很，听孝孝说，一个月赚两三千块！哎哟，这赚头还得了！你想想，务农种田，辛苦一年也值不了几张钞票，哪有织绸介好的赚头？有人向孝孝求教，学他的样，拼上老本，几千块钱装起一台绸机，在堂前屋后装起来，日日夜夜织绸缎，做成被面子，拿去卖钞票，很快就赚了，发财了，成万元户了。

现在越来越多的人家开绸机了。我晓得，头一年只有十几户，第二年就有上百户，到今年，我毛估估，全镇有上千台绸机啦！做挡车工也好啊，一个月起码有几十块，做得好，多加班，能挣一百多！你看到月娟啦？嘿嘿，她上个月挣了一百五！你问为啥孝孝把绸机开在教堂里？别处哪有介大的空房子？我是南门村村长，我做主，反正空着也没用，就租给他了。当然要付租金的。多少？一年好几万块，村里各项开销足够了，还办起好几个小企业，蛮好吧？嘿嘿……

阿牛大声数说着雨泉镇开绸机这桩了不起的大事，颇多自豪感，乌黑的脸颊泛出红光，两只小眼睛放光。我也感觉很新鲜，很惊讶，啊啊地一声声惊叹。真没想到开绸机这么能赚钱，这一台台笨重高大的机器，简直就是会吐金子的宝蟾神兽啊！阿牛一再提到的孝孝，老姚的儿子，我记忆中还是那个流清水鼻涕的小男孩，居然成为本地发家致富的带头人？啊！时代变了，人也会变，古老的雨泉镇也大大地变了，雨泉镇人民从此走上富裕路啦！

我激动起来，想马上见到孝孝。噢，他的大名叫姚忠孝，如今已成本地的重要人物，发家致富的带头人。我要找他好好谈谈，详细了解这件事整个过程，肯定很有意思，不用说，是写小说的好素材。我有个山东高密的同学，把老家东北乡农民种蒜薹的破事写成小说，一下就出名了，这么想着，心里越发激动，越发迫不及待了。

我要阿牛马上带我去见孝孝。阿牛面露难色，说很不巧，县政协领导要过来视察，他得等在这里，一步不能离开，领导们来了，要陪同参观，走访发家致富的开绸机人家。

这时，有个年轻男人急匆匆走进来，朝阿牛大声喊叫，姐夫，忠孝哥的坟地又出事体了！你快到东山湾看看吧。阿牛问，出啥事体啦？又把彩旗拔掉了吧？那人说，不是彩旗，是把坟前的石头狮子推倒了。你说气人不气人？

阿牛恼火了，骂了一声，妈个×！哪个吃了饭不变屎，做这种下作事体？

来人细高的个子，长脸，大眼珠，一头卷毛，嘿嘿，一眼就能认出来，是常贵家的，不是大喜，那就是二喜，三喜，或是四喜？我试探着问，你是常贵儿子吧？是二喜，三喜……

我是四喜。年轻人摇晃着脑袋看我两眼，猝然笑了起来，啊哈，你是阿声哥。他也认出来我了。

阿牛说，正好，四喜，你带阿声过去见孝孝。阿声，你来是打算给孝孝，噢，姚忠孝，写一篇表扬文章吧？嘿嘿，县里省里的记者都来过，报纸上写的文章我也看到了。四喜，这是好事体，你快带阿声过去。

貳

东山坡有座硕大的坟墓

四喜领着我快步往东山湾走去。

四喜人精瘦，话多，是个话痨，一路上不歇气地跟我说这说那，说姚忠孝办绸机的事，也说镇上其他人杂七杂八的事。他很佩服比他大两岁的姚忠孝，说他胆子大，有魄力，敢作敢为，现在肯定是全雨泉镇最有钱的人。阿声哥，你想想，他一个人开二十多台绸机，又是镇里头一个造起三层楼高新房子的，哪个能跟他比？再跟你讲一件事。过年放炮仗，人家吃年夜饭时，嘭嘭放两个就好了，忠孝哥买来几箩筐大炮仗，是那种声音特别响的"春雷"，摆在自家大门口，吃过年夜饭，他也不看春晚节目，一个人坐在门口，隔一会儿拿出一个，嘭啪放一下，一直放到天亮！

四喜又说，我们兄弟前两年就看准忠孝哥有本事，苗头好，一直跟他做。二喜已经开出四台绸机，早就是万元户了。三喜开卡车送货，运送原料和成品，也能大把赚钞票。我么，就帮忠孝哥，还有其他户头跑外销，东北，河北，内蒙古，大西北，都跑遍了，销路很畅，生意好得很！我问，你家大喜呢，他没有跟着做？四喜说，他呀，嘿嘿，他老婆想做，他不肯。他讲做这种吃力生意，一天到夜吵都吵死了，困觉都不安耽，赚了钞票不够买药吃。他有他的活路，骑个摩托车到处乱跑乱钻，你晓得的，他接了我爸的那门行当，给人家劁猪阉鸡，嘿嘿，也算一门挣饭吃的手艺吧。

我想起一个人，问他，你叔叔常荣呢，他作啥不当南门村书记啦?

四喜脸上没有笑意，叹了一声，我小叔死了，有两三年了。得了恶病，肺癌。肯定是香烟抽得太多，肺弄坏了，后悔也来不及了。唉，早几年他心情不好，竞选村长没选上，老婆又跟他吵架，三天两头闹离婚，嫌他没用，女儿跟他是农业户口，一辈子翻不了身，离了，跟她就能转居民户了。唉，讲到底还是没钞票，有钞票啥户口不户口？阿声哥你讲是不是？

说着说着，走进东山湾了。

老远就看到坡上那一座硕大的坟墓。我依稀记得，那儿是从前立着一座灰棚的位置。四喜领我往坡上走，走近那座大坟墓，看见墓前站着的那个人。

不用介绍我就认出来，他是孝孝，姚忠孝。这个看上去三十岁左右的年轻男人，跟老姚的长相几乎一模一样，漆黑的眉毛，眼睛不大，鼻梁挺直，高个子，直挺挺站着，穿白T恤、牛仔裤和运动鞋。他有点疑惑地看着我，四喜提示一句，才恍然地笑了笑，上前来跟我热情握手，大声叫阿声哥，又掏出香烟请我抽，是外烟，"三五"牌，时髦货。

面前这座大坟墓，看得出，修成不久，很气派，很考究。外沿用砖石水泥砌了一个大圈，足有七八米宽，形状像符号 Ω，与主坟之间有一道一米宽的防水沟。主坟朝南，圆形，有如一个巨大的高庄馒头，有两米多高吧，基部一圈用花岗岩石砌成，坟墓正面条石垒起，墓碑是一块一米多高的花岗岩整石，用阴文刻着"先父母姚正山……之墓"字样。这是姚忠孝给已故父母修建的坟墓，估计要花不少钱呢。有意思的是，这座大墓的外沿插了好多面旗子，两米高的竹竿，旗子是丝绸的，有红，有绿，有黄，还有五彩龙凤图案的，很招人眼。我还是头一回看到这样装饰墓地的。噢，这恐怕是开绸机的便利与特色吧。

墓前有两只显眼的石狮子，半人多高，青白石雕刻，雕工很精到，神采奕奕的，只是左边一个被推倒了，歪脑袋斜眼珠横躺地上，看去有点滑稽。四喜跑去向阿牛诉说的，大概就是这件事吧？

我和四喜两人帮姚忠孝一起费力地把沉重的石狮子扶起来，摆正了。

我问姚忠孝，你想没想过，是哪个把介重的石狮子推倒了？四喜抢先说，这种事体用不着多想，一定是有人看孝孝哥钞票多，眼睛红了，有便宜占便宜，没便宜可占，懊恼了，就拿石狮子出气。你说是不是，孝孝哥？

姚忠孝不响，过一会儿，对四喜说，你帮我去弄点高标号水泥，再找个泥水匠。我想好了，把这对石狮子跟地面浇牢，哪个想推，力气再大也推不倒。

曾经很熟悉的东山湾，当年放牛常来的地方，竟认不出来了。山坡上的道道梯田，还有大片的茶园，都没了，只见漫山杂乱的树木和丛生的灌木，枝叶繁茂，密密匝匝。还有大片的竹子，毛竹或杂竹，从山脚一直铺展至山顶，郁郁葱葱，满眼是绿。只是朝阳山坡上这一座座坟茔，显露出一些不太协调的色块。

我和姚忠孝在坟前一块平滑的条石上坐下，这儿有树荫，他抽烟，我从包里拿出茶杯喝水。

闲聊几句。我问，人家作啥弄翻你家坟前的石狮子？得罪什么人了吧？

姚忠孝摇摇头，说，我想来想去，也没跟谁结仇记恨，没跟哪个争过吵过呀。修父母这座坟，这里是二队的地皮，我向村里打报告批地，镇上备案，手续都齐全的。前段时间请人来做坟，工钱付得蛮高，招待也周到，一日三餐加点心，没听到一句抱怨的话。我也想不通这是为啥，插在坟边这些旗子，第二天就让人拆走了，接二连三好几回，我想人家是眼红我用丝绸做旗子，拿去派别样用场。可是，这石狮子……推倒它作啥？也不会生出钞票。真想不通，到底想作啥？

我更想知道姚忠孝是怎样在雨泉镇开出第一台绸机的。他似乎不太愿意讲，我再三问，才说了办绸机的缘起。

姚忠孝说他十八岁进国营雨泉纸厂做装卸工，干体力活，跟厂里的运货车扛麦草捆，卸纸包，后来纸厂产品滞销，又让他去跑供销。跑了几年，外界接触多了，头脑有点开窍，结交了一些朋友。有个朋友在国营丝绸厂做销售，厂里经营不善，倒闭了，机器要减价处理，他知道外面市场做什么有销路，叫姚忠孝买一台旧织绸机，专织丝绸被面，送往北方一些地方，肯定销得好。姚忠孝想，与其在城里租房子，不如在自家老屋安机器，可省下租金。没想到这事一下做成了，赚钱了。镇上人看他开绸机有钱赚，也想跟着做，他帮他们购机器进原料，联系销路，也都赚到钱了。只两三年，雨泉镇半数以上人家都干起与织绸行业有关的活，许多人家发了，成为"万元户"，有钱造新屋，买彩电冰箱，饭桌上有鱼有肉，过上吃穿不愁的好日子了。

说着说着，姚忠孝肚里有了怨气，说，阿声哥你讲句公道话，我不讲自己有功，可也没做错啥事体吧？就算年三十夜炮仗放到天亮，那回做得有点过分，呃，这座坟墓造得大了，用丝绸当彩旗，太显眼了，其他方面我想想，也没有做过对不起大家的事体。对我有意见，当面讲好不好？不要来阴的，太扎心了！好端端两只石狮子，惹着哪个啦？

我说，这种小事别太在意，想开点。毕竟你带头创业，带头致富，有功的。听阿牛讲，上面很看好这个织绸行业，媒体报了新闻，县里领导也下来参观视察，肯定大力支持，会越来越好。你作为带头致富的人，要有信心。

姚忠孝叹了一口气，我就是想不通，为啥我姚忠孝会讨人厌？在雨泉镇街上走，有些人碰面蛮客气，笑着跟我打招呼讲好听的话，可是有些人就朝我板面孔瞪眼乌珠，当面讲难听的话，哼，你这个七里桥来的乡下人，有啥了不起！嘻，老姚的儿子么，有种像种，你这种人就会动歪脑筋走野路子！连原先对我很好的人对我也不理不睬了。想想真伤心。阿声哥，我都不想在雨泉镇待下去了。我说，为啥，你在这里做得蛮好，走掉不可惜吗？他说，跟你讲句实话，依我看，织绸这行业快要弄不下去了。我急问，怎么会呢？不是发展得很快，前景很好吗？听四喜讲，产品的销路一直很好，有啥问题吗？好，也已经好到头了，有句话叫强弩之末，这你懂的。姚忠孝神情黯淡地说，你想想，一下子开出那么多台绸机，不光雨泉镇，其他地方好多人家也开起来了。算一算，一天是多少，一个月多少，一年的产量又有多少？吓煞人呢！大家一窝蜂地生产同一种货物，都往有限的地方销，成车成车地发货过去，被面子又不是粮食，又不能当饭吃的呀！

我说，这倒也是，有可能滞销，是吧？有没有办法?

姚忠孝说，还能怎么办？销不掉，就硬销，打折，降价，比谁的价格低，恶性竞争，这叫啥？赤膊鸡，自啄自！成本高价格低，要亏本，只能降低成本，进劣质原料，减少工序，什么偷工减料的怪招都会想出来。我晓得，有人克减原料，节省成本，把被面子织得很薄，调成素色，蛮便宜的价格卖给办丧事人家，销得蛮好，反正要埋进土里的……唉，这样下去，产品质量肯定越来越差，会败坏市场，断了销路，以后再也卖不动了。我说，你想想办法，能不能换作织别样东西，不能老是单一产品吧？姚忠孝说，哪有介容易？我们不是专门工厂，是各家各户分散的小作坊，没有技术改造产品更新换代的能力。再说，百人百条心，我讲话别人也未必会听，只好由它一条道走到黑了。我说，只能听天由命，顺其自然地衰落下去？你是最大的户主，好像手上有二十多台绸机？姚忠孝说，我已卖掉一部分绸机，还剩十几台。可能撑不到年底，就把它们都卖了，以后……唉，我也不晓得以后怎么样……

四喜带着一个泥水匠上来了。姚忠孝不说了，过去吩咐他们做事。

我犹豫着，站了一会儿，悄然离去。

叁

姐说他是搅浑水的乌鳢鱼

　　进山时走得匆忙，没顾及看，这时候漫步出山，缓缓走在山间路上，发觉路两侧别有一番景致。竹林郁郁葱葱，青润可人，竹叶的浓荫遮挡了头顶炙热的日光，一旁有条水沟，清静无声，汩汩而流，行走其间，顿觉丝丝凉意。我想，以前放牛时常走这条道，两边都是小块田地或荒坡，哪来这大片的竹林？

　　跟老鲁放牛时，认得山上各种树木与竹子。眼前这片竹林是雷竹，竹竿有七八米高，如柴刀柄般粗细，可搭棚子，扎篱笆，制竹用器具。它是所有竹子中最早出笋的，笋肉色泽青绿，味道鲜美。看得出这片竹林是经人小心护理的，竹竿粗细均匀，疏密得当，地面土质松软，少有杂草。

忽然，我发觉竹林中有个晃动的人影，挑着一副箩担，隔得有点远，不知道是谁，走进竹林里干什么，转眼人就不见了。竹林里有一个很高的堆头，远远看去，浅黄色，不知何物。

正犹豫着要不要走进竹林，去找那人聊几句，后面有人走来跟我说话，是姚忠孝。阿声哥，你在看什么？竹子？这是雷竹，还认得吗？

我朝竹林里指了指，对姚忠孝说，刚才看到竹林里有人，挑着箩担，没看清楚是谁。还有，竹园里那一大堆，是什么？

哦，肯定是老鲁伯。姚忠孝说，这片雷竹是他种的。这几天老鲁伯都在挑砻糠，就是谷壳，说是秋天铺在竹园里，冬天也能长出笋来，他讲是县林业局专家教的新技术。镇上人都当笑话讲，自古以来哪有冬天竹园出笋的？老鲁老糊涂，脑子出毛病了。我倒有点相信，现在科技发展快，变化大，哪个料得到？我说，老鲁伯这么大年纪，还种竹子，搞科学试验？姚忠孝说，老鲁伯就喜欢在地里做生活，一个人不声不响地做，一年到头忙不歇，嘿嘿，就像一头老黄牛。东山湾里有好多竹子，不光雷竹，还有红壳竹、孵鸡竹、毛竹，都是老鲁伯种的。这几年好多人家不愿意种地，不合算，由它荒着，老鲁伯在荒地上种竹，种菜，收了竹笋蔬菜，送给人家吃，也卖点钞票。他这个人，不光肯做，还肯动脑子。老实讲，镇上介多人，我就服帖老鲁伯。

我脑子里忽然出现老鲁挑着担子一跷一跷走路的样子，不禁兀自一笑。

姚忠孝陪我往山外走，边走，边说话。他说，我还有话没讲完，还想再跟你聊几句。他想跟我说的，是有关他父亲姚正山的事。

阿声哥，早些年你跟我爸在一起过，晓得一些我爸的事，对吧？那年，我还小，住在七里桥外公家。乡下消息闭塞，国营纸厂麦草场发生大火，我爸被火烧死，我和我妈很晚才知道这件事。那时候乱得很，人死了，不管也不赔，还怀疑是他自己放的火，太没道理了吧？我说，具体情况我不太清楚。我早就离开雨泉镇了。怀疑他放火这种说法，我听到过，但我不相信。老姚这个人，很硬气，很乐观，他不会自杀的。姚忠孝有点激动，连说，对呀对呀！你晓得不，红记娘姨去问过好多人，查问我爸的死因。国营雨泉纸厂有个工人，姓倪，清理火场时，他亲眼看到的，我爸被烧塌的麦草捆压在地上，麦草捆翻开，人合扑在地，整个后背皮肉被火烧焦烧烂了，翻过身来，胸前部位还是好的，衣裳也没烧坏，胸前压着两本硬皮笔记本，是麦草场的账目册，没有烧坏。

我有点吃惊，这可是头一回听说呢。如果这样，就可以证明，老姚确实没有自杀的动机，他在生命的最后关头，还用自己的身体保存了麦草场的账册，不说是烈士，也应该算以身殉职吧。

姚忠孝说，后来搞平反冤假错案落实政策，红记娘姨带我去找国营雨泉纸厂领导，拿出姓倪的证词，跟他们讲道理。厂领导说，当时有人怀疑是他放火，做过调查，但没有实证，最后也没做结论，所以不在平反冤案的范围，只答应补偿一笔安葬费。那年我满十八岁，按顶职进厂的政策，招进纸厂做装卸工，我和我妈就是那年重新回到镇上老屋住下的。我说，亏得红记娘姨出力，你才能进国营纸厂做工人，才能回镇上住。姚忠孝说，对的，是她帮我爸澄清了死因，还了他清白。我妈讲，孝孝你记牢，你可以不孝敬我，但一定要报红记娘姨的恩，她是镇上良心最好的女人。我是晓得好歹的，逢年过节都给红记娘姨送礼，大年初一肯定去拜年。往常她都待我蛮好，脸上笑眯眯的，叫我坐，叫我喝茶。这两年，不晓得为啥，我去看她，送东西去，她对我没好脸色，东西也不肯收，还讲我们非亲非故，无亲无眷，不要拿东西来，我吃不落肚的。阿声哥，我真弄不清爽，到底是为啥？

我说，我晓得你的意思，想让我到红记娘姨那里摸摸底，探一下口风，她到底为啥不待见你，不想见你，是这样吧？

姚忠孝点了点头，迟疑着又说，我还想跟你讲讲另外一件事。我听说，县里正在编县志，当年国营雨泉纸厂麦草场着火的事肯定会写进去。我不晓得他们怎么写，有点担心。你在县里工作，是有名气的文化人，能不能关心一下？

哦，原来他心里还记挂着这件事。

有人急急跑来，朝姚忠孝大叫，说县政协领导来了，一定要见他，让他介绍情况，还说要他当政协委员，阿牛让他快去教堂。姚忠孝对我歉意地笑笑，说，对不起，本来还想请你吃个饭，跟你多聊几句，没办法，县里领导得罪不起，只好过去了。

我看着姚忠孝匆匆离去的背影，白色 T 恤，瘦高个子，平头短发，那身形跟他父亲真是很像呢。可是，又觉得不太像。怎么说呢，他的腰背不那么挺直，走路时步伐不够快捷，有点拖沓，或是，两只手臂甩得不好看，不像军人似的均匀摆动？吔，还有哪些不一样呢？

我有点迷糊了。

这天我在阿姐家吃中饭。

坐旁边陪着的阿姐，面色不好看，嘀嘀咕咕说了许多话，大多是怨言，怨这个怨那个，埋怨最多的是姚忠孝。说他带头弄起绸机，把雨泉镇搅得昏天黑地，大卡车一车车运进丑八怪一样的笨重东西，蛮横地占据了镇上人家的堂前屋后，使小镇整年整月日日夜夜吵闹不歇，害大家吃睡不宁，苦不堪言。阿姐说，你猜人家怎么讲他的？他们讲，姚忠孝就是池塘里搅浑水的乌鳢鱼，是让雨泉镇老百姓不得安宁的断尾巴龙。

断尾巴龙？噢，我想起，小时候看中国民间故事，有一篇断尾巴龙的传说。这条断尾巴龙是个孝子，清明时节要回家乡祭扫亡母的坟，来时夹带狂风暴雨，引发洪灾，给家乡百姓带来灾难。我对阿姐说，不管怎样，姚忠孝在雨泉镇带头开绸机，带动当地人发家致富，好多人家收入增加了，生活好起来，这总是一桩好事吧？

阿姐不以为然，说，发这种横财有啥好？像你姐夫，原先蛮安耽的，也被搅昏了头，想发洋财了。肉店好端端的国营单位，就这几年经营不太好，钱发得少点。最近他发了神经，也不跟我商量，办了停薪留职，跟别人合伙开了绸机，还想把绸机装在自家堂前，被我大骂一顿，才移到别处。嘻，都是这个姚忠孝搞出来的鬼名堂，弄得人人想发财，田地不种了，其他生活也不做了，就想一夜暴富，发横财，想钞票都想疯了！阿声，你到街上走走，你听听，看看，现在哪户人家还能安耽过日脚？一天到夜，一天二十四个小时，角角落落，没一个安静地方，头脑壳里咔嚓咔嚓敲个不歇，是个人都受不了呀！住在这里，还不如坐牢，不如受刑罚呢！

这话说得不无道理。雨泉镇很小，就这么点地方，街巷又小又窄，住房连成片，挤挤挨挨，贴得很紧，家里装上庞大的绸机，整日整夜咔嚓咔嚓发出巨响，自家吵，四周邻居也吵，一般人的神经是难以承受的。单从这一点讲，长久下去恐怕真是不行呢。怎么办呢？

我向阿姐转述姚忠孝对未来形势的悲观判断，说，再忍一忍吧，等被面子卖不动了，绸机开不下去，镇上又会像以前那样安耽了。

阿姐又急了，说这样也不对呀！你姐夫刚把绸机买进，开工没几天呢，要是这行业歇火的话，他连本钱都拿不回来呢！你晓得不，现在买台缲机啥价格？高得吓人，一台要一万多，好多年工资呢！这笔钞票一大半是借来的。照你介讲，那还不亏死啊！再讲，你姐夫跟单位签停薪留职时间是五年呢！不能开缲机他还能做啥事？你快去跟姚忠孝讲，起码他得想办法让大家再撑个三年五年吧？

我的个天！我都没话可说了。

阿姐家这顿饭吃得很郁闷。吃完，我站起身要走，阿姐情绪低落，也没说让我再坐坐。我忽然想起，还没见过红记娘姨呢。问阿姐，她说，算了吧，估计你今天见不着红记娘姨，她不在东山巷。我问，为啥不在，搬家啦？阿姐说，那倒没有。你不晓得吧，早些时候，徐叔死了。病太重了，医院治不好，回到自家眠床上养着，唉，也就想清静点，多活几天么。可是你想想，周围人家好多台缲机开着，整日整夜地吵不歇，一个病重的人，哪里受得了？没过多少天就睁着眼睛死了。红记娘姨心里懊恼得要命，又不好去怪人家。前些天她跟我讲，去燕村住段时间，乡下村里总会清静点。

燕村？我有点惊讶，想起小时候曾随红记娘姨去过那个燕村，依稀记得那时的情景，记得那个只有一只脚沉默寡言的男人。我说，红记娘姨去燕村，那儿是有亲戚吧？我见过一个独腿的男人，是他吗？

阿姐说，你讲那个人，我晓得，是红记娘姨的同学，一个单身汉，也是一个人过日子。听说他身体不好，恐怕日脚不长了，红记娘姨过去照顾一下，陪陪他。唉，眼睛一眨，都是老人了。燕村不通客车，走路去有点远，这么热的天气，没要紧事情就不过去了吧。

我说，我碰到姚忠孝，聊了聊，他讲，不晓得为啥红记娘姨不理他。

阿姐冷声一笑，说，这个姚忠孝，真当好笑，他是真不懂还是装不懂？红记娘姨为啥不搭理他？哼，阿声，你晓得不，要不是红记娘姨帮忙，他哪有机会回雨泉镇，进国营纸厂当工人？他开绸机发财了，造起一幢三层楼的新房子，钞票多了不起啦？买介多炮仗，年三十这天，一夜放到天亮，啥意思？半夜三更，冷不丁来那么一下，那么响，把人从眠床里吓得跳起来。红记娘姨讲，她吓得一夜没睡，一直坐到天亮。还有，姚忠孝花介多钞票造起介大一个坟，晓得为啥？阿声，你不晓得，他是心里有愧！姚队长死的头几年，他这个亲生儿子都没来上他爸的坟！年年清明冬至，只有红记娘姨一个人给姚队长上坟，在坟头挂招魂幡，添新土，有时我和月娟陪陪她。还有，他妈是去年死的。六十多岁，不算老呢，为啥会死的？就为姚忠孝弄起绸机，一天到夜咔嚓咔嚓响，吵得他妈头脑发昏，让他把机器关了，他不肯，还是没日没夜地开。他妈骂他，跟他吵，吵到后来，神经兮兮了，一天到夜关在房间里不出来，不说一句话。儿子赚钞票了，一沓沓放在他妈面前，她看也不看。儿子造起三层楼新房子，她也不肯住，跑到乡下七里桥住破房子，有天下河去摸河蚌，五月天刚落过大雨，水那么深，淹死了……你想想，他爸被大火烧死，妈让大水淹死，这是啥运道，啥福气？花介多钞票造个大坟，算你孝顺啦，算你脸上有面子啦？狗屁！

阿姐这一番数落，我再不问了。

离开小镇前，我想想，还是去了一趟东山巷。

好几年没来，巷子变化很大，巷道青石板没了，下过雨后地面泥泞不平，不好走。一些旧房拆掉，有的建起新房，有的仍是空地，长着乱糟糟的荒草。我家与红记娘姨联着的那排房子，只剩她家那两间屋没拆，孤零零矗在荒草中。

红记娘姨家门上挂着一把黑漆大锁，落了灰，很清落的样子。屋旁的那棵桃树，枝丫上长着些青不青黄不黄的叶子，颓丧无力，全无精神。我在那儿呆站一会儿，心情有点怅然。

漫步走过巷子，出巷尾，拐到后马路，意外遇上了老鲁。

他从东山湾竹林里走过来，戴一顶草帽，肩上扛一把锄头，手上拎只畚箕，一瘸一瘸地走着。我在路口等着。走近了，看他还是那模样，黝黑，满是皱纹的一张脸，很容易就认出来了。我叫他老鲁伯，他看了好一会儿才认出我，噢嗬一声，放下手中的东西，站着了。

我们说了几句家常话。老鲁手上畚箕里装着一些刚挖的竹笋。笋通常是春季出的，大热天哪来的笋呢？他说是鞭笋，竹子长势好肥力足，这时节会出鞭笋，烧汤很好。他给我一把鞭笋，让我带回去尝尝鲜。

我对他说了来小镇的事由，早上去过东山湾，看坡上那座大坟，跟老姚儿子聊了一阵。又讲姚忠孝带头开绸机，发了财，有人称道有人骂，还被人家推倒石狮子。老鲁听我说这些，只是噢噢应着，也不说什么。

末了，我要告辞走了，他忽然说了一句，活着，好好做人，好好做事，死了，万事皆休，何必那么铺张，没意思的。

着火现场找不到打火机

　　我终究没写成这篇小说。尝试写了几次，开了个头，或写了两三节，几千字了，仍然没能写下去，只好放弃。

　　我无法评判隆隆作响的绸机给雨泉镇带来的急剧变化和短暂繁荣究竟是好，还是不好。还有人物定位问题。姚正山的儿子，姚忠孝这个人，值得称道？他的特殊身世，他撞大运式的发财致富，算得上改革带头人吗？他在雨泉镇莫名地点起一把火，烧得全镇人心绪大乱，不得安宁，眼看形势不妙，又打算卖掉机器撒腿跑掉，算是英雄，还是狗熊？另外，我也无法确定这篇小说的基调，是喜剧，还是悲剧？唉，算了，暂且搁笔，再看看，再想想吧。

也就一两年光景，丝绸被面就滞销了，卖不动了。雨泉镇上咔嚓咔嚓的机器声越来越轻，终于不再有响动，大小街巷重新恢复了往日的安静。庞大笨拙的绸机被装上一辆辆大卡车运走了，后来没人要，只好砸成一堆堆废铜烂铁，送进废品堆置场。

好在雨泉镇没有就此死寂下去。意外闯入隆隆作响的绸机，勾起人们发家致富的欲念，沉寂已久的千年古镇那一池死水被姚忠孝这条乌鳢鱼搅浑、搅活了，没有了绸机，又会有其他产业，悄无声息地钻出，又铺天盖地地发展起来。竹笋迅速成了当地人的新宠。一种新科技，用砻糠厚厚地铺在竹园，能在冬季孕育出一支支鲜嫩的竹笋，成为春节期间餐桌上最美味的一道菜。小镇人看到了商机，屋后菜地，山边坡地，甚至大田里都种上了竹子，寒冬里长出来的鲜笋，卖到城里成了时鲜货，价钱很不错，很能赚钱呢。过年回老家，我看到雨泉镇的街上长长一溜，摆满了刚挖出来的新鲜竹笋，街头人来车往，熙熙攘攘，大多是来买笋的外地客，家乡小镇眼见得一天天热闹起来。

开绸机那档事，很快就被淡忘了，再没人提及了。

阿姐说，那年年底姚忠孝就离开雨泉镇了。不清楚他去了哪里，听说去了很远的地方，也有说离得并不远，另找了什么事做着，应该还在赚钱，成大老板了。只在清明和冬至这两个时节，他才匆匆来一趟，开一辆高级小汽车，人在小车里，用布帘遮挡着，不上街，也不见人，到父母的坟上焚香燃烛，祭拜一下，然后急急开车离去。

姚忠孝造起的那幢三层楼高的房子，一直空着，大门口锁着一把大铁锁，时日久了，生了厚厚的铁锈，庭院里的野草长得有一人多高，疯长的爬山虎藤蔓爬满了墙壁，在三楼的屋檐上探头探脑，摇曳生姿。窗台上有鸟儿筑了窝，每天大大小小的鸟儿飞进飞出，好像进出自己的私家宅院，它们旁若无人，叽叽喳喳欢叫着，十分地热闹。

我记得姚忠孝托付的那件事，但是，既然见不着他，也不会着意去探问了。也是巧，有天县志办发了个通知，要各系统派人参加县志最后的汇总编撰工作。我这个闲人被派去参会，跟另外系统的与会者一起参与编撰事宜，讨论编撰中的一些疑难问题。

负责撰写工业系统的编者提出，早些年国营雨泉纸厂麦草场大火事件，如何定性，如何编写入史。那场大火造成国家财产重大损失是无疑的，社会影响也是大的，应写入史志。当时正处在政治运动时期，对于起火原因，众说纷纭，有说是进场人员违规用火，吸烟留下烟蒂，不慎引发大火。也有怀疑是敌对分子蓄意放火破坏，警方曾做过这方面调查，尚存有文字记录，但最后未作肯定性判断，也没有对什么人做出处置。

我翻看材料。当年的记录文字存档多年，纸页泛黄，略有破损，但俱存无缺。与我预料相符，材料中提及看守麦草场人员姚正山，曾是主要疑犯，警方做过大范围侦查。姚正山放火作案的重要疑点，便是他藏有一只外国打火机。既不抽烟，为啥老留着那东西？如果现场找到那个打火机，说不定此案就有定论。可是没有，现场找不到打火机。

唯一为姚正山解脱疑罪的是那个倪姓工人。他留下的证词，给人们提出一个很简单的问题：若是姚正山为泄私愤有意放火的话，他为什么在自己被烧死的最后关口，身下还压着两个账本？账本保存完好，碳素墨水写的字笔迹清晰，连很小的阿拉伯数字也准确无误。麦草场的损失正是按这两本账册的详细数据计算出来的。

一些人发言，只是简单几句，泛泛而论。与会者中有县科委一个专家，他的专业性发言给人以启发。他提出麦草场着火的另一种可能性：麦草堆过大过密，有可能引发自燃，造成严重火灾。近年有报道，某省在五年内共发生麦草场火灾一百三十余起，烧毁麦秆两万多吨，损失严重，其中自燃起火占总数的百分之八十七。从科学角度分析，麦秆在堆垛时如果没有完全干燥，含水分较多，当它们堆积一起，密不透风，会逐渐发热，温度越来越高，上升到自燃点，就会自燃起火。据此可以推断，早年国营纸厂麦草场那场大火，自燃起火可能性最大。

讨论的最终结果，是对这次麦草场火灾的起火原因不作任何评说，列入史志仅有一句干巴巴的话：某年某月某日深夜，国营雨泉纸厂麦草场发生火灾，至次日下午扑灭，烧毁麦草二千吨，损失达十五万元。

没有提及火灾中死去的麦草场看护人姚正山。

也就是说，在历史的结论中，国营雨泉纸厂麦草场这场起因不明的火灾，姚正山不再是疑犯，也不认可他以身殉职，更不是英雄。

参与编撰县志的人中午一起吃工作便餐。我旁边一位五十多岁的女士是卫生局干部，姓柳，原是医生。随意交谈中，得知柳医生曾在雨泉镇医院工作多年，就有共同话题了。我们从麦草场大火，又聊到当年小镇发生的一些有趣或古怪的事，柳医生颇多感慨，说起一件事。

有一回，两个大队干部带两个姑娘来医院，非要给她们做妇科检查。他们是带着公家介绍信的，说是协助重要调查。那天是我给做的检查，结果两个姑娘，一个处女膜完好，另一个处女膜陈旧性破裂。

我对柳医生说，这件事我知道，镇上曾经闹得沸沸扬扬的。我问，处女膜破损和处女膜陈旧性破裂，有区别吗？

柳医生说，当然不一样。陈旧性，指处女膜不是近期受到损伤，破裂部位已形成疤痕。怎么会破裂？这很难确定，或是本人的某些剧烈动作，骑车，摔伤，骑跨，或是不适合的指触行为，也不能排除较早时的性行为。我记得，当时有个年轻干部要我把诊断书上的陈旧性三个字去掉，重写一份。我不愿意，他非要我改，还吵了几句。后来的事，我就不知道了。

噢，原来是这样……我没再问下去，胸口莫名地掠过一丝凉意。

过后跟阿姐说这事，她竟毫不惊讶，说，这个我早晓得了，阿牛娶月娟那年，红记娘姨跟我说过，月娟那时候被逼得没办法，才说了假话。

我很吃惊，问，到底怎么回事呢？

阿姐说，还不是常贵这家伙造的孽！月娟十二三岁时，小姑娘刚有点发育，一回在房间里洗澡，常贵喝醉酒回来，推进房门，看到月娟的光身子，发起骚来，上去把她一把抱牢，一通乱摸。月娟吓得大叫起来，梅珍闻声冲进去，把女儿抱开，发觉女儿下身流血了。她把常贵恨得要死，又不敢声张，毕竟是当家男人，跟他生好几个儿子了，总不能让他坐牢吧？唉，你想想，月娟多少可怜，碰到这种晦气事体……

一年后，县志出版了。我拿到一份，很厚很重的两大本。翻了好久，我才找到国营雨泉纸厂麦草场大火那一页，文字简洁，只有那句话，没有多写一个字，没提任何人的名字。

有天我忽然接到一个陌生电话，对方一开口，我就听出来，是姚忠孝。

寒暄几句，他就问起那件事，以前曾托过我的事。我说，这件事我一直记着。正好，新编县志出版了，我这儿有一本，那件事县志有记载。我现在就可以念给你听。然后，我对着话筒把县志里的那句干巴巴的话，用播音员报新闻的语气和时速，读了一遍。

电话那边静默了好一会儿，才听到姚忠孝说话的声音，我听清楚了。

他说，这样也好。然后搁机，结束了这次简短通话。

以后再没接到姚忠孝的电话。

当年，一群年轻人唱着歌走向战场

　　我很少回雨泉镇，春节去阿姐家拜个年，吃顿饭就回了，清明节扫墓也经常因故不去，让阿姐代劳。这年快清明节了，阿姐给我打电话，问我要不要回去扫墓？我说最近不少杂事，还没定。阿姐喉咙很响地说，哎呀，你过几年都要退休了，工作还有介忙吗？今年一定要来，早两天来，有要紧事体。我问什么事？她说，来了你就晓得了。

　　清明节前两天我回到雨泉镇。一进门，阿姐就说，去看看红记娘姨吧。

这就是她说的要紧事。

红记娘姨无儿无女，丈夫早逝，她独自一人生活多年，八十好几，算高寿了。老人身体一直健朗，能吃能睡，头脑也很清爽，跟人家打麻将，赢多输少。可惜年前摔了一跤，胯骨粉碎性骨折，几个月来只能躺在床上，吃喝拉撒都不方便，日子拖久了，病魔便悄然纠缠上身，这里那里，渐渐地不好了，原先精神很好，爱说爱笑的老人，到底扛不住，情绪慢慢低沉，不爱说话，不爱笑，随之而来，进食困难，拉屎撒尿也费劲了，已是风烛残年的糟糕境况。

阿姐说，送红记娘姨去医院看过，医生讲已好不起来了，也就拖些日子，准备后事吧。我看她这样子，大概没几天了。唉，红记娘姨介好的人，快要死了，想想真有点伤心。阿姐眼圈红了，又说，这段时间，我天天去看红记娘姨，她想吃啥东西，我弄点啥，陪她坐坐，跟她讲讲话。红记娘姨好几次讲到你，讲你最有出息，先到县城演戏，又去杭州工作，还会写蛮厚的书，问我，清明节快到了，阿声回来不？她蛮想你去看她呢。

我买了滋补品和水果糕点，随阿姐去看望红记娘姨。

走进东山巷，瞬间便勾想起年少时一些人和事，心情莫名地怅然起来，且有些微苍凉感。多年没过来，东山巷完全变了，巷子宽多了，浇成一条能过往汽车的水泥道，车轮碾压多了，路面破了不少，有大大小小的坑，积着黄浊的水。早先的旧房几乎拆光了，巷子两旁建起一幢幢三四层高的新楼，绯红的砖，金黄或碧绿的瓦，高挑的楼台，外墙贴着亮晶晶的瓷片，阳光照着闪闪发光。

红记娘姨住的那两间旧屋还在，黑瓦灰墙，低矮破败，状若地鼠，夹在两旁高大漂亮的楼房当中，看去很不协调，且很卑微。不过，矮小破败的旧屋也有亮色。很意外地发现，侧屋墙角那棵老桃树，居然从内墙旁逸斜出一枝，枝头绽出几朵粉红的桃花，此时开得正好，且被日光照着，有几分娇艳！

红记娘姨看到我，苍老的脸上皱纹微颤，费力挣出点笑意，缓慢地抬起一只手，摇动两下，低声地叫我，阿声，你坐，坐我旁边。

我挨着床头坐下，胸口忽地难受起来。眼前这位极衰老极消瘦的女人，枯枝败叶般无力地躺在床上，枕边散开的白发，零乱如一堆乱草，布满皱纹的脸是灰白的，左颊一侧那块铜钱大的红记，瘪瘪的，呈深褐色。我心里隐隐发酸。时光如梭，似乎只是转眼间，记忆中那个神清气爽，女侠般仗义行事的红记娘姨，已如一段槁木，行将随无情岁月黯然逝去……

见着我，红记娘姨显然很高兴，努力振作起精神，干涩的眼窝里闪出些微光泽。她嘴里嗯嗯地回应我的问候，一直盯着看我，忽然惊讶地说，阿声，你怎么有白头发了？我说，红记娘姨，我五十多岁，头发是要白了。阿姐说，阿声写文章，写书，动脑筋太多，头发白得快。红记娘姨点点头，这倒也是。我读过阿声写的书，小琴拿来的。奇怪，以前那么早的事体，你怎么晓得？算算那辰光你还没出生呢，你是从哪里听到，记下来的？

我刚想说，红记娘姨突然大声对阿姐说，小琴，我想吃白木耳，就那种炖得稀烂的白木耳羹。你给我炖点吃吃，好不好？

阿姐有点意外，哦，你真当想吃白木耳？

红记娘姨说，哎，我真当想吃呢。小琴，你不记得啦？早先，你们在大队副业队，跟着姚正山种白木耳，你和月娟在街上卖鲜木耳，许步云端过来一只砂锅，锅里是炖得稀烂的白木耳羹。小琴，你忘记啦？阿姐说，我没忘记。不过，介多年过来，我从来不吃白木耳，连八宝粥都不吃的。红记娘姨说，小琴，我想吃，蛮想吃。你去给我炖点，好不好？辛苦你啦。厨房立柜里有白木耳，忠孝儿子晓禾拿来的，一大袋呢，还有黑木耳香菇黄花菜。噢，柜里还有冰糖。你多炖些辰光，炖烂点。

阿姐应一声，走进厨房，找白木耳和冰糖，炖白木耳羹去了。

这间小屋只剩我陪着红记娘姨。一时无语。

红记娘姨忽然费力地侧过身，伸过一只手，在床内侧的一堆杂物里摸索着。我问她找什么，我帮你拿。她的手已抓到一样东西，是个旧本子。她把这本子递过来，放到我的手里，轻声说，阿声，你看看。

本子比手掌大一点，很不起眼的暗黄色外壳，内芯的纸质粗糙，封面上写有几个字，已磨得模糊不清。我把本子打开，里面夹着一张照片。一张旧照片，黑白的，五寸大小，边缘已有些发黄。

红记娘姨说，阿声，你看照片，能不能认出来？

借着床头边的一盏台灯，我仔细地看着这张旧照片。这是一张背景衬着山野风光的人物合影，八九个人，都很年轻，随意地站着，或坐在条石上，脸上洋溢着青春笑意，看他们的衣着打扮，应该是许多年前的，是抗战时期？

照片保存得不太好，或因常看，拿捏多了，被汗渍油气浸染，照片里的人，面孔不太看得清。我仅能认出其中一个女的，是红记娘姨吧？一个清俊少女，十六七岁，穿一套略显肥大的军装，没戴军帽，扎辫子，眉眼俊美，目光炯然。是她，少女左脸颊上那块标志性的胎记，应是最好的佐证。

我把照片上的少女指给红记娘姨看，说，是你吧？红记娘姨，照片上你蛮年轻呢！你穿军装，当过兵吗？不会是演戏，穿的是戏装吧？红记娘姨不高兴了，你瞎讲，怎么是演戏的戏装？这是正规军装，上级发下来的呢。阿声，你不是写过抗战的书吗？你不晓得吧，我竺红记也参加过抗战，当过女兵呢。

老人脸上显出兴奋的神色，身子挣动起来。我明白她的意思，小心把她羸弱的身子扶高些，用枕头衬着头与脖颈，顺势理理她零乱的发丝和衣裳。

红记娘姨朝我苦笑，说，天天躺在床上，身上皮肉骨头都难受，睡也睡不着，脑子里转来转去，一下子这个，一下子那个，想起的都是早先那些人，年纪轻轻，活灵活现的，像昨天一样。我把这张照片寻出来，看了又看，老是想着过去那些事体，唉，心里实在憋煞啦，总想找个人讲讲……阿声，我想跟你讲讲年轻辰光的事体，你要不要听？

我赶紧说，红记娘姨，我要听，我要听的。你讲吧，不急，慢慢讲，我都记得牢。噢，要是故事有意思，有价值，我把它写进书里，好不好？

红记娘姨一只手无力地抓着我的手，轻声说，阿声，当真？当真想听我讲，写进书里？我晓得自己没多少辰光了，早先那些事体不讲出来，堵在心里，只怕我死了，口眼都不会闭！阿声，照片上这些人跟我差不多年岁，有几个你认得的。好几十年了，他们大多死了，有的早死了，也有近几年死的，他们都到那边碰面，团聚了……唉，我也差不多了，该去会会他们了。

抗战前期，偏远小县城雨泉镇有过短暂的喧闹与繁华。浙西行署设在离小镇二三十里天目山脚的禅源寺，战时是浙江全省抗战的中枢要地。各方政要、各路抗战队伍、各界爱国人士，进山出山都要途经雨泉镇，吃饭，住宿，找联络点，采购物资，一条不宽的街上，整日里车马繁多，人声鼎沸。

小镇街头各种抗战宣传活动更是闹猛，墙头巷角到处贴满标语，演讲会，街头活报剧，还有招募当兵的，吸引了镇上众人的目光与脚步，那些小孩子，天天像赶庙会一样，赶到这里看，赶去那里听。镇上一些年轻人，为抗战宣传所感染，所激奋，面孔激得通红，身上热血沸腾，内心涌起阵阵波浪，跃跃欲试，想要参加抗战，其中就有竺记南货店老板十七岁的独女竺红记。

有一天，日本飞机突然出现在雨泉镇上空，飞得很低，机身上鲜如鸡卵的标志触目惊心，巨大的轰隆声把老百姓吓得四处乱跑。飞机突然怪叫着一个俯冲，在小镇街上扔下两颗炸弹，一颗炸弹扔在南门鲁记碾米店的屋顶上，咣的一声巨响，当场炸死屋里一个姓姚的碾米工，另有十几人受伤；另一颗扔在北门街上，两边好几家店铺塌了，起了大火，货物全烧毁了，有多人伤亡……近在眼前的血淋淋惨事，激发起人们对残暴的日本佬更大仇恨，越加激发年轻人投身抗战的热情和决心。

竺红记最要好的姐妹是方记绸布店老板的女儿梅珍。两人从小一起玩，一起到野外挑绵青，剪荠菜马兰头，又一起上学，考梅城师范，考上了，才读一年书，打仗了，只好休学在家，又着急又无聊。日本飞机扔炸弹，方记绸布店和竺家南货店都遭了殃，店铺毁了，家人受伤，前景堪忧。梅珍哭着问红记，我们以后读不起书了，怎么办？红记说，国家都保不住了，你还想着读书？听说了吗？镇上一些年轻人聚在一起商量，要去天目山参加抗战。他们约定日期，要悄悄离家，不辞而行。红记问梅珍，你敢不敢去？梅珍想了想，拉住红记的手，说，你敢去，我就去。

约定出门的这天清晨，天蒙蒙亮，她们悄悄走出家门，手上提个小包袱。同行的男青年有姚正山和鲁明堂。他们是这次秘密行动的挑头者，年龄较大，十九岁。两人原都在省城读书，姚正山读省立工业专门学校，鲁明堂读省立高级中学，快毕业了，因日军攻占省城杭州辍学回家。镇东五里外燕村的两个男生，是竺红记梅城师范的同学，一个叫李发根，一个叫邱志民，也辍学了。两天前街上偶然与红记碰上，她说要和梅珍一起去天目山参加抗战，问他们想不想一起去。两人说，你们女生都去抗战，我们也是热血男儿，国家有难，责无旁贷。说到做到，他们果然来了。

一群青年在镇北头靠山边一棵大樟树下会合。有两人不知何故爽约没到，倒是豆腐店挑水的黄和尚，原先没说，这时候空着一双手，不声不响跟来了。同行的女性除红记和梅珍，还有一个是戚水仙。梅珍告诉红记，豆腐店主的女儿暗慕姚正山，喜欢黏他，这回偷偷从家里溜出来，也跟着来了。

半路上，他们遇到了常贵。他也跟着一起去了。

对，就是劁猪佬常贵。红记娘姨对我说，那辰光他家养一只脚猪，就是配种的公猪，一年到头各村寨赶来赶去，顺带劁猪阉鸡，一家人就靠这个过日子。这天常贵照他爸吩咐赶脚猪出门，穿着破衣裳，腰上系根草绳，无精打采地走在路上，看到我们就问，哎，你们这些人劲头十足去哪里，有啥好事体？我讲，日本佬要打进来了，命都快保不牢了，哪家还会养猪？你赶脚猪还有啥生意？梅珍讲，我们去抗日，当兵打仗，你敢不敢去？常贵朝梅珍咧嘴一笑，当兵吃粮，有啥不好。你去我也去。把牵脚猪的绳子一扔，就跟我们走了。

早春二月的清早还很冷，晨雾没散去，鸟雀才从窝里探出身子，田野上，露头不久的麦苗在寒风中微颤，一群年轻人勇敢地走出他们的出生地，怀揣满腔热血，无畏地奔向前线。他们走在弯弯曲曲的山路上，兴奋地唱着歌，唱着激奋的抗战歌曲，唱《义勇军进行曲》，又唱《毕业歌》：同学们大家起来，担负起天下的兴亡。听吧，满耳是大众的嗟伤，看吧，一年年国土的沦丧！唱完了，接着又唱：大刀向鬼子们的头上砍去……

大家都在起劲唱歌，一个个激情澎湃，斗志昂扬，唯独姚正山闷头走路，不出一声，脸是板着的。红记对梅珍说，你看他，一点不高兴的样子，怎么这样？梅珍说，前几天日本飞机扔炸弹，他爸在碾米房被炸死，昨天才葬了。我听鲁明堂讲，姚正山心里很悲伤，一心要上前线打日本鬼子，替他爸报仇呢。红记赞许地点点头，嗯，有骨气！国恨家仇，这是一定要报的。

中午，这些年轻人徒步走到天目山下的禅源寺，受到浙西行署招募处的热情接待。他们参加了三天的突击培训，然后将分别走向不同的岗位。其间好几个人的父母寻过来，要把自家的儿女拉回去，或哭闹，或婉劝，说你们傻呀，打仗要受伤，会死人的，囡啊你不怕吃苦吗，儿啊你不怕死吗？红记、梅珍的家人也来了，也是百般劝说，但她们坚决不从，不回家。

只有戚水仙胆小，意志薄弱。她妈一把眼泪一把鼻涕地哭，说，我的宝贝囡啊，你连鸡都不敢杀，真敢去打仗杀人吗？就不怕让子弹打破头，以后没得做人，你怕不怕？这一说，戚水仙身子哆嗦起来，害怕极了。她妈又大声骂女儿，水仙你真瞎眼乌珠！你喜欢那个姚正山作啥？他是个疯子，爸让炸弹炸死，他又要去前线送死，你要跟他，是想做一辈子寡妇吗？骂完了，又好言劝说，乖囡，跟妈回去，给你镶一颗大金牙，再嫁个好人家，好不好？戚水仙点点头，乖乖跟她妈回家了。

培训结束，雨泉镇几个年轻人各奔东西，有的是自愿选择，有的服从分配。鲁明堂和姚正山读书多，有见识，招募处要他们留在行署做事，鲁明堂听话，留在专署当文书。姚正山不肯留，非要当兵，要为被敌机炸死的父亲报仇，只好由他。红记的两个男同学，李发根和邱志民，还有常贵，都当兵了。

　　红记心中早有一个愿望，参加最前线剧社。前些日子，最前线剧社到雨泉镇上做宣传，唱抗日歌，演活报剧，很受欢迎。有个北方男人，个子高大，浓眉大眼，身着青布长衫，脖颈上一条长长的灰围巾，用低沉浑厚的嗓音唱《松花江上》。歌者那双饱含泪水的眼眸，那忧郁感人的声调，打动了在场的所有听众，更是让少女竺红记悲愤不已，泪流满面。她找到最前线剧社，告诉他们，我原是师范学校的学生，敌寇打进我们的家园，害我不能继续读书，我要宣传抗日，唤起民众，我强烈地要求加入最前线剧社！她当场唱起"我的家在东北松花江上"这首歌，唱得婉转动听，饱含深情。但她被婉拒了。他们说，竺红记同学，你五官端正，人漂亮，唱得也好，但是你左颊上有块显眼的紫红色胎记，不适合做演员登台表演。实在对不起啦。

　　红记非常沮丧，抹了一把泪，非常委屈地离开了。

浙西行署刚组建起一个妇女营，欢迎年轻姑娘、小媳妇参加。红记走进妇女营，当了一名女兵，穿上军装，拿到了枪，枪太少，三个女兵合用一支。她刻苦训练，出操，走正步，瞄准射击，还上了前线，但是没开过枪。在前线指挥官眼里，妇女营只是一些没经过正规训练的女青年，连枪都拿不稳，怎能参战打仗？女兵们急吼吼上了前线，跳进前沿战壕，却被拦住了，不让去前沿阵地，只参与送弹药送吃食和抢救伤员的工作。

女兵竺红记在前线表现勇敢，冒着枪弹炮火，在战壕里跑来跑去，帮医务兵救护伤员，不怕脏，不怕血腥。那年冬天特别冷，某个冰天雪地的日子，告岭上发生一场激烈的战事，国军一个整团抵挡住数百日军的进攻，激战两天一夜，枪弹横飞，血肉四溅，日军伤亡惨重，我方也有一两百人阵亡，还有不少冻毙者和大量伤员。

抗战史上浙西山区这一重大战事，我在一部长篇小说中有过详细描述，没想到红记娘姨也会讲到它，而且她本人亲身经历了这一战事。

红记娘姨说，这天她在战壕里照看一个身负重伤的小个子士兵。他看上去像未成年的孩子，胸口流出的鲜血洇透了单薄的军衣，眼看就不行了。女兵竺红记痛惜地抱着他，柔声安慰他。小个子士兵在她怀里轻声呻吟：姐姐……姐姐，痛，我好痛啊……

阿声，不晓得为啥，这桩事体我到今天都记得清清爽爽，好像昨天一样。红记娘姨语音低沉地说，这个小兵眼睛很大，肤色漆黑，很瘦，冰天雪地的山上，穿的单衣短裤，脚上一双烂草鞋，脚指头都冻烂了，真可怜啊！他讲他是广西人，走很远很远的路，来这里打日本鬼子。他讲他回不去了，很想爸妈，想家里的亲人。他讲我恨日本佬，他们为啥要霸占我们中国？他们为啥这么凶？姐姐，你恨不恨日本佬？我死了，你给我报仇吗？我讲，我恨日本佬，我会给你报仇的。他又讲，姐姐，子弹打中我肚子，我身上的血都快流光了，我快要死了……我晓得我要死了，你能唱支歌给我听吗？我说，好的，弟弟，我会唱歌，我给你唱歌。我就唱起那支歌，我的家在东北松花江上，那里有森林煤矿，还有那满山遍野的大豆高粱……歌还没唱完，他眼睛慢慢闭上了，手也一点点地冷了。

红记护送伤员去战地医院，就有机会跟梅珍碰面了。

梅珍文静内向，胆子小，怕听枪声，不敢拿枪，在战地医院做护士，穿白褂，戴白帽，很清秀，很漂亮。她性格温和，做事细心，伤员们都愿意她来换药喂饭，亲热地叫她梅珍妹妹。红记送伤员到医院，就去找梅珍，两人一起护理伤员，有空凑一起说些悄悄话，也会为想念家中父母亲人而相对抹泪。

红记在战地医院很受欢迎，她会唱歌，经常应伤兵的邀请，给他们唱歌。她唱悲伤的"我的家在东北松花江上"，唱雄壮激昂的抗战歌曲，也唱欢快的地方山歌，还唱小歌班的戏文，就是后来的越剧。红记自小喜欢小歌班，每年冬春时节，嵊县小歌班会来雨泉镇一带演戏，她和小姐妹们赶来赶去，追着戏班子看戏，在台下，一边看，一边跟着哼唱。她最喜欢一出《箍桶记》，全本都会唱，还会演呢。兴致高了，她会给伤兵们演唱这出戏，唱一句聪明伶俐的九斤姑娘，再唱一句刁钻刻薄的石二佬，唱词诙谐有趣，曲调活泼轻快。她一边嘴里唱着，一边还会舞手动脚，扭动腰肢扮演剧中角色，脸上表情生动，眉飞色舞，或喜或嗔，逗得伤员们开心大笑，获得一阵阵掌声和叫好声。

在战地医院，她时常遇见鲁明堂。

一个小镇上住着，年纪差不多，彼此相识，只是不太熟。鲁明堂家祖上数代经商，在雨泉镇上置了田地，开一爿杂货铺和一家碾米店。竺记南货店与梅珍家的绸布店贴隔壁，再过去是鲁家的杂货店。少时，他们进出自家店铺，时有照面，只是很少说话。梅珍跟鲁明堂很熟，叫他明堂哥的。

鲁明堂在专署任职文书，草拟长官讲稿，写各种公文。他自小练毛笔字，临名家帖，写得一手好字。行署对外颁布告示，还有标语，都由他写，写完标语，就提着糨糊桶去外面张贴。专署各政务部门都在禅源寺，战地医院则设在五六里外的月亮桥。鲁明堂有时随行署长官去战地医院探望伤兵，顺便也看梅珍，有时独自过去，捎带一束路边山坡上采的野花给她。

鲁明堂是个白白净净的书生，一张圆嘟嘟的脸，对分的头发总是梳得一丝不乱，常穿一件铁灰色中山装，左边衣袋插支钢笔，冬天山里冷，他在脖颈上围一块毛线围巾，浅灰色的。红记发觉鲁明堂和梅珍关系很亲密，两人挨得很近说悄悄话，眉来眼去，说话讲半句藏半句，像是在谈恋爱呢。红记悄悄问梅珍，是吗？梅珍红了脸，不说是，也不说不是。

另有个年轻男人有时也随鲁明堂过来。这人姓徐，是鲁明堂省立高级中学的同学，省城人，为躲避战乱过来的，鲁明堂邀他一道参加抗战，在浙西行署会计室做事，当会计。此人常年穿一身灰布长衫，性格内向，沉默寡语，只做事，不说话。红记觉得有趣，故意找这位徐同学说话，跟他开两句玩笑，他会一下子脸红起来，红得像块大红布。

这个徐同学，后来成了红记娘姨的丈夫，我叫他徐叔。

雨泉镇一道去天目山的年轻人中，黄和尚的家境最糟，从小无爹无娘，靠左邻右舍接济，吃百家饭活下来，都叫他"小和尚"，大一点就帮人干点小活，弄口饭吃，也看过牛，长大后，大名就是黄和尚了。他靠一根水钩扁担，每天给一家豆腐店两家理发店挑水，挣一口饭吃，长到十八岁，个头仍很瘦小，肤色暗黄，像有什么病，没能当上兵，分去《民族时报》社做杂工，干挑水、搞卫生、分发报纸这样一些粗活。

《民族时报》社里有几个共产党员，暗中掌控着报纸的导向，不时会发表一些思想左倾、言辞激烈的文章，被行署情报室察觉，细访暗察后，呈送一份秘密报告给行署长官，要求对隐藏于报社的异己分子予以拘捕，严惩不贷。这份报告让鲁明堂看到，即知不妙，私下让徐同学去报社通报黄和尚，让他们赶紧躲避祸水。几个共产党员连夜逃往靠北的安吉县，那里有新四军游击队。黄和尚也跟着去了，从此钻进山里打游击了。

谁能想到，多年以后黄和尚重返雨泉镇，威风八面地当上了镇长。

红记娘姨说，阿声你想，黄和尚出道介早，打过仗，流过血，资格蛮老的。他在雨泉镇当了几十年镇长，降过几回，却没升过一次，离休了还是个镇长，小小科级干部。为啥？黄和尚人不坏，也会做事体，就是不大听上级领导的话，自作主张，老犯错误，被人揪牢辫子，升不了官。嘿嘿，你说这家伙亏不亏？

小镇曾经流传不少镇长黄和尚的趣闻，我借用到某篇小说中的一个人物。此时红记娘姨提起，我就笑了，说黄和尚的故事我晓得一些，随即讲了两则。躺在床上的红记娘姨听我说着，扯动着干瘪的嘴角，抖几下，绽出一点笑意，又继续回忆着往下说她的故事。

那年夏天，黄和尚打游击受了伤，日本佬的枪弹打中他小肚子，子弹和血水淤积在肚里，天气闷热，伤口会很快发炎，有生命危险。新四军游击队驻地与月亮桥只一山之隔，许步云连夜用牛车把黄和尚偷偷送进战地医院。那边条件差，没有正规医生，只有一个土郎中许步云充当卫生员，这种三脚猫哪敢治这么重的枪伤？许步云求梅珍找个军医给黄和尚治伤，要不人就死了。梅珍胆小不敢去，怕被长官训斥。红记大声说，黄和尚是中国人，打日本佬受的伤，为啥不给他治？她去找野战医院技术最好的军医，军医爽快答应了，立马给黄和尚做了手术，从肚子里取出一颗子弹。

阿声，你说好笑不，黄和尚的伤口在肚子下面，离男人的命根子只差两三寸，差点成太监了。那段时间是我天天给他换药、喂饭。换药时，这家伙一双小眼睛盯着我看，对我讲，红记，是你救了我的命，我这辈子都感激你。又讲，红记你要不是脸上有块红记，比梅珍还好看。我讲，梅珍好看，你去看她好啦。他讲，不，我喜欢看你，我就喜欢你。这家伙，嘴巴讲，小肚子底下那东西也不老实，一翘一翘的。我只当没听见没看见，不搭理他。过段时间伤势好转，趁着夜色把他悄悄送出战地医院。黄和尚拉着我的手不肯放，对我讲，红记，我们这是命里有缘啊，你跟我去当新四军吧，我们以后天天在一道，做一对革命的抗日夫妻，好不好？我想都没想，一下甩开他的手，没跟他走。

嘻，前几年，黄和尚病重，快死了，躺在病床上，身上插着好几根管子。他老婆早死了，儿子媳妇不管他，我去医院陪他好多天，喂流食，端屎盆，人家还当我是他老婆呢。黄和尚又跟我讲起当年的事体，讲我是他的初恋，那时候真心喜欢我。又讲，当初要是跟他去，日脚肯定好过多了，还问我有没有后悔……哼，我为啥要跟他？我一点不后悔。老实讲，我看不上黄和尚瘦巴巴矮墩墩的个头，还有那张骚兮兮急吼吼的猴子脸。那时候，我已经喜欢上别的男人，比他强多了，好看多了。

红记娘姨说喜欢的别的男人，就是姚正山。

姚正山他们几个在行署警卫连当兵。警卫连算不上正规部队，平时大多在行署周边做巡逻、稽查和警卫工作，较少有战事，大半年过去，也没正经打过一次仗。有一回红记在行署附近偶然跟他们的队伍相遇，红记看见姚正山，高兴地叫了一声，他却当作没听见，低头走过了。邱志民告诉她，姚正山因为没能打上仗，没能为父亲报仇，心情不好呢。

突然有一天，行署警卫连冷不丁遭遇一股偷袭行署驻地的日军，仓促中开打起来。双方在离行署仅一箭之远的朱陀岭上激战多时，直到大批援军赶来，才把日军击退。

这场战斗打得很凶，山岭上阵阵枪声传过来，凄厉悠长，激荡于群山之间。情势十分紧张，整个行署快速动员起来，能拿枪的都上前线，妇女营全部出动，赶赴战场，跳进壕沟，抢救伤员，抬担架，送弹药。有的女兵没经过这样的激战场面，枪炮声不绝于耳，眼前血肉横飞，顿时胆怯了，双腿发颤，面色发灰。竺红记一点不怕，肩上扛一箱子弹，手上还拿一支枪，一直往前沿阵地冲去。

她答应过那个死在她怀里的小个子士兵，要为他报仇。她心里一直牢牢记着，这时想，好啊，总算机会来了！

最前沿的阵地上，枪声最激烈的位置，红记看到几张熟人面孔，有姚正山，还有她两个男同学，李发根和邱志民。他们很勇敢，身子紧趴在临时挖起的战壕上，目光坚定，一枪一枪朝敌人射击。红记朝他们大声喊，我来了！给你们送子弹来了！

她放下弹药箱，提枪走过去。姚正山旁边有个空当，她学他们的样，将身子实实地扑在战壕上，摆上枪，瞄向前方。刚刚挖起的战壕，新鲜的泥土气味浓郁，前沿茂密的灌木丛已让枪弹齐腰击断，露出青白的茬口。从枪口瞄下去，看到山腰间的敌人，像一堆浊黄色蠕动的蛆虫，能看到他们臃肿的身体，甚至他们丑恶的嘴脸！

姚正山发觉身边的红记，急叫起来：竺红记，你做什么？快下去！上战场打仗是男人的事，你们女人不能在这里！快走！快离开！红记一动不动，眼睛盯着前面，嘴里回一句，不，我不走！你为你爸报仇，我也要为牺牲的小个子士兵报仇！我答应他的，我一定要做到！姚正山又喊叫两声，看红记还是不动，恼火了，伸过一只手，一把将她推下，扭头朝她大吼一声：你走开！别在这里碍事！

红记被推倒，坐在壕沟里。她很委屈，很生气，生姚正山的气！她朝那人大叫：凭什么不让我在这里？就许你可以打枪，可以报仇，我就不能打枪，不能报仇吗？

姚正山根本不理她，趴在战壕上，眼睛只盯着前方，不停地朝下面打枪。一旁，红记的同学，李发根和邱志民扭过脸，朝她招手，轻声说，竺红记你过来，到我们这儿来。快过来。

红记弓着腰，悄悄朝她的两个同学走过去。他们让她趴在两人中间的空当，叫她尽量低下头，以躲避飞来的枪弹。他们说，你不要露头，就这样给我们装子弹好啦。

但红记不愿意。她要打日本佬，要亲自为小个子士兵报仇。为此她曾努力练习射击，练得很苦，她坚信自己已练好枪法，一定能打中敌人。她果断把步枪重新摆上战壕沿边，枪口瞄向山下的敌人。她紧趴在枪上，闭起左眼，用右眼瞄向准星，瞄准了，手指头扣紧扳机……枪响了，啪的一声，子弹射出去，啪，又是一枪……她清楚地看到，山下那堆蠕动的浊黄色蛆虫中，有一个扭着身子倒下了！

一旁李发根和邱志民大声喊叫起来，啊，打中了！竺红记你好枪法，打中一个日本佬！

要不是妇女营的长官赶过来，硬把她拉下前沿阵地，红记还会继续趴在那儿，一枪又一枪，不停地朝山下的敌人开枪射击……

战争是残酷的，打仗会死人，会死许多人。

这场空前激烈的遭遇战，警卫连损失惨重，三分之二人员伤亡，姚正山负了重伤，左胸中弹，弹头离心脏仅差一寸，捡回一条命；李发根不幸阵亡，一颗子弹击中他的脑门；邱志民重伤，一条腿被日军的六零炮弹炸去半截。战地医院住满了伤员，院子里临时搭起大帐篷，躺满了叫痛不止的伤员。医护人员严重短缺，妇女营的女兵全被派去做临时护理。

红记悲痛难忍，掩面啜泣不止。她无法面对战死的同学李发根，这个生性腼腆，跟女生一说话就会脸红的大男孩。他还不满十八岁啊，圆圆的脸庞尚带稚气，上唇刚长出点浅黑的绒毛……此时直挺挺地摊放在一张旧门板上，一动不动，被枪弹打烂额头，那原本可爱的圆脸庞，已血污不堪，让人不忍直视！

红记懊悔死了！她想着，要是那天街上没碰上李发根和邱志民多好啊，两人就不知道来天目山抗日这件事，也不会跟他们来了……要不是那天，她用话激他们，说你们是男人啊，抗战救亡，这天大的事能置之不顾吗？国家兴亡，匹夫有责啊！我们女人都敢上前线，你们不敢吗？你们还是男子汉吗……要不是我说这些话，也许他们……是我，是我害了他们呀！

炸断一条腿的邱志民，失血过多，面色惨白，一直昏迷不醒，几乎摸不到脉搏，眼看命不能保，红记让军医把自己的血输给邱志民，输了四百毫升。闻讯赶来的鲁明堂和徐同学也要输血，鲁明堂血型不对，徐同学对上了，也输了四百毫升，终于让邱志民苏醒过来。此后红记一直守护在他身边，尽心服侍，他的伤情得以慢慢好转。

吴常贵是警卫连少数没受伤的，却不知怎么弄的，他的一只手臂脱臼，也进了战地医院。此人用白绷带吊着那只手臂，整天在医院里晃来晃去，明明身体活泛得很，还非要梅珍给他喂饭，又嬉皮笑脸说下流话，甚至伸手摸梅珍的胸脯，梅珍又气又怕，哭了起来。这家伙还厚着脸皮说，老子在前线打仗，命都快没了，摸你两下又不少一块肉，有啥啦？红记见了，指着常贵骂，一旁负重伤的姚正山说不出声，气得把床摇得嘭嘭响，吴常贵有点怵，这才老实了。

这场恶战中，姚正山表现突出，打仗勇敢，冲在最前面，毙敌数名，得到上级嘉奖，提升为班长；牺牲的李发根遗体运送原籍安葬，颁授烈士证书；断了一条腿的邱志民送回家乡，给一笔抚恤金；而吴常贵这家伙，后来查清楚他为躲避日军的六零炮弹，逃向后山滚落时导致手臂脱臼，非但无功，还把他除名了，剥下军装，让他灰溜溜地离去。

一年多后妇女营因故解散，有人离去，大多数人选择留下。女兵竺红记进了战地医院，和梅珍一样成了女护士。隔年春天，姚正山又负伤了，送进战地医院。这回伤在手臂上，没伤着骨头，不算严重，护士长分配红记去照管他。她和姚正山这一两年多有交往，虽说在那次激战中，姚正山粗暴地对待她，把她扯到壕沟里，她却不生他的气，知道他是爱护她，不想让她被枪弹击中，因此事反而对他有了好感。所谓英雄美女，惺惺相惜，在医院这段护理期，两人天天在一起，眉来眼去，不觉就亲近起来，加上梅珍和鲁明堂经常拉他们一起吃饭，聊天说笑，有意撮合，两人彼此便生发爱恋之意。

红记娘姨说她永远忘不了那一天。

我知道天目山那天发生的事。是一次重大历史事件，史料上有详细记载。

一九四一年四月十五日，春季里一个晴朗温暖的日子。天目山海拔高，气候偏冷，这时节山坡上野桃花开得正好，远远望去，艳红一片。姚正山伤已痊愈，红记陪着他在办理出院手续。偏在这时候，日军数架战机突袭天目山，往禅源寺扔了好多炸弹，引发冲天大火，致使寺院数百间房屋俱毁，造成重大人员伤亡。好在战地医院在数里外的月亮桥，没挨炸弹。这次日机轰炸是汉奸燃起火堆引导的，证明浙西行署驻地已暴露，不能再守，只得向偏远的浙西南迁移。其他多个机关单位，警卫连、战地医院等也要随之撤离。红记和梅珍这些非在编人员全部遣散回家，再怎么哀求也不行，一个不留。

分手和告别是痛苦的。鲁明堂要随行署机关远去，梅珍却只能回家，告别时，小女子哭得梨花带雨，伤心不已。刚出院的姚正山也要走了。他不打算随行署警卫连撤去后方，跟一个姓孙的连副约定，去追赶一支奔赴前线的主力部队。

红记站在山冈上，强作潇洒地笑着，手拿白色护士帽朝姚正山用力挥动，大声说，姚正山，你听好了，你一定要回来，记着你说的话。我会等你，不管你去外面多远，时间多长，我都会一直等你，等你回来！

我问红记娘姨，姚正山对你说过什么话？红记娘姨说，他答应我，只要能活着回来，一定娶我做老婆，从此住在小镇，生儿育女，种田种地，过安耽日子。哪晓得这家伙一去，好几年没回来！我问，那几年，他没给你来过信，没一点消息吗？红记娘姨说，来过两封信，说他随部队开拔到很远的地方，叫什么"滇缅边境"？我认不得"滇缅"两个字，问鲁明堂，才晓得那个"滇"就是云南，"缅"是缅甸国，离着好几千里路呢。他去云南边境，去缅甸打日本佬。整整三年，没接到姚正山一封信，日本佬投降了，也没有他的音讯，没有阵亡通知单。

抗战胜利后，鲁明堂辞离行署，回到雨泉镇，即与梅珍结婚。他们在教堂举行了一场很洋气的西式婚礼，新郎西装革履,伴郎是徐同学,新娘披戴雪白的婚纱,红记是伴娘。梅珍问红记,我结婚了,你怎么办?红记低着头,一句话不说。

后来,鲁明堂拿来一张报纸,说报上有消息,开往滇缅边境的部队打得很惨,伤亡不计其数,很少有活着回来的。姚正山这么久没音讯,恐怕早已战死他乡,回不来了。梅珍问红记,你看报纸上都这么说了,还要等下去吗?红记眼泪汪汪抬起头,说,我不管,没有阵亡通知单,我就要等。家里人催她嫁人,缠小脚的媒婆三天两头扭着粗腰手拿各式彩礼走进她家,家人整天唠叨,抱怨声不绝,红记硬咬着牙,就是不理睬。

终于有一天,收到了姚正山的信。信中说他一直在境外作战,负了重伤,最近才回国,还在接受康复治疗。接到这封信,红记欣喜若狂,抱着枕头哭了又笑,笑过又哭。数月后姚正山回到雨泉镇,身着卡其布军服,戴大檐帽,腰扎宽皮带,脚蹬黑皮靴,走路腰板笔挺,引得众人上门围观,赞叹不止。

姚正山跟红记讲他这几年的种种经历:一场场恶战,打得昏天黑地;几度负伤,去了鬼门关又爬回来;最可怕的是大部队退入野人谷达数十天,濒临绝境,没有食物,只能吃野草,吃蛇虫,蚂蟥咬,蚊虫叮,还有更可怕的传染病，痢疾，伤寒，身边的战友或饿或病，一个个倒地死去，数万人只活下来不足十分之一！他硬撑着，靠吃树皮野草吃虫子才活下来……

姚正山这个大男人，讲得声音哽咽，满眼是泪。他对红记说，那时候我想，我还有守寡的母亲没能尽孝，还有天天盼着我归去的恋人没能团聚，我还年轻，还要娶妻生子，还想好好做人，做好多事。我不能死掉，一定要活着，要活着回国，我要回家！

红记痴呆呆看着姚正山，听他把这几年经历的磨难，桩桩惨事种种悲情慢慢吐出来，把心里想着念着的话一句句讲出来，她两眼的泪水不停地流啊流，湿了自己衣衫，也湿了姚正山的衣衫。

姚正山告诉红记，在缅北最后一次对日作战中，他身负重伤，弹片击中后背，卡在脊椎骨上，濒临死亡。在野战医院治疗时，一位技术高超的英国军医花很长时间取出弹片，用钢条给后脊做永久性固定。他的后背卡着钢条，再不能灵活弯曲，不便行军打仗，按三级残废军人退役，发给一笔抚恤金。他笑着说，这下好了，成残废军人，再不用当兵打仗了。

红记眼泪汪汪抱着姚正山，把身子紧紧贴着他，用手抚摸着他后背上长长一条刚愈合的伤疤，颤声说，好好，你不走了，太好啦！从今以后你再也不会离开这儿，不会离开我，我们可以过安耽日子啦……

唉，可惜一对苦恋多年的有情人，眼看要过上好日子，一下又不行了。

乡下七里桥来了几个人，登门求见姚正山和他母亲，一开口，就要他们履行当年的承诺，让姚正山跟他家女儿结婚。

事出有因。早年遇上天灾，姚父姚母带着三岁的儿子，挑一副箩担，从衢州老家逃荒出来，想投靠这边的远亲。他们走了好几天，翻越天荒岭时，遭遇一伙土匪，要抢他们的箩担，姚父跟他们论理，被打折了腿。正值天寒地冻，一家三人困在山中，眼看要饿死冻死，天荒岭下七里桥一户人家好心收留他们，给住的，给吃的，挖草药给姚父治病，他们才活了下来。当时姚家夫妇留下一句话，以后若有翻身之日，儿子有出息了，一定娶他家女儿为妻。

姚正山外出打仗这几年，姚母孤身一人，日脚难过，那户人家的父母多次带姑娘来镇上探望她，捎带些吃的用的。这时候人家登门而来，话说得在理，姚母觉得没错，应该兑现承诺，让儿子娶七里桥姑娘做媳妇。姚正山不愿意，说他已有相爱的女子，要娶竺家红记姑娘，七里桥那边的恩，可以重金酬谢。姚母死活不肯，说做人不能介做，要讲信义讲良心，滴水之恩涌泉相报，讲过的话要兑现。七里桥姑娘大你两岁，等了你好几年，哪能弃她不娶？母子相持不下，争执起来。姚母急了，坐地大哭，说我真苦命啊，老公死得早，儿子又靠不牢，身上有重病，没多少日子可活了，不如早死了拉倒，竟要用脑袋撞墙！儿子抱住苦命的母亲，头一低，眼一闭，答应她了。

不久，姚家敲锣打鼓娶进了七里桥姑娘。红记心灰意冷，把自己关在房间，好些日子不出来。一天，梅珍终于敲开了门，进去跟红记说了好多话，提到一个人的名字，就是鲁明堂那个徐同学。

而后，红记把自己嫁了，丈夫姓徐……

陆

她哭得整个人像块棉布浸透了水

　　阿姐端一只花边小碗走进里屋，笑着说，你们讲啥，介多辰光还没有讲完？我白木耳都炖得酥烂，好吃了。

　　我退到旁边，让阿姐走到红记娘姨床前，喂她吃白木耳羹。

　　羹汤看上去很不错，用调羹舀起一勺，净白的色泽，浓稠的汤汁。阿姐喂红记娘姨尝一口，问她，好吃吗？我放了冰糖，甜的。老人说，好吃，蛮好吃。阿姐又舀起一勺，说，你跟阿声讲介多话，吃力了，多吃点，补补力气。

红记娘姨朝阿姐笑笑，说，小琴，我记得，头一回吃白木耳，是你和月娟在街上卖，听许步云讲它这样好那样好，我买来三块钱的白木耳，砂锅炖了吃，没炖烂，也没加糖，一点不好吃。我还骂姚正山，弄出这种东西骗人家钞票，真可恶。今天才晓得白木耳真当好吃。可惜，恐怕是最后一次吃它了。

阿姐朝老人轻啐一声，瞎讲。好吃，喜欢吃，明天再给你炖，天天炖给你，把你老太太喂得像白木耳介白，介胖，介漂亮！

红记娘姨说，小琴，你这两句话讲得好听，比唱戏还好听呢。

阿姐低声对我说，今天幸亏你来，红记娘姨胃口好多了，你看，吃了有半碗多白木耳羹呢。又对红记娘姨说，你跟阿声讲了好多话，吃力了吧？躺下歇歇，我们先回去了，好不？红记娘姨拉着我的手不让走，说，我还有好多话，还没讲完呢。我让阿姐先走，我留下陪红记娘姨，陪她再聊几句。

再次拿起那张旧照片，细细看着，我认出了另外几个人。戴护士帽的是梅珍，挨着竺红记坐。黄和尚和吴常贵站在她们身后，吴常贵脸上笑嘻嘻，一只手还搭在竺红记肩上。一侧站着三个着军装的男青年，亲热地相互搂着，我认出了姚正山，另两个不认识的，该是红记娘姨的师范同学李发根、邱志民吧。鲁明堂也在，身穿学生装，梳二分头，站在梅珍身后，挨着他那个戴眼镜的，只露出半个身子，就是徐叔吧？唉，他们大多已不在人世，李发根十七岁死在战场上，姚正山死去也有三四十个年头了……

我一抬头，见红记娘姨正怔怔地望着那个不大的窗口。

窗外，西斜的日光正好照见墙角那横枝逸出的桃花，看去格外娇艳动人。

老人嘴角微微扯动，喃喃地说，今天桃花开得真好看……唉，可惜过几天就要败落，看不到了。

我把照片递给红记娘姨，说，上面这些人我都认出来了。有月娟妈梅珍、鲁明堂、黄和尚和吴常贵，还有徐叔。两个不认识的是李发根和邱志民，你梅城师范的同学，对吧？还有，就是他了，老姚，姚正山。红记娘姨，我晓得了，当初姚正山抛弃你，跟别的女人结婚，后来这些年，你对他怨气难消，但内心还有难以割舍的感情。我讲得对吗？

红记娘姨微微点头，又轻轻摇头，说，阿声你介讲，也不全对。不是他抛弃我，是他妈硬要他娶那个女人，以前答应人家的，他是孝子，在家要尽孝，忠孝不能两全，没办法的。我跟姚正山，两个人是有缘无分。我没这福气，这辈子做不了他的老婆。有人给我看相，说我命不好，脸上这块红记长得不好，有桃花运，也有桃花劫，有三劫，克夫，妨事，就是干不成大事，还有短命。前两项都对，想嫁姚正山没嫁成，后来嫁的老公，身体不好，连儿女都没一个。唉，我白活这么多年，到老了，你看看，孤身一人，无儿无女……咳！

我说，看相算命是瞎扯的，红记娘姨，你长寿，活得好，这就是好福气。

红记娘姨说，你讲得也有道理。仔细想想，啥叫福气？做他姚正山的老婆，过得好也就两三年光景，后来介多年头，他老婆过的也都是苦日子，有啥好？还不如我呢。阿声，后来有些事你晓得的，你讲是不是？

红记娘姨说过得好的那"两三年光景"，姚正山在雨泉镇确实很风光。作为有战功的"荣军"，又是读过省立工业学校的，他得到小学校长这一受人尊敬的职位。他很努力地做这份工作，写预算报告，申讨经费，安置校舍，聘请教师，招收学生。他对镇上人说，一定要让雨泉镇成为书声琅琅的耕读之乡。

姚正山请竺红记去小学校做音乐教师，说她是最好的人选。她拒绝了，愤怒地指着他鼻子斥道，姚正山，你背信弃义，辜负我一片真情，我竺红记这辈子都不理睬你！我绝不会帮一个不讲情义的负心男人！

姚正山轻叹一声，说，红记，你听我讲。婚姻这件事我实在是没办法，只能听我妈的。尽得孝，难尽忠，我没能跟你结婚，不能忠于你我的爱情，确实有负于你。我欠你的这份情债，恐怕这辈子都不能偿还了。不过，请你来小学校当音乐教师，是量才录用，公事公办，你来，可以施展你的才华。这不单单是帮我。我是代镇上老百姓，请你来一起培养那些纯真无瑕的小学生，让他们得到美好的音乐熏陶。这跟你我的私人恩怨无关。对不对？请你答应了吧。

任凭姚正山这样那样说许多，红记只是不说话，没摇头，也没点头。

姚正山又说，好吧，红记，我再跟你讲一件事。还记得那年我离开天目山，跟着去的那个孙连副吧？那两年在滇缅边境打仗，我们都在一起，他当连长，我是排长，一起打好多仗，出生入死，相携相助，比亲兄弟还亲。那回部队陷入野人谷，好多天没吃没喝，又有伤寒痢疾，许多人连病带饿死了。孙连长得了痢疾，倒下了，我也半死不活的，一直陪着他。那个雨夜里，我们两人浑身湿透，躺在一棵野芭蕉树下，盼着雨停，盼着走出野人谷。半夜里，孙连长知道自己不行了，对我说，兄弟，我撑不住了，快要死了。真可惜，我还年轻，却要完蛋了。兄弟，我太倒霉了，真想活下去啊！我抱着他，说我们在一起坚持住，一定能活着走出去的。他摇头说，兄弟，我真不行了。死到临头了，我很想家，很想老婆孩子。我还想做许多事，种粮食，做工人，还想当教师，教儿子读书。要是没有战争，不打仗多好啊，老百姓都可以过太平日子。兄弟，你得好好活着，一定要熬到战争结束，回到祖国，回自己家乡。你要替我，替死去的弟兄们，多做一些事。你读书多，比我有文化，可以做一个优秀教师……天亮前，孙连长死了。我在他尸体上盖上芭蕉叶，算把他埋了。后来，终于回国了，我先去孙连长的家乡，找到他老婆孩子，带去他的几样遗物，还有一枚勋章。我把身边所有的钱都给了那个哭瘫在地的女人。我想，我比孙连长幸运多了，能活着回来，还可以见到母亲，见到心爱的姑娘。我姚正山在战场上九死一生，能活着回来，多活一年，多活一天，都是赚的。我猜这是老天额外开恩，让我活在人世，过上太平日子，是要我这个人，替死去的孙连长他们，为国家为老百姓再做点事。红记，我们没能结婚，不能在一起过，为啥不能在共同喜爱的事业上弥补一些人生遗憾，让内心得到一些宽慰和快乐呢？

红记哭了，眼泪像珠子断线一样噗噗往下掉，整个人像块浸透水的棉布，瘫坐在椅子上。

她答应姚正山，去小学校做音乐教师。

没想到红记娘姨还做过音乐教师！我问红记娘姨，你一定很喜欢这个职业，做得很好吧？她轻叹一声说，是啊，我很喜欢当老师，跟孩子们在一起，教他们唱歌，给他们排节目，跟他们一起享受音乐的美好，我很开心，很满足。那年雨泉镇国立小学评上"模范学校"，我也评上"模范教员"，受到嘉奖。可惜，音乐教师我没能做很久，不满两年就不做了。我问为啥？她说，就因为他那个老婆，总怀疑我和姚正山旧情未断，疑神疑鬼，隔三岔五跟他吵，她讲姚正山对她冷淡，不愿意跟她同床，都是我的缘故。姚正山劝我别理她，别跟一个不识字的农家女子计较。后来他妈死了，他老婆担心姚正山会抛弃她，吵得更凶了，还跑进我的教室，当着许多学生的面，对我破口大骂，就为姚正山送我一支派克笔，骂得很难听啊！我实在受不了，就坚决辞职，把派克笔还给姚正山，离开小学校了。

红记娘姨说，从此，我和姚正山再无任何交往，就是街上走路，面对面碰上，也只当陌生人，视而不见，不打一声招呼……

那时，梅珍和鲁明堂这对新婚夫妇过得很幸福。鲁明堂家境好，有田产，还有成衣铺碾米店，在东山巷造起一幢青砖楼房。新媳妇梅珍在鲁家的独门小院里，享受着快乐与安逸。她爱美，爱花，在院子里撒了许多花籽，春夏时，满院开着一丛丛鸡冠花凤仙花喇叭花，还有漂亮的美人蕉。她在后院种菜植竹，养鸡养鸭。后又孕育了新生命，诞下他们的孩子，取名月娟。

国民政府雨泉县县长聘请鲁明堂做民政科长。那两三年他专心致志只做一件事：倡导"新生活"。他大力倡导镇上居民搞好自家清洁卫生，不随地大小便，不乱吐痰，努力改变小镇人常年不洗澡的陋习。他花大气力修建一个浴室，运来好多砖头石块，砌起一个大水池，池底下烧火，把一池水烧热烧烫了，就能在热水池里浸泡着洗澡。

修建浴室费钱费力，县政府财务拮据，鲁明堂要努力做成这项工作，自家贴出一笔钱，是明摆着的事。浴室的设计图是姚正山帮着画的，这是他的专业。镇上人对鲁明堂这样执着地做这件事很不理解。他们当作一桩可笑的事，到处宣扬，说鲁明堂是个败家子，花介多钞票把水池造出来，肯定没人去洗澡，说不定以后就成一个大粪缸了。哈哈哈……

浴室终于建成，鲁明堂在正门上用小篆体写着"文明池"三个大字，又在两侧的白墙上写着：洗文明澡，做文明人。开张这天，门口贴出告示，前三天来洗澡一律免费。门开了，门前站了好多人，男男女女，说说笑笑，就是不走进去。他们来这儿，只想看热闹，看笑话，认定没有一个人愿意进去洗澡。

头一个走进"文明池"的是许步云。他从杭州过来，是城里人，经见得多，晓得泡浴池是蛮舒服的事，能免费洗澡还不高兴？第二个乐呵呵下浴池的是小学校长姚正山，然后是建成这个浴池的鲁明堂。他们三个人舒舒服服地躺在热水池中，用水泼向自己的光光的胸口后背，用毛巾擦拭净白的肚皮与双腿，又相互揩后背，洗完，坦着胸肚欢快地笑着走出来。

随后，有人来洗澡了，到第三天，"文明池"门前排起一条长队……

不知不觉，天色暗了下来，窗外，那一枝灿然的粉色桃花已黯然失色，看不清了。红记娘姨的讲述悄然停止了。

连续多时的讲述，几乎耗尽老人全部气力。她终于讲不动了，微闭双眼，无声息地沉寂下来，我轻轻叫她几声，没有回应，仅鼻间尚存一丝游气。

柒

旧照片上的两个俊姑娘

阿姐说，红记娘姨这辈子活得够长了，临终前把心里藏了几十年的秘密都跟你讲了，再没啥牵挂，没啥遗憾了。接下来我们要做的，就是好好地，热热闹闹地送她最后一程。我说，红记娘姨无儿无女，她的后事怎么办？哪个来操办？阿姐说，这个你不用担心，早就安排好了。

红记娘姨是清明节这天半夜过世的。

寂夜里，老人走得平静，安详，像一支熏香燃到末梢，默然无声地熄灭了。

一大早，两间狭窄旧屋挤满了人，老的少的，男人女人，好多面孔我不熟悉，或是没能认出来。他们赶过来悼念逝去的老人，帮着料理她的后事。屋里屋外充斥着各种声响，说话声，哭泣声，锣鼓声，鞭炮声，还有从一只小收录机里放出来绵绵不绝的诵经音乐。

阿姐拎一只凳子走过来，叫我坐到屋外的偏远角落去，说小屋里介多人，挤不下了，其他人有事做，你不懂，啥事体做不来，别站在这里碍手碍脚。

我走出屋外，还没来得及找角落放凳子坐下，看到有人快步走来，脚步哐哐作响，一副粗大的嗓门，一张熟悉的面孔。这是阿牛。六七十岁的男人，虽说头发已经花白，身体还很健壮，宽大的脸庞泛着油亮的红光。他手上拿着一张不大的白纸，把它贴到门旁的墙面上。

我凑近去看。贴墙上的是一份"告示"，办白事人员名单，写着"知客""总理""账房""八仙""厨师""跑堂""洗菜""敬香""敬茶""折元宝""锣鼓""放炮"等行当，列着各位担当人的名字。名单上大多是从前南门大队第二生产队熟人的名字，阿牛、小琴、月娟、小芬、红梅、四喜等。

有一个名字让我略感吃惊：鲁明堂。

鲁明堂不就是老鲁吗？他还活着？看来不光活着，

肯定活得很好，很健朗，头脑清爽，还能担负这次办丧事的重要职务：账房。也就是说，年长红记娘姨两岁的老鲁，这次为她办后事，还做着财务总监呢。

另外，让我吃惊的是，这份农家最普通的白事告示，按古例繁体，左起竖排，白纸黑字，是地道的行书，是我这两年正在学习临帖的赵孟𫖯体，字写得俊秀洗练，简直算得上一幅书法佳作呢。问阿牛，说是老鲁写的。

阿牛高兴地拍打我的肩膀，说，阿声啊，这回你要多住几天，总要把红记娘姨送上山再走吧。我说是的，要留下多住几天。阿牛的名字在告示上，是"总理"，很高大上的一个职位。我开玩笑说，你这回当"总理"啦，官当得很大么。哎呀，这算什么官啊，阿牛咧开嘴笑起来，说，就是召拢大家一道帮忙，一道做事体。红记娘姨是我们二队的老前辈，人缘最好啦。你看，我还没招呼，就有介多人赶拢来祭拜，留下来帮忙。你认得不？大多是我们二队的人，噢，现在叫二组，我是组长。这些年操办本组的红白喜事，都是我的分内工作，嘿嘿。我有点惊讶，咦，你不是当村长吗？怎么又退回来当组长啦？阿牛说，村长早几年就退了，年龄到了。小组长没有工资补贴，完全是尽义务，他们年轻人不肯当，推来推去，还要我这个老头子来当。嘿嘿，阿声你想想也好笑吧？你小辰光，我就是二队的小队长，好几十年了，还是我阿牛当这个小组长。

几个年过六旬的妇人相伴走来。打头这位我一眼认出来，是月娟，虽说上点年纪，肤色仍很白净，微胖圆润的脸，略显富态，头发用发夹绾起在脑后，衣着整洁合体，气质优雅。她面带笑意，招呼我，阿声，你来啦。我笑着叫一声月娟阿姐。

月娟身边两个年纪相仿的妇人，一个胖些，一个瘦点，也朝我叫阿声，看我有点发呆，嘻嘻地笑了，胖的那位说，阿声，你大作家眼乌珠朝天，只认得月娟阿姐，不认得我们两个阿姐啦？阿姐说，阿声，这是小芬，这是红梅，都是我们二队的，当年我们几个一道在大队副业队种白木耳，蛮要好的。

噢，我恍然了，赶紧叫小芬阿姐红梅阿姐，跟她们聊起家常。小芬和红梅嫁到镇外村子，近些年儿女做竹笋生意或开服装门店，赚钱了，到镇上造新屋买房子，她们也随之搬回雨泉镇，或看顾店面，或带孙辈上幼儿园，日脚过得蛮舒心。

身材魁梧的阿牛站在门前台阶上，一只手叉在腰上，像当年当小队长那样，大声吩咐原先二队这些人，按告示上的安排，各自做好分配的活。众人爽快地应一声，分头去做事，有人去厨间洗碗，有人奔菜场买菜，小芬、红梅和另两个妇女围坐在一个角落，手脚麻利地折元宝，把一大沓黄表纸，折叠成一个个金元宝的模样，投入箩筐备用。阿姐和月娟分到的任务，一个敬香，一个敬茶。两人低眉顺眼地站立门旁，接待前来祭拜的人。这本该是逝者儿女做的事，红记娘姨没儿女，便由阿姐和月娟担当。

陆续有祭拜的人走来，阿姐迎上去，引至祭桌前，递上一支香，来人燃香，恭敬地向已故老人躬身拜三拜，在香炉上插上香。阿姐在一旁大声说，红记娘姨，某某人来看你啦。祭拜人退下，月娟双手捧上一杯茶，引至一边坐下歇息。

来祭拜的人中有面熟的，我认出是"缺牙佬"，即上前招呼他。"缺牙佬"看到我，咧嘴笑了，露出缺了门牙的嘴巴，又递烟给我。我没接烟，跟他聊了聊，提起当年开绸机的事。他说，我绸机开得太迟，亏钱了，现在临街开一爿杂货店，细水长流，一家人生活还过得去。

我说，你跟我们不共小队，是五队的，记得红记娘姨跟你妈关系不算好，怎么也过来啦？

"缺牙佬"说，你不晓得。那年我花大本钱开绸机，为凑钱，把我妈嘴里那颗金牙都挖出来卖掉啦。唉，后来绸机开不下去，贱价卖掉，亏了不少，加上我妈生病，住医院，开刀吃药，办丧事，又是一大笔开销，那辰光日子真难过呢。心想总要寻一条活路吧，想用街面房子开爿杂货店，盘来算去本钱还差好多。红记娘姨看我在街上跟人家开口借钞票，借一个没有，再借一个，还是没有。她掉转头回家拿来一千块钱，对我讲，你拿去开店，有得赚了还我，没得赚就算了。那辰光一千块钞票是个大数目呢。我过了三年多才还她。你晓得的，红记娘姨和我妈过去结过怨，落难时她肯主动伸手，帮忙救急，真当是个好人！老人家八十多岁走了，是善终。好人有好报，我们做小辈的来送她一程，应该的。

有人拿着手机大声说着，大步走来。我一时没看清是谁，只听得阿牛朝那人说，哎，四喜，你这个知客，要叫的人都叫到了吗？

四喜应道，姐夫你放心，你给我开的这张名单上，每个人都打过电话了。

四喜四五十岁的男人，还像个时髦青年，穿一件西装，里面是格子衬衫，没领带，一条膝盖部位有两三个大破洞的牛仔裤，脚上白运动鞋，拿手机的手腕上套一串棕色佛珠，头顶的卷发已见稀疏，左耳垂居然挂个银色耳环，一晃一晃，蛮酷的样子。他笑着朝我打招呼，阿声哥，你也在这里啊。

阿牛对四喜说，你光是打电话通知还不够，还要告诉我，你叫的人来不来，啥辰光来，有没有过不来的。我要统计人数，要安排吃饭餐桌的。

四喜说，姐夫你别急，听我一一汇报。所有人接到我的电话，都说要来，一定要来，再忙也要来送送红记娘姨。几个远路的也有着落了。在杭州开公司的三喜已经出门了，带着三嫂和两岁的小孙子。我二嫂讲，二喜昨天送一车春笋去上海，已经全部卖掉，正打算开车回来。两个在县城开店铺的，根发和阿毛，讲好傍晚过来，赶上吃晚饭。噢，还有忠孝哥，跟他通了电话。他一早就开车过来了，半路上接到我的电话，估计快到了。

阿牛说好，这我就放心了。我担心的就是这几个在外面做生意开店的人。等忠孝过来，还要跟他商量要紧事体。

"缺牙佬"捧着茶杯走过来问，哪个收礼金？

阿牛说，你没看告示吗？账房是鲁明堂，就是老鲁伯。咦，他作啥还不过来？

正说着，有人挑一副装得满满的畚箕担走过来，正是老鲁。

阿牛忙迎上前，说，老鲁伯，快歇下来。哎呀，你挑介重一副担子……介大年纪了，当心点！

老鲁说，竹园里好多红壳笋，菜地里也有好多菜，这两天办后事都能派上用场，省得花钞票到菜场买了。

阿牛吩咐四喜说，老鲁伯要去管账收钞票，你把这担东西挑到厨房去。

四喜应声笑嘻嘻走过去，用手掂了掂担子。畚箕担里，一头装着好多红壳笋，一头是刚摘的新鲜蔬菜。他啧啧两声，说，老鲁伯，你真当厉害，八十多岁快九十年纪了，还能挑介重一担东西，我挑都有点吃力呢。

多年没见老鲁，此时见了，咦，奇怪，这人为啥没怎么变呢？快九十岁的人，怎么还是记忆中那模样：一张乌漆墨黑的脸，脸上布满细细粗粗的皱纹，务农人的一身穿戴，头顶破竹笠，一件辨不清颜色的旧衣裳，挽着袖子，裤子的两个裤管卷起，一高一低，只是脚上没穿草鞋，是一双半新的运动鞋，鞋帮上沾着湿泥。嘻，还是一个扔进泥堆里寻不出来的老农民！

我迎上去，笑着叫一声，老鲁伯。

老鲁愣了一下，认出我，脸上显出笑模样，说一

句，是阿声啊，你真难得呢。说罢，转身稳稳地往屋里
走去。

我忽然发觉，咦，不对呀，走路这么稳当，老鲁的
脚怎么不跷了？

中饭后，阿牛召拢几个人在他家堂前坐下，一起商
量红记娘姨的后事。

姚忠孝开车从外地赶来，到雨泉镇已是中午，匆匆
吃了几口饭，即被阿牛叫过来，加上我、四喜、阿姐，
还有老鲁，几个人围坐在一张小方桌前，一起议事。主
妇月娟端上茶水，又捧来一个大食盘，在小方桌上摆了
几样瓜果，而后退到一旁，一声不响坐在小凳上。

我和姚忠孝挨着坐，两人随便聊了几句。多年没
见，他说我没变样，我说他还这么年轻。其实都是客气
话，我五十好几，他五十出头，分明都已见老，头发花
白，有点秃顶，姚忠孝额头好几道深刻的皱纹，还有掩
饰不了的沧桑感。

阿牛家离红记娘姨家很近，很大一幢楼房，四层楼
高，很有气派，挑起的飞檐，瓷面的外墙，屋顶是炫目
的宝蓝色琉璃瓦，二楼以上住人，一楼原是两间客堂，
三间车库，五间全打通，很大一片空间。四喜告诉我，

这幢大屋是阿牛女婿出钱建的,花了不少钱。女婿办企业,一爿春笋罐头加工厂,每年稳稳当当赚钱。这几年二组或附近人家办红白事,都放在阿牛家,一楼摆十几张圆桌子绰绰有余。四喜说,阿声哥你看,我大姐就生一个女儿,女婿找得好,照样享福,对不对?嘿嘿。

阿牛当多年"总理",主持红白事经验丰富,照说诸事可由他一人做主,只是红记娘姨的情况有点特殊,有两项要紧事,不是他一个人能做主的,要和大家商量解决。他说,红记娘姨跟我交代过,后事要简办,越简单越好。她无儿无女,也没啥亲戚,住了几十年的老屋是公租房,死后要还给公家的。她留下一笔钱,不多,五千块,在我这儿。我想,红记娘姨介好的人,后事不能简办,要办得闹猛点,风光点,各项开支势必多一些,钞票肯定不够用。来送葬的人家出礼金,大多一百至三百块,听老鲁伯讲,拢共有万把块钱。我粗算一下,办像样点,起码有万把块的缺口,要不要想办法大家再凑点……

没等阿牛说完,姚忠孝抢先说,阿牛哥,不用另想办法,这个缺口我来补。红记娘姨的后事一定要办得闹猛点,让她老人家走得体体面面,风风光光。你尽管放开手脚,骨灰盒要选好的,修墓地的用料也要好,酒席多摆几桌，酒菜规格高一点，最后结账差多少钞票，由我包箩底，不必麻烦别人。

阿牛伸出大拇指夸道，好，有你这句话就好！忠孝你真是靠得牢！

唉！姚忠孝叹了一声，脸上神情凝重，说，刚才去给红记娘姨上香，在那个老屋里转了一圈，蛮心酸啊！想想真有点后悔，为啥不早点回来，也好陪陪她，给她送终。前两年我就想，上年纪了，不想在外面劳心费神，打算回雨泉镇来住，歇歇力。我把自家那幢三层楼房子装修了，把红记娘姨接来，让她先住进去。她住了没几天就搬出来了，说一个人住不惯介大的房子，像住进庙堂里，慌兮兮的，还是自家旧屋方便，住着安心。她的两间老屋，介小，介暗，落雨天还要接漏，怎么住？唉，她也不要我买大电视机，讲房子小，装不落，不要我买冰箱，讲用电太贵。送她营养品也舍不得吃，要么送人，要么过期了，我儿子晓禾来看她，送她的白木耳黑木耳也舍不得吃，一直放着。唉……

阿姐说，忠孝，这些年你待红记娘姨蛮好啦，大家有眼睛都看到的。红记娘姨对我讲，你经常老远开车赶过来看她，拿来这样那样的好东西，陪她坐，削水果给她吃，跟她聊天。你儿子晓禾也蛮有孝心，阿婆阿婆叫得亲热，真像自家亲孙子一样呢。

四喜说，小琴阿姐讲得对，红记娘姨总是讲，忠孝有良心，有孝心。对了，顾镇长晓得你要回雨泉镇，想找你商量一下，能不能把你的企业搬迁过来，镇里有优惠政策……

阿牛做个打住的手势，说，好啦，生意上的事不要扯开去，先谈要紧事体。呃，这个么，讲难不难，讲不难么，也有点难。小琴，要么，你讲一下？

阿姐说，好的。阿牛哥难开口，我来讲。你们都晓得，红记娘姨没有子女，别样都不要紧，就是有个入棺仪式，要有孝子给红记娘姨捧头捧脚，哪个来？还有，从殡仪馆回来，最后送上山，要孝子捧骨灰盒，捧红记娘姨的照片。阿姐停顿一下，用眼睛看看我，又看看姚忠孝，说，你们看看，哪两个人来做红记娘姨的孝子……嘿嘿，这桩事体有点为难吧？

我看阿姐的眼神，明白了，即说，我算一个，我可以的。给红记娘姨当孝子，我蛮情愿。

阿牛朝我跷大拇指，好。阿声也靠得牢！小琴你看，你还担心阿声是个文化人，大作家，放不落身架给一个孤寡老人当孝子呢。

阿姐笑着说，要讲起来，阿声也是应该的。小时候红记娘姨多少喜欢你，要你做干儿子，让你叫她妈，记得不？还有，你看牛时到红记娘姨家偷书看，这总不会忘记吧？你这个作家肚里这点货色，好多是红记娘姨帮你打的底子呢。

姚忠孝说，阿牛哥，其实这也不算难事，你晓得的，我一直把红记娘姨当自家妈的，我做这个孝子也蛮合适的。

阿牛用力拍着大腿，眉开眼笑地说，哎呀，你们两个人都介爽快答应了，真当是……太好啦！你们不晓得，这桩事体一直挂我心口头，蛮为难呢。

月娟笑着走过来，给各人茶杯里添水，对阿牛说，我跟你讲过，阿声肯定愿意，忠孝也不会推的，你空头白脑担啥心？

四喜扭头看看神情木讷坐着一直没作声的老鲁，说，老鲁伯，你作啥不讲话？这里你年纪最大，是最老的长辈，老资格，你开口，大家都要听的。有啥想法，也好讲讲的，我们小辈一定照办。嘿嘿。

老鲁愣了一下，脸上一堆皱纹快速扭动起来，嘴里呃呃两下，说，你们……你们讲得蛮好，我没有啥要讲。我听阿牛，听你们的，叫我做啥，我做啥。

姚忠孝说，呃，阿牛哥，我还要提一点想法，你们大家听听，是不是有道理，能不能介做？阿牛说，忠孝，有啥想法你只管讲出来，大家听听，能办就办。姚忠孝说，我是想，红记娘姨活得介长寿，这辈子经历介多，风风雨雨，蛮不容易。大家都晓得她的为人，多好的老人啊，受晚辈的敬重，也是当之无愧的。那些有身份有地位的人，死后都要开追悼会，念蛮长一篇悼词，讲这样好那样好，像红记娘姨这样，一个普通老百姓，活到八十多，一辈子做过不少好事，为啥不能开个追悼会？至少悼词也该写一篇，讲讲她过去一些事，让大家晓得晓得，不好吗？哎，我介讲对不对？

姚忠孝从袋里摸出一张纸，上面写有一些文字，笔画潦草，涂涂改改的。他把那张纸递给我，说，阿声哥，我昨天半夜接到小琴阿姐的电话，想想红记娘姨，心里蛮难过，一夜没睡好，想东想西，想出来一些话，随手写下来，大作家你看看，对路不对路？

我接过看了看，他写了竺红记大致的人生经历，赞她为人好，乐意助人，讲了几件事，包括抗战时救治受伤的姚正山，后来麦草场着火弄清其真实死因，等等，近似于一份悼词。我说，忠孝的这个提议蛮好。要不这样吧，我按忠孝这份稿子修改一下，拟一份红记娘姨的讣告，抄写一下，贴出来让大家看。

阿牛说，好好，追悼会不开，就写一份讣告，把它贴到外面，让大家都看到，红记娘姨也不是一般人，这样最好。阿声，你大作家出手，肯定没问题。写完了，交给老鲁伯，让他用毛笔字抄出来。

大家都说好，就这样办。

其他人起身走开了，月娟朝我招招手，轻声说，阿声，你跟我来一下。

上楼，走进一间卧室。月娟捧过来一本绢面相册，对我说，要给红记娘姨选一张照片，放大当遗像。这些照片是我和小琴收拢来的。我们选来选去，没能选定，你选一下，好吗？

我翻看着相册。大多是些老旧的黑白照片，尺寸太小，照得不太好，很模糊。我看到有一张红记娘姨与梅珍的合影，年轻时拍的，穿着洁白的护士服，没戴帽子，头发梳成辫子垂在耳边，额前披几绺刘海。温煦的阳光下，两个年轻俊秀的姑娘，面带灿烂的笑容，身后是春日茂盛的树木和鲜艳的山花。黑白照片着了色，看上去色彩和光感效果都不错。

我说，这张照片拍得蛮好，要不就用它？翻拍放大，效果应该不错。

月娟笑笑说，阿声你真有眼光。前两年给我妈办后事，我也是选的这张照片。那是她们做姑娘时最好的辰光啊。我有点意外，怎么，你妈……过世了？月娟轻叹一声，说，两年多了。一直好好的，很精神的一个人，上年纪了，还是一天到夜不停做事体，做这样做那样，哪晓得一下瘫在地上，连忙送进医院，医生说是严重脑溢血，没能抢救过来。唉，就这么没了，一句话也没留下。

我说，真可惜，我还想呢，怎么没看到她。又说，你妈人很好的。她和红记娘姨是好朋友，是吧？月娟说，是啊。她们两个最要好，从小到老，要好一辈子了。我妈突然没了，红记娘姨伤心得要命。那两天，红记娘姨一直和我们一道守在灵前，夜深了也不肯去休息。她讲，我们姐妹相好介多年，梅珍这人心太善，太软弱，这辈子吃的苦比我多。我最后陪梅珍两夜，以后再也陪不了她啦。唉。她们都……

我想起来，问月娟，老鲁伯现在跟你们一起住吗？

月娟摇摇头说，没有。我爸还是一个人住，就在原先牛棚边。前些年我们帮他造了两间屋，家用东西齐全，彩电冰箱也都有。这两年叫他好多次，跟我们一道过，省得自己烧，年纪大了，万一有啥情况也好有个照应。他不肯，说一个人过惯了，不喜欢太热闹。平时我们会过去，送点吃的用的，帮他洗洗衣裳床单。我女儿女婿也蛮好，常去看他，送东西给他，外公外公叫得蛮亲热的。

我有点不解：这样总归……他还有啥顾虑吗？

月娟摇摇头，说，我也弄不清楚。我猜，恐怕还是那个人，就是他……我妈那边的男人还活着的缘故吧。原先一直是我妈照看的。也是作孽，瘫了十多年，都是我妈一手料理的。我妈死后，这两年是我在照管那个人。唉，我那边四个弟弟，各家有各家的难处，商量来商量去，还是没着落，我说，那就我来管吧。噢，他们都出钞票的。

迟疑一会儿，我还是忍不住说，月娟阿姐，那个人以前对你不好吧？

月娟呆了呆，说，那些都过去了。不管怎么说，也算是长辈，我作为小辈照看他也是应该的。

我忽然想起，问，我看老鲁伯的脚好像不跷了，怎么回事？

月娟笑了笑，说，我爸那只脚早先跌断过，没接好，短一截，相差一寸多，走路才一跷一跷的。我们陪他去好几家大医院看过，做过矫正手术，好一些。后来又去厂家订特制鞋，一只鞋子里面垫高，好多了。嘿嘿，还能挑担呢。

红记娘姨的讣告贴到大街上

我拟定了讣告，在姚忠孝原稿基础上做些修改，添写了抗战时雨泉镇竺红记等年轻人自愿奔赴抗战前线的简略事迹，有"黄和尚、姚正山、鲁明堂、方梅珍等本地爱国青年"这样一句。

我把稿纸交给老鲁。他接过，拿老花镜戴着，看了好一会儿，脸上的皱纹不停扭动。而后，他抬头看看我，说，好，写得好，我去抄出来，等一歇给你。我嘱咐一句，老鲁伯，请用简体字，从左到右横着写，读着顺当点，好吗？他点一下头，说好的，我拿回去写，笔墨和纸都在家里。

老鲁往外走时，我再次注意看他走路，确实不太看得出他是跷脚的。

阿姐从老屋走过来招呼我，说，你过去看看，红记娘姨楼上房间里还有啥东西，明天落棺时要不要放进去？

将死者生前喜欢的物件，选一些随同一起放入棺内，意思是可以随死者同去另一个世界，继续享用。这种老规矩，似乎各地都有，雨泉镇也不例外。

踏着悠软微晃的楼板，慢慢走上楼。

阿姐说，红记娘姨摔伤后，行动不便，就在楼下一侧小房间安了床，再不上楼了。她叮嘱我，房子太老了，楼上久未住人，楼板可能有朽烂，小心点。我慢慢走在咯咯作响的楼板上，地板上有明显的积尘，脚下竟可印落鞋痕。俗话说，人去楼空，这家女主人辞世而去，老屋或许很快就会拆掉，再也不会存于世间，真是世事如烟啊……推开咿呀作响的房门，缓步走了进去。

忽地，我眼前一亮。

摆设简单的房间里黯然无光，唯见古旧暗灰的板壁上，醒目地挂着好几幅字画，看上去墨色尚有些明亮。字画略作装裱，纸是绵白的桃花纸，与通常的书画不一样，像是先有题诗的书写，又在诗文的空白处配上不太正规的画作。

楼上旧式窗口很小，屋内光线暗淡，有电灯，但开不亮。我看不清楚，只能用手机上的电筒照亮，凑近了细看。

噢，这幅是一首吟桃花的诗：

去年今日此门中，人面桃花相映红。人面不知何处去，桃花依旧笑春风。

后面有落款：录唐崔护题都城南庄诗雨泉徐如冰书。

徐如冰即徐叔，看字迹笔法，确是徐叔惯常写的隶书，从书法角度说，还算写得中规中矩。

我更感兴趣的是诗文空白处，左上方画着一株盛开的桃花，点染着片片红晕，有一座半旧院门，又有个年轻姑娘倚门而笑，而右下侧，则有一个书生模样的男人，站在墙边，眼眉斜挑，瞄向这边盛开的桃花与笑盈盈的姑娘。

画，似工笔，勾线条，着五色，画得不很精致，笔法略显稚气，却也别有一种情趣。咦，是谁画的呢？我很好奇，猜想着，会是谁在一幅书法的空白处添上画作？莫非是红记娘姨，是她自己作的画？

可是，红记娘姨，她会画画吗？以前那么多年，我从没见过她拿画笔，也没见过家里有过画作……也难说呢。红记娘姨年轻时读过师范，喜欢唱歌，当过音乐教师，难道她也喜欢画，学过画？嗯，那个时代过来的人，真很难说呢。

房间里还有几幅这样的字画。有白居易的诗作《大林寺桃花》：人间四月芳菲尽，山寺桃花始盛开。长恨春归无觅处，不知转入此中来。这幅字下端的空白处，画着一片桃林，桃花盛开着，唯有一个人的背影，似隐似现地在桃林中。

另有苏轼的诗：竹外桃花三两枝，春江水暖鸭先知。蒌蒿满地芦芽短，正是河豚欲上时。还有陆游的诗：花泾二月桃花发，霞照波心锦裹山。说与东风直须惜，莫吹一片落人间……

板壁正中央位置，横着一幅《桃花源记》。我记得全篇是三百二十字，小字体，端端正正写在桃花纸上。仍是徐叔的标准隶书。这幅也配着画，却是上下左右画满了桃树、桃枝和桃花，一树树，一片片，一朵朵，红艳艳，粉嘟嘟，将整幅字画渲染得十分明艳，十分鲜亮，让人心头为之一颤……

呆呆站在那儿，禁不住一阵心酸，竟落泪了。

老鲁把写好的讣告拿过来了。

我看了看，果然是一手好字，方正大气的赵体楷书。来不及细看，我叫四喜赶快把它贴到东山巷口临街的墙面上。

一会儿，四喜笑嘻嘻走来告诉我，讣告贴出后，很多人围着观看，还有人在议论，有的向别人介绍红记娘姨，说她一直住在东山巷两间老屋里，是个口碑很好的老人。我心想，效果还不错。

下午三四点，红记娘姨的两间老屋已有点冷落。忽然，三五成群的人，一拨接一拨地走进巷子，走进老屋，恭敬地向死者焚香祭拜。阿姐和月娟两人一时手忙脚乱，接待泡茶都来不及。

阿姐看这些人，有的面熟，是镇上人，有的很陌生，问他们，你们是红记娘姨哪里的亲戚朋友，怎么称呼？他们说，不是亲戚朋友，就是过来祭拜一下逝去的老人。他们有说家住北门街的，有说街上开店做生意的，甚至还有外地过来玩的。阿姐不解地问，非亲非故，为啥过来祭拜红记娘姨？他们说，看到讣告，才知道老人家是个抗战女兵，当年打日本佬有功劳，为人又好，让人很敬佩。她是雨泉镇的老前辈、老英雄，我们晚辈理应敬重她，应该过来祭拜她。

我听着，有点感动，也有点意外。走出巷口，看到贴着讣告的拐角墙前，还有一些人在围看，也有人在大声议论。走近前把讣告细看一遍，发觉上面有一处文字跟我的原稿不一样，有改动，即"黄和尚、姚正山、鲁明堂、方梅珍等本镇爱国青年"这句，"本镇"改成"本地"，"鲁明堂"三个字没了，添写了"李发根、邱志民"。

肯定是老鲁改动的。他把自己的名字隐去，为什么？我有点不明白。

讣告的"轰动效应"还没结束。傍晚，雨泉镇的干部也来了，三四个人一起过来，抬来一只大花圈。领头那人阿姐认得，是顾镇长，四十来岁，平头、圆脸、白衬衣、黑长裤。他们恭敬地到祭台前敬香，鞠躬行礼。阿姐有点失措，不知该如何接待镇领导，忙把我叫过去陪坐，回答问话。

顾镇长叫我廉声老师，再三解释说，确实不知道已故竺红记老人是抗战女兵。原先只知道老镇长黄和尚参加过抗战，有战功，不知道本镇还有多人有抗战经历，还有立战功的。又说，现在对抗战老兵有新政策，民政局正在调查摸底，要对尚在人世的抗战老兵给予生活补助费，很快就要落实下来。这事他已经向县有关方面做汇报，希望我们给予大力支持，向政府提供更多更详细的信息。

顾镇长话说得诚恳，不像打官腔。我坦然地把我所知道的一些事简要跟他说了。顾镇长向我连声道谢，起身离去时，又说，请廉声老师以后为家乡人民多写好文章好作品。

天黑下已很久，夜渐渐深了。阴天，没有星月，巷子里也没路灯，觉得特别黑。两间老屋已安静下来，吟唱经文的音乐也停了，只剩下为死者守夜的几个人。阿姐和月娟，还有小芬和红梅，四个人闲着无事，围桌打起了麻将。

灵堂前不能断香烛，守夜须是通宵的。说好她们几个女人守前半夜，我，还有姚忠孝、四喜、阿牛等几个男人值后半夜。我在里间一张旧竹躺椅上躺着，微闭双眼，平复心境，暂且休息。一旁老鲁还在算账，戴着老花镜，一声不响，用手指头在一个小计算器上点点戳戳。

这时，又有人进屋来祭拜了。

是个年轻女子，三十岁左右，素净衣衫，戴一副白边眼镜，偏瘦，很文静的样子。她点了香，虔诚地拜了三下，把香插在香炉中，转过身来轻声问阿姐，请问，廉声老师在吗？我想找他了解一点事。

阿姐把我叫起，到外间跟年轻女子见面。她自我介绍，叫孙琳，从县城过来，是电视台记者，又递上名片。我发觉，旁边还有一个小伙子，手上提着一个黑家伙，是摄像机。

我有点警觉，说，你们这是要拍什么？只是很普通的农家葬礼，没有搞迷信活动。

女记者忙说，对不起，我们不是那意思。只是想采访您一下，请您介绍这位竺红记老人的身世经历。我们是特意赶过来的，想了解这位刚刚过世的老人家，特别是她在抗战期间的那些事。可以跟我说说吗？谢谢您，廉声老师。

有点意外。没想到这位电视台的年轻记者，还有这位更年轻的摄像师，连夜赶过来，就为听一个已故老人几十年前的旧事。

我说，两位年轻人，恐怕你们会失望的。这位老人叫竺红记，是我的长辈，我叫她红记娘姨。一个很普通的农家老人，不是什么著名人士，她这一生可能连奖状都没拿过一张。对你们来说，没什么新闻价值……

不是这样的，廉声老师。孙琳说，我们不是来抢新闻做报道。今天吃晚饭时我偶尔听说这事，竺红记老人的经历一下触动了我，让我内心有种战栗的感觉。我搞新闻多年，很久没有这种感觉了。我很想更直接更详细地听一回。可惜老人家已经过世了。我是真心诚意赶过来的。可以吗，廉声老师？麻烦您了，请跟我们说吧。求您啦！

话说到这个份上，就不能再推托拒绝了。

我对孙琳慢慢讲起红记娘姨的生平，讲起几天前老人亲口所述她和伙伴们的那些旧事。半个多世纪前，日寇侵入我国，浙江偏远山区，小小的雨泉镇，一群十七八岁不到二十岁的热血青年，同仇敌忾，义无反顾地奔赴前线，投身抗击敌寇的战火中。他们英勇杀敌，视死如归，有人为国捐躯，有人负伤成残废，有人转战千里，杀敌卫国，九死一生才得以回家。他们的青春热血在战火中得到淬炼，得以升华，有年轻男女在严酷的战争中迸发出爱情的火花……

原本不想讲这么多，可是一开口，便陷入前辈们那令人伤感的往事情境中，情绪难以把控，话头也收不住了。讲到红记娘姨抱着小个子士兵，给他唱歌，在歌声中士兵慢慢死去，手渐渐凉了，我看到孙琳的眼圈红了；讲到竺红记信守承诺给小个子士兵报仇，跑到前线战壕里，开枪打中一个敌人，女记者眼里闪出了湿润的光亮；讲到竺红记与姚正山离别数年后重新见面，姚正山向她讲述在他乡异国打仗经受的种种苦难，竺红记伤心落泪，抱着他痛哭，眼泪浸湿彼此衣衫时，年轻记者的泪水已溢出眼眶，不停地用手背揩拭……

几个女人早就不搓麻将了。阿姐，小芬和红梅，悄悄地站拢来，默然听着我的讲述。她们的眼睛也都红了，在不停地揩眼泪。

后来呢，后来怎么样？他们终于见面，团聚了？有没有结婚？为什么没结？他们后来都过得好吗？幸福吗？不光孙琳在问，阿姐她们也一再地问。

缄默一会儿，我让自己冷静下来。我不想细讲，只简短地告诉她们，因种种原因，竺红记和姚正山没结婚，他们后来各自有了家庭，彼此很少往来。在最困难的时候，竺红记伸手帮过姚正山。姚正山因故去世，竺红记年年清明和冬至到他坟前祭扫，暗自落泪……

孙记者忽然问我，对了，你刚才讲，另有一对参加抗战的年轻人也相爱了，男的叫鲁明堂，女的是个漂亮护士，叫梅珍，是吧？他们两个，后来有没有结婚？他们在一起了吗？

我点点头，说，是的，他们两人结婚了。你看，那位在桌边捂着脸哭的，就是他们的女儿。她叫月娟，跟母亲梅珍很像的。

孙记者走过去，对月娟轻声说，阿姨，对不起，我能问你几句话吗？你父母还健在吗？你能跟我说说你父母的故事吗？

月娟抬起一张满是泪水的脸，怔怔地看年轻记者一眼，猝然急促地摇了摇头，双手捂脸，一下趴倒在桌子上，再不抬起来。

我对孙琳说，她不愿说，就算了吧。孙琳似乎还有点不甘心，还想说什么。我说，孙记者，该说的，我都说了，有些事，不说也罢。天色不早了，你们也该回县城了，有好多路呢。

孙记者和摄像师不太情愿地走出门，慢慢走出巷子。阿姐她们朝着暗夜的巷口，大声地说着送行的话。

一转身，我看到老鲁默然站立在里屋门后。

玖

大喜最后拿出了杀手锏

　　按既定安排，晚上八点举行入棺仪式，逝者将被送入属于她的寿棺，次日一早运去殡仪馆火化。入棺，是庄重悲伤的时刻。送葬的亲友们缓行至堂前，最后看死者一眼，而后肃立一旁。作为至亲的孝子，我与姚忠孝要身披孝服，头戴孝帽，为红记娘姨捧头捧脚，将遗体安放进寿棺之内，再把随葬物品一一置入，最后合上棺盖……

　　晚上这顿饭有"最后的晚餐"之意，全体参与葬礼的人都要入席就餐。

出席葬礼的人比预料的来得多，原定十六桌还不够，临时又加了几桌。阿牛家一楼摆不下，有几桌摆在外面，幸亏天气还好，阴着，没下雨。我和阿姐一家坐一桌，同桌还有带着各自外孙的小芬和红梅。菜肴很丰盛，鸡鸭鱼肉俱全，烧得很可口，酒有白酒和黄酒，饮料有雪碧和橙汁。

阿姐对我说，你要去各桌敬敬酒，你是代孝子，要行孝子谢客礼。我想有道理，端起酒杯去敬酒，一桌一桌走去，向各位恭敬地敬酒，致谢。

我去敬阿牛和老鲁伯。他们的桌子在屋外，一家人几乎坐满一桌：阿牛和月娟夫妇；他们的女儿女婿；两个孩子，两三岁的小外孙，八九岁大长相俊秀的外孙女（让我想起年轻时的月娟）；月娟的生父老鲁伯，缩手缩脚坐在角落里，低着头，弓着身子，默不作声地小口喝着面前的一杯酒。

桌边还有一个人，我一时没认出来。他是谁？为什么也在这桌？

此人其实没上桌，只是挨着桌边，陷身于一只轮椅中。他的面相与身子已极其苍老，极其瘦弱，萎缩如同一个十一二岁的孩童，光秃秃的脑袋上无一根毛发，头斜口歪，目光呆滞，不时发出短促的咿呀声，似已不能讲话。他身上衣服穿得鼓鼓囊囊的，颈下系着一块花里胡哨的围布，两只柴杆似的手，一只无力下垂，另一只则胡乱动弹着。

我仔细地辨认眼前这个人，是谁？似乎有点眼熟，想到一个人，但是……我越发吃惊了，莫非是他？从前那个劁猪佬常贵？哦，我想起月娟说的，这人果然就是……他，常贵还……活着！

这个瘫痪在轮椅上的痴呆老男人身上，已找不出半点过去那个骚公鸡般轻狂的劁猪佬常贵的影子。我低声问阿牛，这人……是常贵？

阿牛瞥那人一眼，说，不是他，还会是谁？瘫十多年了。过去一直是月娟妈，我丈母娘服侍他的，一年三百六十五天，穿衣服，洗脸洗澡，拉屎撒尿，天热洗头洗澡，冬天轮椅推到外面晒日头。还得烧给他吃，喂到他嘴里，一天好几顿呢。唉，我丈母娘真是苦命人，服侍这个瘫男人十多年，有一天给他喂饭，喂着喂着，自己一下瘫倒地上，再也醒不过来了……你看到了，现在又是月娟在服侍他，从早到夜没一点空闲。你想想，月娟自己也上年纪了，还要为这个人吃这种苦头，真作孽！

一旁，月娟半蹲在轮椅前，用一只小碗盛了稀软的饭菜，用汤勺一小勺一小勺地喂瘫痪老人，小心塞进他嘴里。她喂得很熟练，很耐心。

老男人大概吃得高兴了，脸上露出古怪的像笑又像哭的神情，嘴里发出嗤嗤的怪音，一只瘦骨嶙峋的手伸向月娟胸口，不知是想抓还是想摸，被月娟用手打了一下，轻斥一声，作死啊，他才把手挂下了。

这一桌摆在屋外的巷道上，一侧时而有路人走过，或有车开过，嘀嘀地按喇叭催人让道。我站在桌边，没防备身边突然蹿出一辆威风凛凛的摩托车，吓得缩退半步，想避让一下，不料有一只手重重地拍在我的肩膀上，听到一声高叫，扭脸过去，看到一张陌生而又熟悉的面孔。

是大喜？不对。是常贵？也不是。噢，还是大喜，是很像当年那个常贵的大喜。没错，就是他。凭他戴头盔露出的那颗长着稀疏卷发的脑袋，那身脏兮兮辨不清本色的衣着，还有摩托车后座载着的一整套骟猪阉鸡的家什……这不就是当年那个劁猪佬吗？噢，是大喜。

阿声，你这家伙，总算让我抓到了！

容不得我说什么，就被大喜那只抓惯了猪脚鸡爪的手死死按着，肩膀很有点酸痛，只得乖乖坐落在凳子上。我无奈看着面前这张带猪肝色的脸，忐忑地问，大喜，你找我有事？

大喜拿过一只酒杯，在杯里倒满酒，端起来看着我，脸上似笑非笑的，脖颈上青筋凸起，高声说，阿声，嘿嘿，你了不起啊，大作家，省城高楼大厦住着，功成名就，一呼百应，大家都要抱你大腿，是不是？不过，讲起从前，你不过是个看牛佬，跟我大喜脚碰脚，一路货，对吧？来，我敬你这杯酒，你喝不喝？看得起我，喝掉，看不起我，倒掉！

我喔喔应着，看大喜的酒杯碰撞过来，只好拿杯子迎上去，碰了个响，又硬着头皮把杯中酒喝了。我向大喜求饶说，酒喝过了，我到别的桌子敬敬酒。

但我起不了身，一只手被大喜紧紧抓住，动不了。这家伙个子比我高半个头，手劲还很大，一张泛着紫红光的面孔直凑过来，带着浓重的酒气烟味，还夹杂着猪牛屎臭与羊骚味，混合成一股浓重的浊气，扑面而至，令我差不多要窒息了。我不由自主地往后倾倒，急切地想着脱身之术。

大喜手上使着狠劲，瞪起眼珠子，几乎是咬着牙说，阿声，你不能走！我要跟你说一桩事体，蛮要紧的事体！

我不免有点慌乱。倒不是怕他对我下狠手，是担心从他这张嘴里说出什么不堪的词语，搅乱了入棺仪式前肃穆宁和的氛围。我说，好吧，你要说事，我们另找个安静的地方。好吧？

大喜得意地一笑，大声说，那好，你跟我走！

我被大喜半拖半拉着，无奈地离开桌边。我脑子里没来由地闪过许多年前的情景：常贵嘴里叼着烟，歪着脑袋，一只有力的手抓着红记娘姨家小母猪的后腿，小母猪一路惨叫着，被从屋里拖出来，一直拖到巷道的青石板上……

而后，我和大喜，两人面对面站在一块僻静的空地上。

我发觉，此时身处荒芜的境地，脚下，有碎石沙子，且杂草丛生，成片的狗尾草和四处攀爬的拉拉藤，夹杂着三三两两的凤仙花、鸡冠花，甚至还有一丛枝叶不整的美人蕉，在风中摇曳身姿，居然有点野趣。

咦，这地方怎么有点眼熟？这儿离阿牛家不远，只隔着一堵颓墙，踮起脚就可以张望到那边的热闹场面。身后这三间门窗陈旧黯然失色的矮楼屋，屋顶黑瓦间有一丛丛的瓦楞草，屋后还有稀疏的竹林……哎呀，这不就是从前月娟的家吗？原先在我心目中十分漂亮和整洁的宅子，怎么变成如此破败不堪的模样啦？

大喜一副居高临下的架势，晃着脑袋，板着面孔，大声说，阿声，这桩事体你是清爽的，就别装了！我老实跟你讲，今天这件事，你答应最好，不答应，我就……我不会罢休的！

　　我有点发蒙，又想不出自己做错什么，就说，大喜，我到底哪里得罪你啦？你就实话讲出来，好不好？

　　大喜忽又换成笑脸，朝我夸张地作个揖，说，阿声，对不起，我刚才是吓吓你的。其实我是想求你，求你帮我一个忙。这个忙只有你阿声能帮我。好吗？算我求你了。

　　我越发摸不着头脑了，说，大喜，你到底有啥事体，你讲出来好了。

　　好吧，那我说了。大喜说，街上贴的红记娘姨那张讣告是你写的稿子，对不？昨天你还跟人家讲当年红记娘姨他们抗战辰光的事体，肯定讲过，对吧？你不要赖，电视我都看到了，一个漂亮女记者对你问东问西，你讲了蛮多。还有，顾镇长那里我也问过，你跟他也讲了。

　　是吗？电视播过啦？我有点吃惊，这事我怎么不知道？噢，好吧，我说，对，我跟他们讲过，你是说，我讲错了？我哪点讲错了？

大喜说，你没有讲错，你讲得完全对头。不过，你讲当年雨泉镇好几个人一道去天目山当兵抗日，为啥不提我爸？我爸吴常贵，当年跟红记娘姨他们是同一天去天目山参加抗日的，他当过兵，打过日本佬，对不对？这事体我爸对我讲过。他讲他参军抗日，穿军装，拿长枪，打过好几次仗。有一次打大仗，他朝日本佬开过枪，说不定打死过一两个，自己差点被打死，还受过伤，住进战地医院。那时我妈是护士，服侍过我爸，给他换药、喂饭。这些都不会错的！阿声，你是个作家，要实事求是地写。听说红记娘姨临死前，跟你讲了好几个钟头，肯定讲过我爸。可是你在顾镇长面前，还有电视台记者那里，为啥没提吴常贵这个人？你讲实话，是不是故意把他的名字漏掉了？

大喜哇啦哇啦一番话，我一时竟无话可说，无法辩解了。

看我不说话，大喜瞪着眼睛凶我，咦，你为啥不讲话？你是心里有鬼吧？你讲，到底啥意思？不讲清爽我不放过你的！

我只好说，大喜，我没讲，肯定有没讲的原因。你想，红记娘姨那么大年纪，快要死了，脑子还有介清爽，能记得介多吗？她只记得自己的事，把别人给忘了，没提到你爸常贵，忘了也是难免的……我听到多少讲多少，这你不能怪我呀。

大喜急了，说，她……她为啥不提我爸？她不提，现在还有哪个晓得，哪个会讲，会给他作证明？我爸现在这副样子，啥事体都不记得，问他也不晓得，话都不会讲了……哎呀，政府那里有介大一笔钞票，明明可以拿的，没有证明人哪个信？一大笔钞票拿不到，我亏大啦！

哦，我这才明白，大喜这么着急，要我证明他爸当年参加抗战当过兵，目的是为那笔可能获得的抗战老兵补助费。可我实在不想说。病床上的红记娘姨说起当年的常贵，那么厌恶，我也不情愿让这种人获得不该有的荣誉与敬重。

大喜说，阿声，跟你讲句实话，不是我贪小，急巴巴想得到这笔钞票。我是没办法，我穷啊！有个死不了的爸，活一天，就要吃饭吃药，就要服侍他，供着他这个祖宗。

我说，不是月娟在照看他吗？

可我每个月要拿出八十块啊！大喜一脸委屈地说，他们三个，二喜三喜四喜，本事大，口袋里钞票多，一百两百都算不了啥，我没本事，挣不了钱，一个人弄口饭吃都难呢。到年底，他们三兄弟逼命样逼我交出九百六十块，喉咙梆梆响。哎呀，这辰光我就像杨白劳一样躲来躲去，多少可怜相！你给我想想，我吴大喜做人难不难，厌不厌？我这张面孔往哪里放？只好丢进粪坑里了……阿声，我介讲，你听清爽没有？我不是为我，是为我爸，这算尽孝心吧，对不对？

我说，那你怎么不把你爸接来养，让他们几个给你钞票？

大喜急叫起来：咦，我一个男人哪有这种本事？你不晓得吗？我老婆老早带着儿子走掉了。我现在就是个光棍佬，让我再养一个瘫掉多年的老头？大光棍养老光棍？哎呀，介样子我还有活路吗？

我犹豫着，说，要不，你爸早先当兵这桩事体，去问问老鲁伯？

大喜脸上起了愤色，说，我去问过了。老鲁，这老家伙一问三不知，说那么多年过去，以前的事都忘了，忘得一干二净，什么都记不得了。狗屁，他脑筋好得很，怎么会记不得？我晓得，他恨我爸。他们是情敌，情敌你晓得不？

我说，大喜，你刚才不是讲，你爸跟你讲过这件事吗？你想想，他有没有留下什么能证明他当过兵打过仗的物证？军衣，帽子，皮带，鞋子，还是……

大喜呆了一会儿，忽然眼珠子快速转动起来，大声说，对了，我有证明的东西，我有证据，很好的证据！

他用手指着我，说，你在这里，等着我，我一会儿就来！说罢就往屋子里钻进去了。没多时，他就拎着一个脏兮兮的布包，兴冲冲地跑出来。

我猜不出他拿来的包里装着什么。大喜一脸神秘，先从包里掏出一块皱巴巴的红布，往地上一铺，然后，把布包整个倒在红布上，哗啦乱响，红布上堆了好些杂七杂八的东西。他有几分得意地叉着手，向我示意，说，你看看，我的这些宝贝。

我蹲下身，认真地看摊在红布上的宝贝，头一眼就看到好多个伟人像章，大大小小，圆的方的，红色的，金色的，各式各样都有。我认得它们，小时候戴过，也见识过许多种类的。这不稀奇，好多人家里的旧桌柜抽屉里，拉开，常常会有这一类的收藏品。另外，有几个年代不详的鼻烟壶，两个铜菩萨，一个弥勒佛，一个观音菩萨。还有一些锈迹斑斑的铜钱铜板，两三块真假莫辨的银圆，其他好多辨不清是什么货色的古旧东西。我问大喜，你让我看这些干吗？刚才说，要有证明你爸参加抗战的东西，你有吗，到底有没有？

大喜急了，在那堆东西里扒来扒去，拿起一个外尖内圆的物件，示威似的举在我面前，大声说，你看到了吗？这个就是证明，最好的证明！

我把这物件拿在手上，擦去表面的蒙尘，认出这是一枚勋章。我以前见过，民国时期奖励勇敢作战将士的勋章，叫"忠勇勋章"，抗战时期曾颁给不少有战功的将士。这枚勋章当中那个图案很特别，一匹鬃毛飞扬高高跃起的战马，盔甲勇士骑在马上，手执坚盾，高举钢刀，气势雄壮。

大喜说，看清楚了吧？晓得这叫什么吗？你肯定不晓得……

我说，我晓得。这是忠勇勋章，奖励抗战中作战勇敢的士兵的。

大喜愣了一下，说，哦，你还识货。这下你相信了吧？这是我爸的勋章，是他当兵时得到的，一直留在身边，后来给我了……

啊？哈哈哈……我猝然大笑起来，笑得有点放肆，有点幸灾乐祸。

大喜脸上不自然了，有些怯意，又强作愤怒，说，你笑什么？什么意思？这是真的勋章，不是我做出来的，你难道不相信吗？

我止住笑，说，我不是笑它，这个勋章肯定是真的。我笑的是你，你说这是你爸当兵时得到的勋章。他怎么可能有忠勇勋章？他才当了几天兵，他作战勇敢吗？他当得起忠勇两个字吗？

大喜着急了，说，阿声你年纪跟我一样，当年打仗你还没出生呢！你怎么晓得我爸打仗不勇敢？怎么就不能有忠勇勋章？对了，还有可以证明他参加抗战的东西。我再找出来让你看！

大喜急急地在那堆东西里翻找，扒得哗啦哗啦响，一会儿，果然让他找出一件东西，扁扁方方的，比火柴盒略大，暗灰色的外壳——一只打火机。

我把它拿在手上，看了看，确定地说，这是打火机，二战时的老式打火机。

大喜说，对啊，是老式打火机，很早以前的。这是我爸从敌人手里缴获来的打火机。

我说，大喜，你弄弄清爽好不好？这个打火机上刻着的是英文，你不会认不出来吧？

大喜依然振振有词，说，对呀，美国人不是说英文吗？是我爸从国民党的美国佬那里缴获来的呀。

真是被这人的无知给惊到了。我说，我们讲的是抗战，是打日本佬，这个你都会搞错吗？

大喜语塞了，啊……

我忽然想到，大喜这家伙手中的这两样东西，来路有问题！这个老式打火机，我好像见过……对，肯定见过！当年姚忠孝还是小孩时，曾拿着一只老式打火机玩，被大喜抢夺过去……我的思路一下通了，可以断言，一定是大喜用什么手段弄到这个打火机，还有这枚忠勇勋章。

我把两个物件拿在手中，质问大喜，你老实告诉我，这两样东西，你是从哪里拿来的？我认出来了，这个打火机是姚家的。这不会错！有一回姚忠孝拿出来玩，那时他才四五岁，你欺负他，把打火机抢过去，又让红记娘姨夺过来，还给他了，对不对？

大喜一下愣住了，啊，阿声……你作啥记得介清爽？

我厉声说，大喜！你跟我讲实话，这两样东西，是不是你从姚家偷出来的？

大喜脸色变了，说话也有点口吃，我，我没有……没有偷！是捡来的，真的。有一年冬天荷花塘抽水抓鱼，我下去摸鱼，在烂泥塘里踩到硬邦邦的东西，摸出来这两个，用铁丝吊在一起的。姚家就住在荷花塘边，大概是他家的……肯定是他，要不就是他老婆扔的。我以为是铜的，拿到收购站卖，被人凶了几句，要没收，我赶紧夺过来，逃回来了。阿声，我可以对天发誓，不是偷的，真不是偷来的……

送葬的队伍长又长

一个很普通的日子，非节假日。

标准的清明节天气，天色阴郁，水汽湿浓，离着很近的东山，此时看过去，已被迷迷蒙蒙的云雾遮蔽，不见山体与峰顶。空中飘荡着细微的雨丝，若隐若现，人在细雨中，可打伞，亦可不打伞。

两间旧屋前空地上，众人已各就各位，准备停当。没人打伞，任绵细的雨丝飘落在脸上头上，无声地滑落至下巴，慢慢滴落。这么多人都默默地站立着，一时寂静得轻轻咳一声都能听得很清爽。

大家等候着即将到来的出殡时刻。

十点整。站在队伍前列的阿牛朝众人做个有力的手势，大声说，开始吧。

早就手持炮仗候着的四喜等人，随即一起点火。砰砰啪啪一阵响过，锣鼓乐队就有力地敲打起来，伴着唢呐高亢的乐音，顿觉十分地热烈喧闹。

锣鼓声实在是响，响得听不清其他的声音。因为敲锣打鼓的人太多了。除南门村这支锣鼓队，又有北门村和西门村的两支锣鼓队加入，他们是主动找上门的，声言一定要为红记娘姨送行。另外小学校的洋鼓队也来了，好容易才被阿牛婉言劝回。

然后，出殡的队伍缓缓出发了。

走近巷口，方觉情况有异。

巷口及沿南门街两边，站立着许多人，男男女女，有老有小，一个个神色凝重，俱不出声。前排数人胸前横持着一块长长的白布，上写着几个黑黑的大字："抗战老兵，一路走好"。一侧排立着好几个素白的花圈，配有挽联，上联写着"抗战老兵竺红记安息"字样，下联没看清楚，好像有政协、民政局什么的。顾镇长、南门村支书和村委会主任等，左胸别着小白花，凝神定眸，行注目礼。咦？这莫非是……传说中的路祭？

这可是事先没料到的。

原本只是一次普通农家人的出殡，按民间方式进行，没发通告，也没告知任何一级地方机关部门。这些人是怎么知道的，这时准时守候在街边了呢?

走在出殡队伍最前面的领祭人阿牛，一身素白，头戴白棉纱帽，手捧一只蓝边大碗，盛着白米饭，上面用一根筷子直直地插一个熟鸡蛋。走到巷口，看到这阵势，他的脚步明显地慢了下来，脸上顿起一团疑云。不过，他很快镇静下来，依然目不斜视，双手捧牢大碗，稳着脚步往前走。

接着是我，也是一身素白，头戴孝子帽，双手捧着红记娘姨的相框，贴靠在胸前，不徐不疾地走向巷口。相框里的照片，放大至十五寸，绘以彩色，将半个多世纪前小镇姑娘竺红记的美好形象鲜活生动地呈现出来：身着纯白护士服，扎两条乌黑辫子，脸如满月，眉目传神，笑靥如花，溢出青春勃发的气韵，简直称得上美丽绝伦!

站立在巷口那些人的目光，齐刷刷都朝我这儿看过来，有人还趋前两步，凑近相框细看一番。我听到一声声赞美，还有哎哟咦呀的惋惜感叹。

有个陌生面孔的姑娘突然冲到我跟前，用手机对着相框咔咔拍了两下，转个身，贴在我身边，一只手紧搂着我，一只手把相框往她那侧拉了拉，大声叫着一个小伙，哎，快，快来拍一下！那小伙手疾眼快，对着姑娘，还有我和相框，咔咔咔，连拍数下。而后，姑娘朝有点蒙头的我甜甜一笑，谢谢啦大伯！

后面走来的是捧着雕花红木骨灰盒，与我同样装饰的姚忠孝。

接下来是送葬的人群，阿姐、月娟、小芬、红梅、二喜、三喜、根发、阿毛等十几人，身着素白衣裳，戴白帽，作为红记娘姨的至亲走在前面，后面还有二组其他人和南门村其他组的送葬人、"缺牙佬"等，有六七十人。最后是三方组合阵势强大锣鼓敲得震天响的锣鼓队。

送葬队伍缓缓出了巷口，拐向南门街。

往日里熙熙攘攘的街上，此时竟一片坦荡，行人及车辆停立两边，汽车喇叭也没一声。我们的队伍缓慢地往前行进，站在街边两侧的一些人走拢来，不声不响地插进人群中，跟着一路走去。这支队伍越走越长，从东山巷口一直延至南门口，足有半里多路！

走在最前头的阿牛起先没发觉，偶尔回头看了看，吃惊不已。后面跟随的送行人竟一眼望不到尾。他扭过脸轻声问我，怎么这么多人？到三岔路口，怎么办？这么长的队伍，这么多人，绕圈绕不过来的。

本镇常规出殡程序是这样的：队伍行至南门外三岔路口，有个路祭仪式，让捧死者骨灰盒及照片者居中而立，领祭人让亲属对相片和骨灰盒行跪拜礼，他随即把手中那只碗重重砸碎在地上，再带众人绕行三圈，然后，起步拐向后马路的缓坡，直至东山湾墓园。

我对阿牛说，别着急，等会儿岔路口的祭拜仪式简单点，队伍太长，就不要绕圈了，不然会乱的。

而后，照此行事，果然井然有序，这支长长的队伍一点没乱，浩浩荡荡，顺顺当当走到东山湾墓园。

有人说，这是许多年来，雨泉镇送葬人数最多的一次，有好几百人，也有说有上千人。过后好长时间，镇上人还在津津有味地谈论此事，还在讲东山巷红记娘姨不平常的身世，讲着早先雨泉镇一群年轻人投身抗战的传奇故事，还有，他们的凄美爱情……

后来阿姐告诉我，电视台那位叫孙琳的女记者，又来雨泉镇好几趟，寻访镇上一些高龄老人，特地找老鲁伯做了采访。接着又去天目山，徒步至告岭、朱陀岭、东关等险要地界，勘探旧战场。说她还去滇缅边境一带，辗转寻找战争遗迹，做更深入的追踪调查。

　　孙琳制作的专题纪录片《抗战女兵遗事》，在互联网上播放，引起很大轰动，在一次国内纪录片大赛中获得银奖，随后又收到多项国内和国际的赛事邀请。孙记者特意给我打电话，告诉我这个好消息，并寄来刻录此片的一张光盘。之前我已在网上看过这部纪录片，看了不止一遍，没能忍住眼泪。

东山坡墓地像个植物园

办完红记娘姨的后事，感觉有点累，想坦坦地睡一觉，睡个大懒觉，阿姐却天一亮就把我叫起来，提醒说，今天你还有一件事体要办，不会忘了吧？我迷迷瞪瞪想了一下说，噢，你是说上山"拦蛇"吧？

阿姐把房间的窗子打开，笑着指着外面说，你看，今天不下雨，好像要晴开了。是红记娘姨怕你上山淋雨，在保佑你呢。

我开玩笑说，红记娘姨刚刚上山，正忙着跟那边的旧友们叙旧聊天，忙得很，恐怕一时还顾不上管我们吧?

阿姐昨夜已做好我爱吃的家乡菜，咸肉烧笋和干菜肉，让我走时带回去。只是上午须再上山一趟，去红记娘姨墓地，最后完成"拦蛇"这桩事，下午才能宽心离去。

"拦蛇"这个词，以前没听说过，从它的字面上好像辨不出其真实含义，"度娘"上也没这个词条。昨天阿牛只简单告知我一句，我，还有姚忠孝，两人作为孝子，须再去红记娘姨坟地完成最后的"拦蛇"仪式。

阿姐没做早饭，带我去街上吃肉包子。她说南门外一家小吃店的肉包子特别好吃，像小时候吃过的那种味道，说我肯定喜欢。

早上八点多，街道十分热闹，人车混行，挤挤攘攘，喧闹声四起。走着走着，忽于杂乱声中，飘出一丝悠扬的乐声，缓缓入耳。以为是哪家商店放的音乐，没在意，再走一段路，音乐声越发响亮，似乎还伴有人声的歌唱，如山涧一股细流般委婉而至，令人心神愉悦。

阿姐看我一副奇怪的表情，且在东张西望，便笑着一指说，那是教堂，他们在里面做礼拜唱歌呢。

噢，前面就是教堂。那儿曾是大队部和村委会的驻地，我熟悉的。走近了，还是原先那幢房子，还是那模样，只是门面墙面涂白了一点，依旧是两扇黑漆的大门，此时半开半掩，音乐与歌声便是从那门开处溢漏出来的。

阿姐说，今天是礼拜天，月娟在里面做礼拜唱歌呢。他们叫唱诗班，月娟还是唱诗班的领唱呢。你信不信，月娟唱得蛮好听的，我进去听过。嘿嘿，以前还不知道她会唱歌呢。

阿姐说，你进去听听，不要紧的。

我走过去，挨近教堂的门边，又犹豫了，还是没走进去，只从那道不宽的门缝往里张望——

看见月娟了。她站在一群合唱人中间，穿着白色衬衣，外面一件浅蓝色细绒背心。唱歌的人有男有女，有老有少，衣着普通，神情肃然，个个唱得很认真很投入。唱歌时，他们的脸上透着愉悦与轻松。月娟面如圆月，带着微笑，嘴一张一张的。她的声音与其他人融合一起，组成了流畅而柔美的声波，在教堂里飘忽、回荡。

我悄然退回来，对阿姐说，唱歌蛮好的，你怎么不去? 年纪大了，和月娟一起唱唱歌，有伴，不是蛮好?

阿姐说，我不去。我不信那个。我参加退休职工的健身活动，打打门球，练练太极拳，还有扇子舞。我跳过广场舞，跳了一段时间，后来不跳了。人太多，太闹了，不喜欢，还是太极拳好。

南门外小吃店的肉包子，果然好吃，馅料好，肉多，拌入切得很细的嫩笋，有嚼头，鲜味足。还有好喝的咸豆浆。地道的石磨豆浆，汁浓，味醇，早先那样的配料，极细的榨菜末，虾皮，碎油条，蛋丝和青葱，对了，意外的是，还有猪油渣！添一勺酱油，轻轻搅几下，翻起不厚不薄的浆花，咸鲜适当，就着肉包子，味道真是好极了！

阿姐得意地说，好吃吧？还想吃吧？要说吃，还是自己老家的东西好吃，有从前的味道，是吧？以后想吃就常回来，过两年退休了，回来多住些日子。

天气真的好起来了，山脚边如丝绵般的白雾慢慢收起，山顶上湿漉漉的云层也渐渐散开。走进东山湾，居然已有灿烂的阳光，亮闪闪地照进竹林，洒在翠绿的叶片上，映在山溪哗哗流淌的水面上。阳光也落在人脸上和衣裳上，让人和衣裳也鲜亮起来。

走出一片稠密的早竹林，便见着东山坡上这不大的墓园。

上街吃早饭耽误一点时间，我和阿姐来得稍稍有点晚，远远看见阿牛等人已经在山坡上，正朝我们招手呢。我们顺着坡道缓步往上走。

上山的坡道修得很好。没用水泥浇筑，上坡台阶铺着方条形的青石板，下面垫着小石块，垒得很结实。两侧栽着常绿的冬青，矮丛的。还有一人多高的木槿树，经过一冬寒天，光秃的枝条上已绽放出嫩绿的叶片。

我忽然站住了。有点惊奇，甚至可说是惊喜，因为看到山坡上有桃树和灿烂的桃花。

昨天送葬到这儿，人多杂乱，来去匆匆，没顾着细察，此时发觉，山坡上方，红记娘姨的墓地居然有几株桃树。想必已栽种多年，主树干有杯口粗，伸展出好些枝丫。盛花期已过，正所谓"绿肥红瘦"时，温煦的日光洒落在树枝上，一条条枝丫上，缀着一朵朵粉色桃花，间夹些青绿的嫩芽叶，仍是那么惹眼，那么好看、诱人！

我说我知道红记娘姨喜欢桃花。阿姐说，你不晓得，她只喜欢天目山的野桃花，花期稍晚，花开得稠密，红得亮眼，特别精神，特别好看。前几年红记娘姨让老鲁去天目山上挖来七八棵野桃树，栽种在老公与她合葬的坟边，这才年年春天开出一树树好看的野桃花。

这里不只有桃树桃花呢。阿姐随手一指，说，看到没有？那边月娟妈的坟旁，好多凤仙花鸡冠花喇叭花，还有两丛美人蕉，一丛红的，一丛黄的，刚长出绿株嫩叶，过些日子，墓前红的黄的花开得蛮艳了。这都是月娟妈喜欢的花，也是老鲁伯种下的。哎，还有，阿声你看，我们爸妈坟边种的是什么？以前没注意吧？除了柏树，还有两棵乌桕树呢。看到没有？

我问阿姐，为啥种乌桕树？

阿姐说，爸喜欢乌桕树，你忘了？我们二队的田畈中央有个高起的土丘，长着一棵很粗的乌桕树。那棵乌桕树多好啊，双抢时，太阳晒在头顶，多毒，多热啊，幸亏能在乌桕树的树荫底下歇力，躲躲毒日头。到秋天，秋风一吹，乌桕树结了雪白的果实，树叶变得彤红彤红，很好看呢。那儿原先是我家的田，那棵树是我家先人种的。后来归集体了，又把土丘挖掉改稻田，那棵乌桕树也砍了，爸心疼得要命。他花了大半天工夫把柏子树桩挖出来，做了几块一寸多厚的砧板。我家厨房现在还用它呢。

阿姐这么一说，我就注意看了。山坡上有一二十个坟墓，周边栽有好多种绿色植物，或高或矮，又有各种花草，仲春时节花红叶绿，郁郁葱葱，让人错以为是花园景区。乡村墓地有这样别致的布局，确实很少见呢。

你猜猜，阿牛妈的坟边种什么？你肯定猜不到呢。阿姐笑着说，阿牛妈让儿子年年在她坟边种南瓜，南瓜藤南瓜叶爬满坟头，在坟前坟后结起一个个大南瓜。过了立秋，阿牛就过来摘老南瓜，嘻嘻，每回都能挑一箩担呢。

　　我觉得奇怪，问阿姐，为啥要种南瓜？

　　阿姐说，你忘了？人家都把阿牛妈叫"南瓜大妈"。搞集体饿肚皮那两年，她走进山里，偷偷地东种一蓬番薯，西种两棵南瓜，藤叶没在柴草里，别人看不见，偷不走，运气好能收几箩担。番薯土豆藏一冬，南瓜隔年都不坏，家里五六个儿女全靠有南瓜吃才没饿死。"南瓜大妈"是饿怕了，人老了，脑子糊涂了，还担心以后儿孙饿肚皮呢，好笑不？嘿嘿。

　　阿姐又说，你看那边，许步云的墓旁边种了好多中药材，有的长藤，有的开花，我认得芍药、黄精、百合、七叶一枝花，还有金银花，好多不认得。老鲁伯都认得，那也是他种的。旁边是老镇长黄和尚的墓，你晓得他墓边一圈种的什么树？矮矮的，是黄杨木，嘿嘿，千年长不大的黄杨木，有意思吧？是黄和尚自己讲的，让老鲁伯在他坟边种黄杨木。

　　我笑着说，这里不像墓地，倒像植物园了。又问，这是二队的山，听阿牛讲，只有二队的老人死后能埋在这里，怎么还会有许步云和黄和尚？

阿姐说，其他人是不让进的。他们两个人么，跟我们二队关系不一般，他们想葬在这里，阿牛让二队的人举手表决，大家都同意的。

哦，让许步云、黄和尚两人入列此山，与姚正山、竺红记、方梅珍在一起，以后还有鲁明堂、吴常贵等，几十年的老朋友，或是老冤家，最后在这块墓园相聚，确实很有意思。想想也有趣，他们碰面，会说些什么，会不会还要争吵、打闹？还是相逢一笑泯恩仇？

阿姐笑着说，我和月娟约好，下半年一起把两家的坟坑做起来，靠得近点，以后在地下也能做邻居、做朋友，走动方便点。你想想，这里多热闹啊，都是二队的熟人。阿声，要不你也选个位置，我跟阿牛打招呼……

我连连摇手，呃，这个暂时不考虑，不要跟阿牛讲。

阿姐笑了，哎呀，这有啥忌讳的？都这把年纪了，预备一下也好么。

我忽然想到一个人，看着阿姐，哎，还有常荣？他的坟……也在这儿？

阿姐朝下指了指，说，在那边，那个角落里。你看得到吗？坟头插的竹竿上，只有孤零零一条白色坟标纸。还是我在清明节这天挂的呢。他老婆跟他离婚，带着女儿不晓得去哪里，好多年没回来，没人给他上坟，只有我还想到他……

听得上面阿牛在喊，哎，你们两个作啥走得介慢？快上来吧！

"拦蛇"是整个葬礼的最后环节，少不了主事的阿牛，还有他的得力助手四喜，另有姚忠孝，再就是老鲁伯。

一下子没认出老鲁伯。也难怪，他穿了一身黑，中式的黑色布衫，黑长裤，还有黑布鞋和黑色船夫帽，跟以往完全不一样的衣饰。这一身，使得这位年近九旬的老人，全然异于惯常的老农形象，可以说，如同换了一个人！

我一直很纳闷，昨天红记娘姨出殡时，怎么送葬的人群中没看到老鲁伯的身影？现在想来，老鲁伯肯定在队伍中间，应该也是这身黑衣裤与黑布鞋，脑袋上还戴顶黑色船夫帽，所以我没辨识出来。他是以特别端庄肃穆的仪表，来送别一个同道人生大半个世纪的女人。

"拦蛇"的阵式早已布置停当。

红记娘姨坟地的外沿，摆置着一个很大的半圆环的圈结，用劈开的竹爿为骨架，外面用五色丝带包扎着稻草。活做得很细巧，是老鲁伯做的。墓前的坦地上，有几个小碗，分别盛着米、茶叶、黄酒、糕点等，还设有香烛案。

阿牛说，环绕坟圈的这个大绳结就是"拦蛇"。我发出疑问，为啥用稻草做介大一个圈结，它叫作"拦蛇"，是什么意思？阿牛被问住了，挠了一下头说，我也不清楚，这里都这么叫的。四喜笑着说，管他呢，大家都介讲介做，照规矩办就好啦。

一直没说话的老鲁伯忽然插一句，拦蛇么，恐怕是把蛇虫百脚拦在圈子外面的意思吧。圈子以内是自家的宅院，外面的不让进入。今天在这里举行仪式，做个正式确认。

我想了想，老鲁伯说的也许是对的，"拦蛇"应该是这个意思。

我和姚忠孝两个人，作为孝子，按吩咐各拎一只小畚箕，沿着坟地两侧，贴着稻草绳结，将畚箕里的石灰粉一点点撒出去，撒成一个大白圈。这就像学校上体育课，老师用石灰粉画线一样。我们按阿牛教的一句话，一边撒一边大声说，我爸妈在这里住，蛇虫百脚，外路众生，不请不要进来，请了再进来……

我以为"拦蛇"仪式这么快就已完成了。阿牛说，还有。

阿姐燃起一把香，站在红记娘姨夫妇墓前，拜了几下，侧转身，又朝左边和右边各拜了几拜。朝左拜时，她大声说，山公山婆，我红记娘姨上山来啦，她初来乍到，以后在东山跟你们做伴，天长日久，刮风下雨，暑热冬寒，请多多关照。山公山婆，你们是这里的领导，是最善良最慈悲的长辈，一定要让我红记娘姨安心，开心，少担心，少操心。拜托啦。

她侧转身朝右拜，又说，山上各位隔壁邻舍、亲戚朋友，我红记娘姨来啦，你们以前都认得她，晓得她的为人。你们原先都蛮熟悉的，都是二队社员，一直相处蛮好，以后肯定也蛮好相处。红记娘姨来了，你们这里会更加热闹，反正也不用做吃力生活，天天过神仙样的日子，有空凑一起，搓麻将打老K，多少开心啊。不过，大家要团结友爱，相互照应，不要闹意见起矛盾噢。

听阿姐一脸认真说这些话，我们都乐了，说到后来，她自己也笑起来了。

阿姐把三支燃香插到坟前一侧，说一声，山公山婆，多劳你们啦。她把另外的燃香交到我和姚忠孝手里，说，你们两个孝子，到周边各个坟前拜一拜，讲一讲，让大家相互多关照，晓得了吧？

走过去仅十几步，便是姚忠孝父母的墓地。这儿植有成片的柏树，已生长许多个年头，树身高大、笔挺，形如剑状，稠密的树叶呈深沉的绿色，将坟墓团团拥抱、掩隐着，看过去，与相邻红记娘姨的墓地相隔不远，几乎平行。

当初就这样定下的？我问姚忠孝，他说他也不清楚。想想又说，哦，早些年有一回我过来给爸妈扫墓，刚巧碰到红记娘姨，她正在我爸坟前挂坟标纸。她讲这边有她的菜地。她的坟地就在原先菜地上。

姚家墓前，我与姚忠孝一起行礼，在墓前插上三支香。

姚忠孝在墓前对已故父母低声说话。我一旁站着，发觉墓碑上有变化。石碑上方嵌有故者的人脸像，三寸宽五寸长的瓷片，应是不久前镶嵌上去的。当年的姚队长赫然显现，一如生前的容貌，板着脸，目光直视，凛然对着我，令我猝然一惊，竟想起许多年前家门口与姚队长瞬间对视的尴尬情景……

姚正山过世多年，那时也就四十多岁，还是壮年。呀，光阴似箭，真是白驹过隙啊。如今我也年岁大了，老了，少年时记忆中一些事，不知不觉消隐下去，回想起来有点吃力，连姚队长的容貌也记不清了。此时蓦地看见瓷片上逼真的面像，与这张十分熟悉的面孔对视，如遭一猛击，尤其那双熠熠发光的眼睛，似在审视，或是质问，让我内心微微震颤……

姚忠孝招呼我，走吧。我示意他稍等，有话要跟他说。

我从随身带的包里取出两样物件，示向姚忠孝，问，你认得这两样东西吗？

我手上的物件，一是"忠勇勋章"，一是老式打火机。

姚忠孝愣了一下，眼睛忽地闪出光亮，激动地说，这是不是……我家的东西？过去见到过……好多年没见了……阿声哥，怎么会在你这儿？

我说，忠孝，你真能认出来？的确是你家的两件旧物？

姚忠孝又仔细辨认一番，大声说，我可以肯定，就是我家的，是我爸当兵回来带回家的，我小时候见过，玩过，肯定是的！

我侧转身，将手中两件旧物对着墓碑上的姚正山像，大声说，姚队长，我手上这两件东西，你也看到了吧？这是你从抗战前线带回来的物件，你应该认得出来。是吧？

我转身对着姚忠孝说，现在，就在你父母墓前，当着姚队长的面，我把这两件属于你家的旧物，交还到你姚忠孝手中。我把"忠勇勋章"和老式打火机放入忠孝的手心，郑重地说，请你一定把它收好，珍藏起来。

姚忠孝双手接过自家旧物，又细看一番，转身面向墓碑，扑通一下跪倒，大声说，爸，我一定把你两件珍贵宝物收好，再不会让它丢失了。我还要告诉儿子晓禾，讲清楚它们的来历，让他当传家宝传下去，传给子孙后代。

他接着又说，爸，我儿子，你的孙子晓禾，现在公司办得蛮好，这回他实在有要紧事走不出，下回一定再来看你。有件事我要跟你讲。晓禾原先叫小和，十八岁那年考大学，要离开家了，我才告诉他有关你的那些事。结果他把名字改成晓禾，知晓的晓，禾苗的禾。考大学时，填的是农经系，专门研究种植菌类。晓禾现在浙南山区办一家公司，种白木耳黑木耳，蘑菇香菇……

走过一段路，姚忠孝还是忍不住问我，阿声哥，这两件东西到底是怎么在你手里的？

我先没说，他又问，我就说，好吧，我简单告诉你，一句话，我花了一点钱，从别人那里换来的。

他还想再说什么，我做个手势，说，不要问了。都是过去的事，只要东西回到自己手里就行了。

拾贰

野桃花生生不息

　　不知为什么，忽然冲动起来，我循着一条人迹罕至的羊肠小径，拨开杂乱蓬生的灌木，钻过枝叶稠密的竹林，费了很大劲，爬上了东山岗，登上一块朝西的大岩石。许多年前，少年的我随老鲁在东山上放牛，最喜欢站立在这块岩石上，远远地眺望山下景致。

　　毕竟上些年纪了，爬山登高有点累，喘息好一会儿，才让自己的心境慢慢平复下来。此时天色明亮，阳光温煦，空气极佳。雨后初晴的山林，如出浴女人般清爽明丽。此刻，东山上仅我一人。四下里一片寂静，连鸟雀的叫声都没有。环顾左右，昔时很熟悉的东山，完全变样了，竟没一丝旧时的模样。唯有脚下这块岩石没有变化，只是经多日阴雨，石面上滋长出暗绿的苔藓，有点湿滑，站在上面须很小心。从这儿看山下看小镇，眺望远处层层叠叠的山峦，视觉依然很好。

几十年过去，重新站在这儿眺望雨泉镇，面貌已大不一样。原先镇子仅有一条狭长的街，游蛇般紧贴山脚，镇子西侧是很大一片平坦开阔的田畈，有上千亩稻田，南侧叫南门畈，北侧是北门畈。我想，这样的布局，该有千百年了吧？想当年春季里，从东山望下去，南门畈，北门畈，大片大片的紫云英，如紫红色的海洋，间或有金黄色的油菜田和绿色的麦田，色彩丰富多彩，阳光下令人炫目。深秋时节，田畈里便是无边无际深黄色的稻谷，随风微起波浪……可惜如今大片粮田不见了，南门畈北门畈也没了，没有稻田，没有渠沟，没有色彩，看到的只是一幢幢高高矮矮的灰黑色楼房，一些不知谁起的陌生街名。街市上的嘈杂声隔那么远，还能清晰地听到，尤其是建筑工地的打桩声和锯板声，尖刺般撞击而至。

这是我出生长大的地方，是我深爱的家乡小镇。可我现在看着它，怎么觉得对它很陌生，很不习惯，甚至看它变得有些丑陋，难以接受……

沧海桑田，世事变幻无常。人生如梦，转眼就是百年。我们到人世走一趟，匆匆几十年而已，终究会老去，要辞离人世，归于山野，没于尘埃。所谓人生一世，草木一秋，何其短暂！站在东山这块不知经历多少年雨淋雪积的岩石上，看浮云丝丝游走于眼底，望远处青山，重峦叠嶂，漫无界际，低头静思尘间往事，桩桩件件，诸多感想，纷乱繁复，潮水般袭至，不由得嗟叹不已。

忽然想起，前不久临摹王羲之《兰亭集序》帖，至后半篇，其字迹渐显急促，涂涂改改，其文字含义也愈见艰深，不易透现，最末那段文字，"每览昔人兴感之由，若合一契，未尝不临文嗟悼，不能喻之于怀。固知一死生为虚诞，齐彭殇为妄作。后之视今，亦犹今之视昔，悲夫！故列叙时人，录其所述，虽世殊事异，所以兴怀，其致一也。后之览者，亦将有感于斯文"，一直未能尽释其意。此时站在东山上，凝神静思，蓦然有悟，不由感慨地想，一千七百多年前，出身豪门的王羲之，幼小便经历"永嘉之乱"，仓皇中"衣冠南渡"，在江浙一带勉强得以安身，身处动荡不定年代，几度宦海沉浮，遍尝世事炎凉，《兰亭集序》虽系一时兴起之笔，却将其心底所思所念袒露无遗，他对人生对世道的感悟，何其深邃，何其透彻啊！

由山岩上低头往下俯瞰，可见下面山坡的整个墓园，但也仅能知道个大概，因其树木稠密，草叶茂盛，几乎看不到墓体，其与周围的杂树林灌木丛融汇在一起，已分不清彼此了。

嗬，还是可以辨认出来的，因我看到坡上盛开的野桃花了。

阳光映照的缘故吧，从山冈上望下去，那桃花显得越发地红，红得艳美，红得热烈，红得放浪形骸，如无拘无束的农家姑娘撒开赤脚奔跑在山野之中……

红记娘姨临终前对我说那么多过去的事，希望我把它记下来，写进书里。唯有一件事，她叮嘱我不要写，也不要跟任何人讲。她说，我只跟你一个人讲，头一回讲。我对谁也没讲过，连自己爸妈，还有梅珍，我都没讲。阿声，你对哪个人都不能讲噢。

还是那个最难忘的日子，一九四一年四月十五日。这天，禅源寺那边被敌机轰炸，乱作一团，这边月亮桥野战医院，姚正山办理完出院手续，走出院门。他手拎一只包，肩扛一支长枪，要去朱陀岭那边的一都村，与姓孙的连副会合，两人一起追赶一支即将上前线的主力部队。女护士竺红记随他走出医院。此去路途遥远，前景难料，生死莫测。她依依不舍，陪姚正山走在通往朱陀岭的山间小道上，送了一程又一程。

此时，天色晴朗，山上的野桃花盛开着，粉红的桃花艳美无比，一阵阵幽香随着微风飘来。走到半山腰，路边有个破旧小亭子，两人坐下小歇。此时已近黄昏，西斜的阳光透过树林的疏枝细叶，照见年轻人青春勃发红扑扑的脸庞。亭子里只有两三块大石头，可坐下歇力，两人相对而坐。之前，他们虽在恋爱，却拘于俗礼，未曾亲近，甚至拉手也只一两回。此时在小亭子里，两人局促地坐在石头上，身体不免挨得很近，两人的手自然就握在一起，四目相对，几乎贴着面孔挨着嘴唇了。

红记心头微颤，轻声说，你这一走，不知什么时候才回来，再想想，还有什么要对我讲的话，嗯？姚正山看着她，呼吸有点急促，眼睛里闪出光亮。他说，红记我跟你讲，昨天晚上我和孙连副讲了一夜的话。他讲，姚正山，你一定要想好了，这回上前线去打仗，你我都可能战死沙场。我不怕死，死就死，无所谓。真的。我有老婆，儿子也生了，有后代了。你不一样，你是独子，还没结亲，恐怕连女人的味道都没尝过吧？儿子就更别说了。所以，你要想好，去，还是不去？我讲我肯定去。我不管那些，我只想去打日本佬，去报仇。死就死了，中国人死那么多了，不在乎多死我一个。红记，我这次去了，要是以后回不来，你方便的话，帮着照料一下我妈……红记一下激动起来，把身子紧贴着姚正山，伸手搂抱着他，声音微颤地说，你去打日本佬，我不拦着你。可是你无论如何都要回来！我等着你呢，我还要跟你结婚，给你生儿子！你……你是不是想尝尝女人味道？好吧，我让你尝！我现在就让你……

山林深处有个烧炭人搭起的草棚，久无人迹。前几天，红记和梅珍上山看桃花采花枝，发现了它。红记喘着气，手拉着姚正山钻进树林，寻到这地方，又拉他钻进了草棚。她脸色赤红，两眼直直地看着他，一声不响地把头上的护士帽摘下，又把身上衣衫的纽扣一个一个解开，露出嫩白的皮肉……

红记娘姨后来每每回想这件事，不知为啥，总不能在脑际完整地重演那桩事，只能零乱地想起一些片段：手脚笨拙的动作，急促的呼吸声，还有身体扭动时底下的松木板咯吱作响……印象最深刻的，居然是仰面躺那儿，透过草棚顶斗大的破洞，望见外面一枝开得正艳的野桃花，闻到有一缕幽香徐徐而至，甚至能觉出花香中的丝丝甜味！

桃花不光有好闻的香气，还带点甜味呢，真的，我就是那天才晓得的。红记娘姨言之凿凿地对我说。

还有一件事，红记娘姨记得十分清楚。

草棚里，他们两人已匆急地做完了那件事，微喘着，相拥而卧。她的身子赤裸着，一枚翡翠玉坠很显眼地在白皙的脖颈上悬挂着。姚正山见了，轻轻把它握在手心，对她说，这个，可以给我吗？她没犹豫，当即把玉坠取下来，放到男人手上，说，你拿去吧。你一定好好挂在胸口，它会保佑你的。记着，一定要回来，把它还给我！

这话，姚正山听得真真切切，明明白白，她要他身上戴着这玉坠，走到再远的地方，也要想着回来，还得身体健康，好好地回家，回到她身边……

后来，红记娘姨后悔了，后悔得要命。不是后悔把自己的姑娘身子给了姚正山，是后悔没把姚正山多留两天，那样的话，她的身上或许就能植下这男人的精血，孕育出一个小生命。那将是她与他的爱情结晶，是他们两人的孩子，等数年后姚正山回到家乡小镇，她就可以堂堂正正地带着孩子走进姚家，名正言顺地成为姚家媳妇，谁也不能抢她孩子的父亲……

这话她跟姚正山说过一次，就一次。

是她在小学校做音乐教员时。

那回，小学校荣获两个奖项，雨泉镇国立小学的"模范学校"和竺红记的"模范教员"。那天晚上，他们两人，姚校长和竺教员，身居一室说话，为获得荣誉说一些高兴的话，相互鼓励的话，他们的脸上带着欢快的笑颜，眼里闪着光。

姚正山从衣袋里掏出一支派克笔，对红记说，送我上前线那天下午，你送我一个翡翠玉坠，要我回来还给你。我回来没提这个，你肯定还记得，只是没讲出口。实际上，那个玉坠我没丢，送给那位救我性命的英国医生了。他给我做手术时，看见我挂在脖子上的玉坠，很喜欢这件很特别的中国饰品，想要留作纪念。我送给他了。他回送我一支派克笔，还有一个打火机。我没能带玉坠回来，用这支笔代替，还你，可以吗？

红记拿着派克笔，心里顿时泛起阵阵波澜，又酸又涩，一时冲动，对姚正山说起那回两人在山林草棚里的事。她对他说，我真后悔死了，后悔那时没留你多住两天，没能跟你生个孩子……她这样说话时，眼里已噙满泪水，情不自禁就把自己的身子贴靠过去，伸出两只手，把他紧紧搂住了。

姚正山没有动。他没伸手搂抱她，也没推开她。他轻声说，那回，是我的错，我不该讲那种话，更不该那样做。我害了你，欠了你一辈子也还不清的债。要是可能的话，你能不能把它……慢慢忘掉？

红记抬起头，眼里流出泪水，委屈又伤心。她喃喃地说，你讲一句把它忘了，我就会忘掉吗？你是我第一个男人，是我世上唯一真心相爱的男人。你晓得吗？我那个老徐，人不坏，但男人那方面不行，生不了孩子。姚正山，我们没能结婚，这个，我认命了。我只想求你一件事，你让我生个孩子，好吗？我别的都不要，就想求你跟我生个孩子……

姚正山呆了好一阵，把紧贴在怀里的红记缓慢地推开了。

他说，这个我做不到。对不起，红记，别的事我都能答应，就是要我这条命，我也给你。只有这件事，我不能答应。我不能这么做。这不好，对你我，对我们各自的家庭都不好，真的不好……

那以后，红记娘姨再没对姚正山提这件事，也再没说这样的话。

她对我说，那辰光，他和副业队两个姑娘去徽州卖白木耳，后来镇里闹哄哄传出那种不着调的闲话，我是半句也不会信的。我晓得，他那样品行性格的男人，直是直，横是横，认准的事，一条路走到瞎，死不回头的。他绝对不会做那种下作事体的。他在副业队关照月娟，是看在她爸鲁明堂的情分上，怎么会害月娟呢？

阿姐打电话来，催我回去吃午饭。我匆匆往山下走。

下坡到墓园，走近红记娘姨的墓地。

这儿不光栽有桃树，另一与众不同处，筑墓时不用水泥砖头，按早先老坟那样，用河溪里的大圆石垒起，前端垒成金字形，坟身用山上的黄土堆积而成。这时节坟上已长满茵绿的草叶，还有细嫩的藤蔓在风中微微摇曳，有一株挺拔昂然数尺高、梢头微弯的茎秆，看出是金刚刺，一摇一动，就像在鞠躬敬礼呢。

阿姐说，红记娘姨跟我讲，喜欢自己的坟头上年年都能长绿草长藤蔓，喜欢草草木木这生生不息的样子。又讲，你们若以后还能想着我，清明时节过来，不必香烛也不用挂坟标纸，抓把黄土撒在我坟包上就够了。

我蹲下身，用手抓起一满把湿冷的黄土，用力往坟包上撒过去。

我直起身，正对着坟墓，大声地说，红记娘姨，你讲的事我都记着了。我以后还会经常过来看你的！

这时候，正午的阳光温煦地洒落在树林间，洒落在野地上。墓旁的桃树无声地开放着满树粉红的花朵，有成群的蜜蜂围绕于花枝间，或飞或驻，有的钻入花蕊中，吮吸着桃花鲜美的汁水……

我站在树前，伸手揽过一枝桃花，凑近花蕊，深深地闻着。

桃花的香气中，的确有一丝丝甜味，呃，好像还有点苦涩……

后记

怪兽斯芬克司长着狮子样的身躯，女人般的艳美头脸，还有一对翅膀。它坐在忒拜城边的悬崖上，向过路人出一个谜语：是谁，早晨用四条腿走路，中午用两条腿走路，晚上用三条腿走路？路人答错了，就被杀死。俄狄浦斯来了，猜中了谜底，说：是人，幼小时用四肢爬，长大了两条腿走路，老了不利索，拄根拐杖走。细想起来，人的一生很短暂，似乎只有一日的早晨、中午、晚上，光阴易逝，白驹过隙，一晃就老了，就到需用三条腿走路的年岁了。人活一世，草木一秋，来时风雨，去时微尘。人一老，就会怀旧，容易回忆过去，往事历历，清晰如故，旧景重现，挥之不去。

退休后这几年，我回故乡小镇的次数渐渐多了。有事无事就去一趟，好像一条野外流浪已久的小狗，总还惦念着旧时主人的茅屋，还有那根未必还在的肉骨头。

可惜故乡小镇已不是过去的样貌，虽还叫着过去叫了两千年的名字，却已是完全陌生的地方。早先镇上只一条带鱼似的长长的窄街，如今扩展了好多，多出好些街路，宽畅的街道浇上黑亮的沥青，立了街牌和红绿灯，大车小车在街上游鱼般乱窜。置身于嘈杂繁闹的街市，在人丛中费力穿行，看不见一张熟悉的面孔，就像一滴油落进水里，与这个臃肿起来的城镇格格不入。镇西边有一条街，赫然标着杏花街三字，令我吃惊。记得小时候，出镇南门往西，走到天目溪边的杏花村，之间隔着偌大一个南门畈，要穿越大片稻田间许多条田塍小径，费小半天工夫。南门畈，还有北门畈，无数大小田块，足有两三千亩粮田，望去浩浩荡荡，春来红花绿叶，秋时稻浪滚滚。想当年，于潜县令楼璹走出县衙，踱步南门畈、北门畈稻田边，钻进天目溪边桑园里，访谈、摹写，描画，最终完成一部《耕织图》，吟诗配图，扬名中外，流传至今。可眼下，南门畈没了，北门畈也没了，一块块稻田全被水泥与沥青覆盖了，上面是一幢幢砖瓦楼和一条条街路。有人告诉我，菜市场大棚那位置就是当年国营造纸厂麦草场所在。那么，大樟树？那年麦草场大火烧过的千年老樟树呢？有人还记得它原来在哪儿吗？

走后马路，离东山坡不远，另一座小山丘，我年少时放牛经常去那儿。山丘上一片坦地，绿草丛生，隐约可见古旧的残垣断砖。最近听说要在上面复建一座"绿筠轩"，说是苏东坡昔时在杭州当通判，来此属县视察，在小山丘前写下一首名诗《于潜僧绿筠轩》，"宁可食无肉，不可居无竹。无肉令人瘦，无竹令人俗……"只是那上面早就没竹子了，只好移栽过去一些，装点一下门庭。

离小镇不远的山里，我寻着一幢农家旧宅，略事修整，便可居住。农宅依山傍水，后山有茂林竹园，可挖笋，可摘果；宅前有半亩园地，又有一方菜地。植下梅、桃、枣、李、橘、柚、樱桃、石榴诸多果树，还有玉兰、紫薇、丁香、月季、牡丹、芍药、百合、紫藤、夹竹桃、郁金香……春来花香，夏至果熟。菜地里播下菜籽，栽了茄子、辣椒，还有豇豆、土豆、南瓜、冬瓜。走出百十步，便是大片稻田，秋日里稻谷金黄，随风起浪，信步走进田垄，惊飞起数只蚱蜢……

但我仍忍不住要走回那个叫故乡的地方。踏在生硬的柏油路上，脚底似能触及温热的故土之气，虽然满街的陌生脸面，仍能从那一声声高喊低语中品味浓浓的乡音。亲人渐已少去，能见上面的大多是故交，曾经的同学、邻居，少时一起玩耍或一起劳作过的旧友，也都上了年岁，鬓毛渐衰，额添皱纹，彼此碰面，便是寒暄，喝茶，或喝酒，然后聊天，聊的大多是从前的人，从前的事。

早先住过的巷子还叫东山巷，巷子里大多还是原先那些人家。"搞集体"的形式还在延续，生产大队改叫村，第二生产队改叫二组。谁能想到，二组组长居然还是半个世纪前的二队队长。碰巧遇上巷里人家的红白喜事，娶亲嫁女，或老人过辈（去世）了，便邀我参与其中，喝喜酒，吃豆腐饭，喜乐同享，悲情与共。老队长的腰板已不再挺拔，喉咙还能叫得很响，招呼二组的人仍很管用，知客、买菜、烧水、敬茶、洗碗、端盘等一应杂活，分配合理，一呼百诺。老人一个个过辈，再忙再远，二队（二组）的晚辈们也会扔下手中活，赶拢来帮着办丧事，大大小小近百口，聚一起热闹几天，吃吃喝喝，吹吹打打，把老人送上最后的归宿地——东山坡。近年已送好几位上了山。

吃了豆腐饭，喝了酒，晚上歇在巷口新开的那家"汉庭"店，半夜做梦，梦见自己参加"双抢"拔秧，两脚踏进热辣辣太阳晒得滚烫的田水里，惊得跳起……醒来发觉是热空调开高了。年少时参加二队"双抢"拔秧，最喜欢在田坎边乌桕树的浓荫下歇力，趁那点时间听人聊闲天，讲故事。我父亲讲古书《薛仁贵征西》《七侠五义》，有个戴帽子的老缪，总被妇女们催促讲他在上海花花大世界的趣事。

只是近几年，吃豆腐饭的饭桌边，喝酒聊天，聊着聊着，有人会讲起某个过辈老人，讲起他年轻时跑去天目山当兵，如何如何，后来又如何如何，都是以前没听说的事。我不免诧异，这事，真的么？我问。嘿嘿，那还会假？那时候我们镇上好多年轻人去天目山，死的死了，活下来算命大呢。人都过辈了，还有啥不好讲的？

有天傍晚走在后马路，遇到我们"二队"一位老人，当年曾一起放过牛，教我认得多种草药，有九十多岁了吧？他挑一副空粪桶，从菜地慢悠悠走出来，脸上笑眯眯，嘴里哼着小曲，能听出来，是小歌班《箍桶记》的吟哦调，"天亮要箍天亮桶，晏昼要箍午时桶，日落西山黄昏桶，半夜三更要紧桶……"这唱词我耳熟得很。我叫一声××伯，跟他聊了几句，临走还拿了他一把刚摘的蔬菜。谁想没过多久，就接着电话说他过辈了。给这位高龄老人办丧事时，饭桌边听人说起他年轻时传奇般的经历，让我暗暗吃惊，内心为之颤动。

此前我读过大量史料，包括地方志和回忆录，走访过许多人，上天目山踏看朱陀岭东关一带旧时激战留下的遗迹，自以为对那段历史已烂熟于心。当年周恩来曾来天目山浙西行署，与省主席黄绍竑会面，给省立中学的学生们作讲演，而今天目山脚立有碑亭；镇郊鹤村复建了抗战时民族日报社旧址纪念馆，以实物与图文，讲述那段艰难岁月中的人与事。我写过不少有关天目山抗战的小说，短篇、中篇、长篇都写了，自以为写得还算真实、全面。然而，没想到对那段历史还会有疏漏，仍有些未能记载于史书的逸事在民间悄然流传，虽然，只是一些平民百姓的平凡故事，在历史长河中可视如瓦砾细沙般不值一提，但仍让我内心波澜起伏，经久难平。

一段日子里，我连续去家乡小镇，通过亲友或熟人，寻找种种线索，打听在人们看来已十分遥远的往事。那些早已离世的同乡故人，连后辈都已模糊了他们的面容身形，对其身世多不知其详，对我不厌其烦的询问不免有点惊讶。万幸还有存于人世的老者，虽年至耄耋，依然头脑清晰，躺在床上不能起身，一说起年轻时的往事，竟然激动起来，双目炯炯，枯白的脸颊泛起些微红斑。

听到不少抗战时的故事，记在本子上，录在手机里。还有别的意外收获。更早些时候，民国初期，小镇的年轻人便已跃跃欲试，满腔热血地参与到民族振兴社会变革的大潮之中。有人考到省城第一师范读书，成为"一师风潮"的组织者之一，称得上风云人物，又提携和带动家乡的学弟们参与进步活动。而后，学弟们各奔前程，有的矢志革命，多次被捕入狱，最后在上饶集中营组织越狱，为掩护战友而牺牲，成为烈士；有的革命成功后，成为北京或省城的高官和专家，为家乡增光添彩；也有南渡去海峡那边的，许多年后回归故里，出资修凉亭建博物馆……我的家乡小镇，早先真的出过一些不简单的人物，是有过许多故事的呀！

此后，仿佛总有个声音时不时在我耳边说，写写他们吧，哪怕为内心稍得安宁。于是，我思绪万千，浮想联翩，而后，在电脑前静静地坐下。

几十年小说写下来，感觉越发地难写了。难在选题立意，难在构思谋篇，亦有语言上的障碍，甚或困顿。都说，小说是语言的艺术，对南方作家来说，写作时或多或少会有语言上的不适感，想要让小说语言艺术起来，免不了踌躇一番，难以落笔。我们日常所用的语言文字是全国通用的普通话，是以北京语音为标准音，北方话为基础方言，以典范的现代白话文著作为语法规范的，而南方人的语言习惯与表达方式诸多不同于北方，如何让小说语言更准确而生动地表现南方人的生活特色与人物个性，是值得作家们深究一番的。

晚清小说《海上花列传》，满篇的吴侬软语，"耐""俚""阿是耐去买拨俚"，用的昆腔苏白，念起来软糯柔美，味道蛮好，但总归会让许多读者难读明白，尤其北方人，会读得很拗口，甚至完全弄不清爽，云山雾罩的，以至于张爱玲要把《海上花列传》转译为国语，可让更多人能读懂、喜欢它。

鲁迅的小说散文，自然读过许多遍了。先生在百多年前便在语言上有所尝试，用过"伊""簇新""开消""写包票""骇死""虾蟆"等南方方言的词语，其作品通篇读下来，明显地带有南方味道。近年上海人金宇澄写《繁花》，方言用得节制，不见"伊""侬"等词，倒是把一个"不响"用了一千五百多回，全书南方味道浓淡适当，北方人能读懂，蛮好。

记得余华讲过一句，他写《许三观卖血记》，一些人物对话借助于越剧念白，不晓得是真是假。越剧我是很熟悉的，小时候看过许多戏文，还会哼几段呢。当年浙江嵊县人把小歌班唱到大上海，唱成女子越剧，风靡全国，越剧唱白为迎合国人欣赏有相应变化，用的是江浙人的"官话"。譬如，祥林嫂骂贺老六"强盗胚"，贺老六说"我会待你好的"，留有南方味，也能听懂。

我以为，南方作家写地方风情特色的小说，如何让人读得通，读得懂，又能保有南方味，不是很便当的事，需费点心，应做些尝试。我在这部小说中，在遣词用句方面，费了点心思，也不知效果如何，成与败，最后得由读者说了算。

2024 年秋